바다로 간
소년

바다로 간 소년

서해문집 청소년문학 002

초판 1쇄 발행 2018년 4월 10일
초판 3쇄 발행 2019년 11월 10일

지은이　　한정영
펴낸이　　이영선
책임편집　김종훈

편집　　　강영선 김선정 김문정 김종훈 이민재 김연수 이현정
디자인　　김회량 정경아
독자본부　김일신 김진규 정혜영 박정래 손미경 김동욱

펴낸곳 서해문집 | 출판등록 1989년 3월 16일(제406-2005-000047호)
주소 경기도 파주시 광인사길 217(파주출판도시)
전화 (031)955-7470 | 팩스 (031)955-7469
홈페이지 www.booksea.co.kr | 이메일 shmj21@hanmail.net

ISBN　978-89-7483-925-3　43810

이 도서의 국립중앙도서관 출판예정도서목록(CIP)은 서지정보유통지원시스템
홈페이지(http://seoji.nl.go.kr)와 국가자료공동목록시스템(http://www.nl.go.kr/
kolisnet)에서 이용하실 수 있습니다.(CIP제어번호: CIP2018009287)

서해문집
청소년문학
002

바다로 간 소년

한정영 장편소설

서해문집

차례

1.
분홍빛 저고리가
가슴에 시리다

"…항구에 들어서니 숯처럼 새까만 피부를 가진… 사람들이 몰려들었다. 하나도 빠짐없이 모두 삭발하여 머리카락 한 올 없었고, 신을 신은 자들도 없었다. 더 기이한 것은 의관을 갖추기는커녕 국부를 가린 천 조각이 전부였으니, 차마 눈을 뜨고 마주보기가 민망하였다. 그들은 저마다 짐승처럼 지껄이고, 어떤 자는 창을 들고 날뛰며… 환호성을 질렀다. 추장이란 자가 맨 앞으로 나섰는데, 머리에는 새 깃털로 만든 모자를 썼고…. 코와 귀를 뚫어 송아지 코뚜레 꿰듯 고리를 걸고 있었다. 그런데 뜻밖에도 추장은 황금으로 된 목걸이를 여러 개 주렁주렁… 매달았고, 팔에도 발에도 감고 있었다. 그들 사이에는 축 늘어진 …젖가슴을 드러낸 여자들이 허연

눈알을 굴리며, 도리어 이쪽이 신기하다는 듯 우리를 쳐다보았다. 아이들은, 사내아이 계집아이 할 것 없이 온통 발가벗고 사방을 뛰어다니느라 바빴는데, 하나같이 배가 볼록했다…"

진 대인(大人)이 몇몇 군데 더듬거리면서 그 글을 읽는 동안, 바깥에서는 노랫소리가 들렸다.

산자락 가득했던 흰 눈이 녹고
곧 오라버니 돌아오라 산꽃이 핀다네
마바리 앞세워 구중계곡 지나서
내 꽃신 들고 바삐 또 바삐 오소서
오라버니 꽃 팔지 만들어
다시는 못 가게 팔목에 감아 드리리다

회회어(回回語, 아랍어)로 떠듬거리며 책을 읽는 진 대인의 굵은 목소리와 앳된 계집아이가 간드러지게 부르는 대국(大國, 명나라) 말이 묘하게 어우러졌다. 해명(海鳴)은 방문 너머의 그 노랫소리에 이따금씩 귀를 쫑긋 세우곤 했다. 수천 굽이 차마대도의 위태한 계곡 길로 떠난 오라버니를 기다리면서 운남(雲南)의 소녀들이 불렀다는 고운 노래. 사람 하나 겨우 지날 수 있고, 아래는 수천 길 낭떠러지여서 오가다 절반은 죽는다는 그 험한 길을 무사히 돌아오라는 기원이 담긴.

원래 그 노래는 해명이 회회어를 처음 배우고 얼마 지나지 않아 예투가 가르쳐 준 노래였다. 회회어 특유의 높낮이를 알 수 있는 아주 좋은 노래라면서. 물론 예투, 그가 바로 누이를 두고 차마대도를 오가던 운남 소녀의 오라비 중 하나였다.

진 대인은 딱 한 번, 문 쪽을 힐끗거렸지만, 글 읽기를 멈추지 않았다. 미간을 찌푸린 채, 거뭇한 수염을 연신 쓸어내리면서 한 글자도 놓치지 않으려 애썼다. 고개를 갸웃거리는 건, 아마 그 내용이 생소해서 그럴 거라는 생각이 들었다. 물론 그건 해명도 마찬가지였다.

아니나 다를까.

"그나저나 참으로 황망하고 흉측한 이야기로구나. 천하 그 어느 곳에도 이런 나라가 있을 리 없고…. 흠, 대식국(大食國) 사람들은 어째 이런 해괴한 상상을 한다더냐? 그자들이 하는 생각들이 하나같이 상스럽구나."

진 대인은 방금 전에 읽은 책 내용을 다시 한 번 훑어보며 중얼거리듯 말했다.

"그건 저도 알 수 없사옵니다."

"어쨌든… 내가 잘 읽긴 한 것이냐?"

진 대인은 무슨 말을 하려는 듯하다가 얼버무렸다. 그러더니 물었다. 그래서 해명은 회회어로 대답했다.

"뭄타-즈. 아흐싼타진(훌륭하십니다. 아주 잘해 주셨습니다)."

그러자마자 진 대인의 얼굴이 환해졌다.

"오, 그러한가?"

"다만 '람 다다야르'라고 말씀하신 부분은 '람 따따가이야르 아바단'이라 해야 맞습니다. 하나도 변한 게 없다는 뜻이지요."

"허허. 그래? 다행이로구나."

"네, 익히는 속도가 남다르십니다."

해명은 또박또박 대답했다. 진 대인은 흡족한 표정을 지었다.

그때쯤, 노랫소리는 한층 더 가깝게 들렸다. 아마 툇마루 언저리까지 다가와 부르는 것 같았다. 그 때문에 해명과 진 대인 사이의 대화가 끊어졌다.

잠시 후, 바깥의 소리가 살짝 잦아든 다음, 진 대인이 먼저 입을 열었다.

"그렇지 않다네. 나도 자네처럼 회회어를 유창하게 잘하고 싶은데, 나이가 들어선지 배우면 금방 까먹곤 한다네."

"아닙니다. 제가 처음 회회어를 배울 때보다 훨씬 빠르게 익히시는 듯하옵니다."

해명이 빈말을 하는 건 아니었다. 진 대인은, 하나를 가르쳐 주면 열을 아는 사람이었다. 한림원(翰林院)* 학사였다더니 학문이 뛰어난 사람이라 그런가 했다.

---

* 명나라 때 사서 편찬 등을 담당하던 기구.

"그럼, 오늘은 여기서 마쳐야겠구나. 샨샨(衫杉)이 널 무척 기다리는 모양이다."

그러면서 진 대인은 씩 웃었다.

샨샨은 진 대인이 늦게 얻은 일곱 살짜리 외동딸이었다. 뒤늦게 얻은 젊은 부인은 재작년 돌림병으로 죽었고, 아이는 유모가 키우고 있었다.

"네, 대인 어른. 그럼, 나흘 후에 뵙겠습니다."

"알야움 카-나 알하디-쑤 뭄티안(오늘 이야기 즐거웠네)."

"와 아나 아이단 쑤리르투 빌리까-이카(저도 반가웠습니다)."

끝인사는 회회어로 주고받았다.

해명은 펼쳐 놓았던 얇은 책 서너 권을 정돈해 보퉁이에 넣었다. 그러고는 일어났다.

진 대인이 먼저 성큼 걸어가 문을 열었다. 그러자마자 진 대인 옆으로 앳된 여자아이의 활짝 웃는 얼굴이 눈에 먼저 들어왔다.

"아기씨, 노래 부르고 계셨어요?"

해명은 얼른 일어나 아이 앞으로 바짝 다가가 물었다.

"응. 나 많이 기다렸어. 저기서부터 여기까지 다섯 번 돌았어. 그래도 하이밍(海鳴, 해명의 중국어 발음)이 안 나왔어. 이제 나랑 놀 거야?"

머리를 곱게 땋아 뒤로 넘긴 샨샨의 도톰한 이마가 희게 빛났다. 작은 땀방울이 송송 맺혀 있어서, 해명은 얼른 수건을 꺼내 아이의 이마를 닦아 주었다. 눈은 크고 눈썹이 짙은 데다가 유독 붉은 입술이 곱게 그린 그림 같았다. 아이는 한 손으로 정원의 저편 끝에 있는 석탑과 이쪽을 가리키며 허공에 원을 그렸다. 또 다른 한 손은 뒤로 감춘 채 내놓지 않았다.

"아유! 아기씨, 이제 낮잠 주무셔야 하는데…."

샨샨의 뒤에서 유모가 발을 동동 굴렀다. 그러자 진 대인이 괜찮다는 듯 고개를 끄덕였다.

곧 샨샨은 뒤로 감추었던 손을 앞으로 내밀었다. 고사리 같은 손에는 민들레 꽃씨가 들려 있었다. 해명이 고개를 조금 더 숙이자, 아이는 그것을 훅 불었다.

"후우!"

민들레 씨앗이 해명의 얼굴로 날아왔다. 해명은 깜짝 놀라는 시늉을 했고, 그것을 본 아이는 까르르 웃었다. 그러고 나서 곧바로 해명의 손을 잡아 이끌었다.

"오늘은 하이밍이 화관을 만들어 준댔어. 맞지?"

샨샨은 쪼르르 달려 연못 한가운데를 가로지르는 무지개 모양의 다리 위로 달려갔다. 해명이 따라잡을 틈도 없이, 아이는 어느새 그 다리 볼록한 가운데에 섰다. 그러고는 얼른 오라며 손을 흔들었다. 분홍빛 저고리가 펄럭댔다. 얼핏 눈에는 큰 나비가 하늘거리는 모양새가 비치었다.

그런데 그때, 샨샨의 얼굴 너머로 낯익은 또 하나의 얼굴이 아지랑이처럼 피어올랐다가 사그라들었다. 그래서 해명은 잠시 머뭇거렸다. 하지만 애써 외면하며 금세 머리를 저었다.

'안 돼!'

소리는 내지 않았지만, 스스로를 타일렀다. 그 생각을 그대로 두면, 뒤이어 따라올 또 다른 기억들이 잘 벼린 칼날처럼 심장을 도려내려 할지 모르니까.

해명은 단숨에 샨샨을 따라잡았다. 아이는 곧 다리 건너편의 갈지(之)자로 난 정원 길을 따라갔다. 양편으로 작약과 쑥부쟁이, 도라지꽃, 엉겅퀴는 물론 이름도 알 수 없는 꽃과 키 작은 나무들이 가지런히 심어진 길이었다. 아이는 그 길을 지나, 담장 아래쪽에 쪼그려 앉았다.

"이것 좀 봐. 예쁘지?"

샨샨이 가리킨 곳에는 처음 보는 노란 꽃이 활짝 피어 있었다. 꽃잎이 빼곡하게 겹겹으로 났고, 향기도 짙었다. 얼핏 동백을 닮았다고 생각했는데, 낱장의 꽃잎이 그보다 더 조밀하게 들어찼고, 가지런했다. 작년부터 이 정원 곳곳을 돌아다녔는데도 한 번도 눈에 띄지 않았었다.

해명은 꽃을 꺾으려 손을 뻗었다. 그러자 샨샨이 말했다.

"따가워!"

가만히 들여다보니 푸른 줄기에 돌아가며 가시가 나 있었다.

해명은 조심스레 가시부터 떼어 냈다. 생각보다 단단해서, 조심하느라 했는데도 엄지손가락을 찔리고 말았다. 빨간 핏방울이 손가락에 맺혔다. 그때 다시 한 번 기억의 조각조각이 바람처럼 스쳐 지났다. 해명은 얼굴을 찡그렸다가 펴고, 꽃송이가 달린 가지를 여러 번 엮고 비틀어 둥그런 모양의 화관을 만들었다.

"야아아아!"

화관을 머리에 쓴 샨샨이 소리를 질렀다. 그러더니 다시 왔던 길로 뛰어갔다. 신이 나서 어쩔 줄 모르는 표정이었다. 폴짝폴짝 뛰고, 소리를 지르고, 만세를 부르며 수선을 부렸다.

다리를 건너왔을 때, 진 대인이 미소를 지으며 기다리고 있었다.

"기어이 찾아냈구나. 녀석."

"새로 심으셨습니까? 못 보던 꽃입니다."

해명은 다가가 물었다.

"그랬지. 혹시나 했는데, 피었나 보군. 예투에게 얻었네. 미식(米息, 이집트)이란 나라에서 온 거라더군."

"미식이라면…? 고리국(古里國, 인도 캘리컷)보다 더 먼 나라입니까?"

"아마 그럴 테지? 그런데 네가 고리국을 알고 있느냐?"

"아, 아닙니다. 그저 회회어를 배우느라 이 책 저 책 보던 중에 종종 마주친 단어일 뿐입니다."

"그래, 그렇구나. 나도 가 보지는 못했지만, 북평(北平, 베이징)에서 수백 개의 산과 강을 건너면, 운남에 이르고, 거기서 또 수천 수만 개의 마을을 지나면 고리국에 이른다더구나. 어쩌면 1년의 시간이 다 지날 수도 있어. 아니 더 많은 시간이 걸릴 수도 있겠지. 물론 용케 살아서 걷고 또 걸을 수 있다면 말이다. 넌 조선에서 왔다고 했지? 그렇게 온 만큼 예닐곱 배를 더 가면 고리국에 가까스로 닿을 수 있을지 모르겠구나."

진 대인은, 딴에는 조리 있게 설명했지만, 해명은 가늠이 되지 않았다. 그런 나라가 있다는 것은 이름만 들었을 뿐이었다.

그래도 해명은 슬쩍 물었다.

"그런데 미식국은 더 멀단 말인가요?"

"그렇다고 들었다. 여기서 고리국을 가는 만큼 더 멀리 가야 있다지? 아무튼 장미라는 꽃이라던데⋯. 저건 들에서 난다더군."

"네에⋯."

대답은 했지만, 해명은 뒤통수를 한 대 얻어맞은 것처럼 눈앞이 아찔했다.

해명은 숨을 한 번 더 내쉬고, 정신을 가다듬었다. 그리고 물었다.

"장미요? 예투 어른께서는 어찌 저것을 구하셨을까요?"

"그러게 말이야. 색목인들은 참으로 알지 못할 재주가 많으니 말이야."

해명은 진 대인의 말에 고개만 끄덕였다.

"그보다는 이런 화려하고 넓은 정원을 한결같이 아름답게 가꾸시는 대인께서 더 놀랍습니다."

"나야 물려받은 것을 지키고 있을 뿐이지. 그나저나 우리 샨샨이 저리 좋아하니…. 저러다 자네한테 시집이라도 가겠다고 하면 어쩔 텐가? 허허허!"

"네? 대인 어른, 그게 무슨 당치도 않은…."

해명은 진 대인의 말에 얼굴이 붉어졌다. 얼굴을 들 수가 없었다.

하지만 해명은 곧바로 자신의 얼굴이 붉어질 이유가 없다는 것을 깨달았다. 꿈도 꿀 수 없는, 농담도 아닌 농담에 이게 무슨 어처구니없는 낯 뜨거움이란 말인가? 한낱 변방의 오랑캐 나라에서 끌려온 주제에! 그건 죽었다가 깨어나도 해명이 꿀 수 있는 꿈이 아니었다.

그런데 진 대인은, 더구나 온전한 사내도 아닌 자신에게 어찌 그런 말을 했을까? 그런 생각을 하자 해명은 진 대인이 자신을 놀리는 것 같아 섭섭함마저 들었다.

해명은 다시 고개를 들어 진 대인을 쳐다보았다. 진 대인이 가만히 내려다보고 있었다. 눈이 마주치자 진 대인은 알 수 없는 한마디를 더 했다.

"자네의 골상을 보니 문득 생각나는 사람이 있다네."

"그게 누굽니까?"

"정화 태감(太監) 말일세. 들어 본 적 있나?"

물론 들어 본 적이 있었다. 한 번도 직접 본 적은 없었지만. 해명이 듣기에, 정화 태감은 수많은 환관들의 우두머리였다. 많은 환관들이 존경하며 따랐고, 그의 말이라면 죽는 시늉까지 한다고 했다. 특히 영락제(명나라 3대 황제)가 대국을 다스릴 때는, 황제의 총애를 받아 그 위세가 하늘을 찔렀다는 것이다. 무엇보다 해명은, 정화 태감이 황제의 명령을 받들어 수많은 나라를 돌아다니며 대국의 이름을 널리 알렸다는 이야기에 귀가 쫑긋 서곤 했었다. 그것도 배를 타고. 물론 그게 사실인지는 확인할 길이 없었고, 물어보려고만 하면 쉬쉬 했다. 해명에게는 수수께끼 같은 인물이었고, 우러러 볼 수도 없을 만큼 높고 큰 존재였다.

그에 더하여 해명의 목숨 줄을 간신히 보전할 수 있게 해 준 사이관(四夷館)*도 한때는 정화 태감의 손안에 있었다고 하지 않았는가?

그나저나 오늘따라 어찌 진 대인의 말이 이토록 갈피를 잡을 수 없을까? 물론 거기서 끝이 아니었다. 그다음 꺼낸 말은 무겁기까지 했다.

"하이밍, 너는 한 번도 내가 왜 회회어를 배우려는지 묻지 않는 구나."

"저는…. 아무것도 물을 수 없습니다. 궁금해 해서도 안 됩니다. 저는 시키는 대로 할 뿐입니다."

해명은 잠깐 머뭇거렸지만 솔직하게 대답했다. 그것은 자신을 이곳으로 보낸 예투의 명령이기도 했다. 이역만리 변방의 오랑캐

---

* 통역과 외국 문서 번역 등의 일을 맡은 외국어 교육 기관.

나라에서 끌려와 대국의 신하가 되어 살기 위해서는 꼭 그래야
했다.

"그래. 어떤 때는 모르는 것이 약이 되는 것이니라. 무언가를 알
고 있으면 그것이 화가 되기도 하지."

해명은 진 대인의 옆얼굴을 빤히 쳐다보기만 했다. 그러고 있자,
이번에는 물었다.

"넌 조선에서 왔다고 들었다. 그런데 이 대명(大明, 명나라)까지
와서 어찌 회회어를 익힌 것이냐?"

"…."

입술을 살짝 떨었지만, 섣불리 말이 나오지 않았다. 해명은 잠시
머뭇거렸다. 그리고 막 입을 열려는데, 진 대인이 먼저 말했다.

"그래. 그 대답은 나중에 듣자."

해명은 입속에서 중얼거리던 말을 그냥 삼켰다. 그저 살기 위해
서였습니다, 라는 말은 목구멍으로 넘어가 버렸다.

*

예투의 명령으로 진 대인의 집에 드나든 지 서너 달쯤이 지났을
즈음에 아이를 처음 만났다. 정원을 가로질러 연못을 건너는데, 저
편에 유모의 품에 안긴 아이가 칭얼대고 있었다. 함부로 참견할 수
없어서 그냥 지나치려 했다. 하지만 공손히 고개를 숙였다가 쳐드
는데 젖은 눈망울을 마주 대하고 말았다. 그 때문에 해명은 우뚝

발걸음이 멎고 말았다. 깊이 유폐되었던 기억 하나가 연기처럼 피어오른 탓이었다.

이어 곧바로 몸이 생각을 앞질렀다. 해명은 아이가 있는 쪽으로 다가가, 바로 앞에 있던 작고 노란 꽃 두 송이를 꺾어 꽃팔지를 만들어 손목에 감아 주었다. 그러자 아이가 눈물 젖은 눈을 반짝이며 쳐다보았다.

해명은 미소를 짓고, 그 곁에 핀 하얀 꽃을 가지째 꺾어서 이리저리 재빨리 엮은 다음 화관을 만들어 머리에 올려 주었다. 아이가 금세 환한 얼굴로 웃었다.

그걸 확인한 뒤, 해명은 아이에게 고개를 숙여 인사를 하고는 진 대인이 기다리는 별채로 올라갔다.

그 다음부터 아이는, 해명을 기다렸다. 집에 들어설 때부터 쪼르르 따라와 진 대인의 공부가 끝날 때까지 툇마루 아래를 서성대곤 했다. 그런 아이에게 해명은 꽃을 꺾어 팔지와 화관 말고도, 풀제기도 만들었고, 풀피리도 불어 주었다. 예투에게서 들은 회회족 사람들의 노래를 가르쳐 준 건 두 달 남짓이었다.

해명은 그런 자신이 놀라웠다.

다른 기억은 모두 잊힌 지 오래였다. 잊으려고 무던히도 애를 쓴 탓이었다. 느닷없이 한양 도성으로 끌려가고, 장마로 붉은 토사물이 넘실대던 압록강을 건너, 날 선 바람과 모래가 휘몰아치던 요동 벌판을 가로지르던 기억은 감히 얼굴을 내밀지 못했다. 기어이 아랫도리가 찢어지고 사지가 뒤틀리며 죽음의 문턱을 넘나들던 기억도 마찬가지였다. 아주 이따금 생각나려 하면, 그때마다 짓밟고 갈기갈기 찢어 놓았더니, 언제부터인가 그 기억은 주변에 얼씬거리지 않았다. 꿈에도 감히 얼굴을 들이밀지 못했다. 그와 더불어 한동안은 너무나도 견고해서 지독한 향수병까지 앓게 했던 고향의 기억도 찬찬히 허물어져 갔다. 어차피 돌아가지 못할 거란 것을 알기 때문이었다.

그런데 그 기억만이 오롯이 되살아났다. 고향집 언저리에 살던 친구들이 계집애처럼 꽃반지나 만들고 화관이나 만든다고 놀렸어도, 그예 분홍 꽃반지 흰 꽃반지 만들고 노란 화관 만들어서 누나에게 씌워 주던 기억.

해명은 아지랑이처럼 피어오르려던 기억을 떨쳐 버렸다. 그리고 진 대인의 우람한 기와집 쪽문을 빠져나왔다. 문턱을 넘고 예닐곱 걸음을 걸었을 때, 어디선가 황조(黃鳥, 꾀꼬리)의 울음소리가 들렸다. 해명은 고개를 돌려 진 대인의 집을 쳐다보았다. 낮은 울타리 위로 한껏 솟아오른 앵두나무 가지 위에 황조가 내려앉아 있었다. 유독 그 붉은 부리가 눈에 띄었다.

해명은 잰걸음을 놀렸다. 예의 그랬듯이 땅만 보고 걸었다. 비는 어젯밤 그쳤고, 낮 동안 내내 햇볕이 쨍쨍 내리쬐었는데도, 골목길은 여전히 질척거렸다.

얼마나 걸었을까?

남의 집 낮은 담장 너머, 또 그 집의 안마당과 저편 또 하나의 담장 너머 큰길 쪽에서 왁자한 소리가 들렸다. 고개를 쳐들었더니, 빨간 천이 하늘로 솟구쳤다가 내려오고 황토색 용의 머리가 치솟았다가 다시 곤두박질치곤 했다. 이어 맹렬한 징소리와 북소리가 들려오더니, 사람들의 환호성이 잇따랐다.

조금 더 걷자, 큰길 쪽으로 향하는 골목에 이르렀다. 해명은 자신도 모르게 그쪽 길로 네댓 걸음 나섰다. 그러자 하필이면 그 즈음, 골목 끝 큰길에서 색색의 옷을 입은 사람들이 이리저리 뛰어다녔다. 그래서 또 몇 걸음 나서려는데 이번에는 느닷없이 폭죽소리가 들렸다.

"슈우우웅! 땅땅! 따따땅!"

곧바로 골목 끝 기와집 위편으로 색색의 불꽃이 하늘을 수놓았다. 사람들의 함성소리가 연이어, 더 크게 들려왔다.

하지만 해명은 더 어쩌지 못하고 뒷걸음질 쳤다. 폭죽과 함성소리 뒤 끝에 바트에르덴의 목소리가 떠올라서였다.

"아무것도 보지 말고, 그 어떤 소리도 듣지 마라. 설사 무엇을 보았더라도 눈에 넣지 말고, 머릿속에 담아 두지 마라. 오로지 지금 가는 길로만 가고, 돌아올 때도 갔던 길로 되돌아오너라. 명심하여라. 이 비밀스러운 일이 밖으로 새어 나가면 너와 나, 예투 어르신도 목숨을 부지하지 못할 것이니!"

몽골고원에서 자라났다는 그는, 사성(四聲)*을 사용하는 것이 능수능란해서 마치 북평에서 나고 자란 사람 같았다. 처음 진 대인의 집에 이르는 길을 앞서가며, 그는 또렷한 목소리로 같은 말을 두 번 반복했었다.

말할 수 없이 긴장됐고 두려웠다. 그때뿐만이 아니라, 진 대인의 집을 오갈 때마다. 그리고 예투가 성 바깥을 내려다보면서 말할 때보다 훨씬 더. 딴생각이 날 때는 그의 날카로운 눈매가 생각나 감히 엄두도 내지 못했다. 더구나 어린 환관들을 다룰 때는 얼마나 차고 냉혹한지, 조그만 실수라도 할라 치면 곧바로 좁은 벌방으로 보내 사나흘은 굶게 했다.

꼭 1년 전, 예투가 회동관(會同館)** 바깥으로 해명을 따로 불러냈다. 따라 오너라, 라는 말만 던져 놓고, 그는 앞서갔다. 사이관 건물을 옆으로 돌아 후원을 등지고 서화문(西華門, 자금성 서문) 쪽으로 걸었다. 멀리 무영전(武英殿)***의 지붕이 보일 때쯤, 예투는 성벽 앞에 바짝 다가섰다. 그 너머로 북평 저잣거리가 아득하나마 한눈에 들어왔다.

"하이밍, 네가 사이관에 들어와 공부한 지 얼마나 되었지?"

예투는 뜬금없이 그렇게 물었다. 그래서 해명도 무심히 대답

---

* 중국어 발음 원칙.
** 외국에서 온 손님들을 접대하는 기관.
*** 명나라 초기에 황제가 대신들을 접견하던 곳.

했다.

"다섯 해째가 되었습니다."

"그렇구나.《화이역어(華夷譯語)》*를 몇 번이나 떼었지?"

"모두 세 번을 떼었고 그 후에는 회회어만 익혔습니다."

"그래. 너의 총명함을 내가 진작부터 알았지."

그때부터 느낌이 왔다. 정작 할 말은 따로 있다는 것을. 그래서 가만히 기다렸다. 아니나 다를까? 예투는 느릿느릿 사방을 돌아보더니 입을 떼었다.

"네가 해 줘야 할 일이 있다. 위험한 일인데, 하겠는가?"

예투의 목소리는 낮았고, 탄탄하고 큰 몸집만큼이나 무겁게 들렸다.

"명을 내리시면 따르겠습니다."

해명은 조금도 주저하지 않고 대답했다. 어찌 그의 명 앞에서 머뭇거릴까. 예투는 사이관의 교수 중 으뜸이었고, 해명 자신에게 회회어를 가르쳐 준 사람이었다. 이를테면 그가 해명의 목숨 줄을 쥐고 있다고 해도 틀린 말이 아니었다. 더구나 해명을 이리로 데려온 것도 바로 예투였다. 그런 마당에 아무리 위험한 일이라 해도 마다하겠는가?

"궁궐 밖으로 나가야 하는 일이다. 그것도 아무도 모르게 말야."

---

* 사이관에서 통번역을 공부하는 학생들이 교재로 보던 책.

해명은 놀랐다. 어린 환관에게 궁 밖 출입은 금지된 일이었다. 어떤 곳에서 일하는 환관이든 일정한 교육을 받고 적당한 부서에 배치되기 전까지는 궁궐 안에서도 마음껏 돌아다닐 수 있는 곳은 없었다. 그런데 바깥으로 나가라니. 더구나 아무도 모르게?

심장이 콩닥콩닥 뛰기 시작했다. 해명은 그걸 들킬까 봐 어금니를 꽉 물었다. 그리고 얼굴을 들어 예투의 파란 눈을 마주 보았다.

색목인이 다 그런 건 아니지만, 그의 눈은 유독 파랬다. 열 살 때 그를 처음 보았고, 그때는 그 눈빛만 보고도 까무러치는 줄 알았다. 탄탄하고 큰 덩치, 그러나 수염도 없이 매끈한 얼굴. 그런데 유독 도깨비불처럼 활활 타오르는 듯한 파란 눈이라니!

"어떤 일을 해야 합니까?"

해명은 몹시 떨렸지만 담담하게 물었다. 그건 무슨 일이든 하겠습니다, 라는 뜻이기도 했다.

"진원충이라는 분이 계시다. 한림원 학사였던 분인데, 《영락대전(永樂大典)》*을 쓰는 데 큰 공을 세운 분이시다. 정화 태감의 은인이시기도 하고. 네가 그분께 회회어를 가르쳐 드려야겠다."

해명은 한 번 더 놀랐다. '정화 태감'이라는 말이 나오는 순간, 그 일이 얼마나 위중한 일인지는 짐작하고도 남음이 있어서였다. 예투가 자신에게 황제와 같은 사람이듯, 정화는 예투에게 그런 사

---

* 명나라 초기에 황제의 명으로 발간된 백과사전.

람이었다.

"오늘부터 보름의 말미를 줄 터이니, 진 대인을 가르칠 계획을 짜 보거라. 철자 정도는 알고 있으시니, 읽고 번역하는 데 도움이 될 만한 쪽으로 말이다. 그러고 나면 닷새 후에 바트에르덴이 길을 안내할 것이다. 알겠느냐?"

해명이 대꾸하지 않자, 예투는 점잖은 목소리로 말했다. 해명은 대답 대신 머리를 조아려 보였다. 영문은 알 수 없었지만 더 물을 수가 없었다. 왜 다른 사람도 아니고 자신이 그런 일을 해야 하는 지가 궁금했지만, 일단 따라야만 했다.

잠시 후, 예투는 한 마디 더 했다.

"은밀해야 한다. 닷새에 한 번씩 나갈 수 있고, 해지기 전에는 반드시 돌아와야 한다."

그 말이 지금도 생생했다.

해명은 그 생각들에 쫓기듯 뒷걸음질 쳤다. 그리고 가던 길로 다시 방향을 잡았다. 뒤쪽에서 여전히 폭죽소리와 시끄러운 사람들의 목소리가 들려왔다. 그래서 여러 번, 버릇처럼 뒤돌아보기도 했다. 하지만 몇 번 그러고 나자, 그 소리마저 조금씩 멀어져 갔다.

해명은 골목을 오른쪽 왼쪽으로 여러 번 꺾어 돌며 부지런히 걸었다. 늘 그랬지만 누군가 지켜보고 있다는 느낌 때문이었다. 벌써 계절이 네 번이나 바뀌었고, 그 정도면 익숙해질 만도 한데, 그렇지가 않았다. 겁이 났고 그래서 쫓기듯 잰걸음을 놀리곤 했다.

곧 시장길이 나왔다. 골목길보다 두세 배는 넓은 길이어서 한결 숨통이 트였다. 하지만 밀려 오가는 사람들 때문에 걷기가 불편하기는 마찬가지였다.

해명은 잠시 고개를 들었다가 다시 내렸다. 그리고 빨리 걸었다. 길 한쪽 포목점의 형형색색 비단과, 가판대 위에 놓인 아기자기한 아녀자의 노리개가 눈가에 스쳐 지났다. 문득 저 노리개 하나 사서 샨샨에게 주고 싶다는 생각이 들었다.

그 옆 그릇가게에 층층이 쌓인 놋그릇과 촛대가 햇빛을 받아 반짝 빛을 냈다.

귓속으로는 대장간의 쇠 벼르는 소리와 생선가게 주인이 연신 싸다고 외치는 소리가 들렸다. 상점 어디선가 다투는지 상스러운 욕설도 몇 마디 귓가에 들어왔다. 그 소리가 또 잦아들 때쯤에는, 머리에 큰 바구니를 이고 가는 아낙네와 까만 갓을 쓰고 청색 저고리를 입은 남자와 연이어 부딪혔다. 하지만 해명은 채 머리를 조아리지도 못하고 옹기가게 쪽으로 빠르게 걸었다. 그 옆 골목으로 다시 들어가면, 서화문 쪽에서 멀지 않았다. 예의 약재상에서 풍기는 한약 냄새가 콧속을 스쳤다.

그런데 그때, 쌀가마니를 잔뜩 실은 수레가 저 앞에서 다가왔다. 해명은 처마 밑에 붓이 잔뜩 걸려 있는 문방구 옆쪽으로 비켜서야 했다.

"이랴! 이랴!"

뿔이 큰 황소가 바짓가랑이를 걷은 남자의 채찍을 맞으며 수레를 끌었다. 예닐곱 사람이 더 해명이 있는 쪽으로 몸을 피했다. 어쩔 수 없이 해명은 밀려드는 사람들을 피해 더 뒤로 물러섰는데, 하필이면 남의 집 쪽문 앞이었다.

순간 그 쪽문이 뒤쪽으로 열렸다.

"어이쿠!"

해명은 뒷걸음질 치며 버둥거렸다. 자신의 손이 문을 짚어서 열렸을 거라 생각했고, 얼른 몸을 추스르기 위해 몸을 바로 잡으려 애썼다. 하지만 이게 무슨 일일까? 누군가가 뒤에서 해명을 쭉 잡아당겼고, 그런 탓에 허우적대듯 허공에 손을 저으며 끌려갔는데, 연이어 또 다른 누군가가 재빨리 문을 닫아 버렸다.

"누구…."

입을 열었지만, 억센 손이 해명의 입을 틀어막았다. 몸부림을 쳤지만, 힘이 닿지 않았다. 시야에는 짓다가 만 집터와 겨우 서까래를 올린 지붕이 보였다.

"소리치거나 도망갈 생각하지 말고 조용히 따라오너라."

뒤에서 해명을 끌어안듯 붙잡은 남자의 말소리는 낮았지만, 그러나 쇳소리가 섞여 있어 위협적이었다. 해명은 어찌해 볼 도리가 없었다. 몸에 닿는 억센 손길을 뿌리치기 힘들 것임을 직감했다. 온몸에 힘이 쭉 빠졌다.

남자는 해명이 도망갈 생각이 없음을 짐작했는지, 입을 가렸던 손을 풀었다. 대신 왼편에서 뒤쪽 목덜미를 잡고 앞으로 밀어냈다. 어쩔 도리 없이 해명은 앞서 걸었다. 차마 뒤돌아볼 용기가 나지 않았다. 해명은 남자가 밀어내는 대로 지붕을 올린 지 얼마 되지 않은 집 안으로 들어갔다.

어둑한 저편에 벼슬아치의 갓을 쓴 남자가 등을 돌리고 서 있었다. 뒷모습만 보아도 태가 나는, 파란 비단옷의 말끔한 차림이었다.

"어르신, 아이를 데려왔습니다."

뒷덜미를 붙잡았던 남자가 말했다. 그러자 갓을 쓴 남자가 천천히 몸을 돌렸다. 갸름한 얼굴이었다. 턱에 짧은 수염이 볼품없이 자라 있었다. 어쩌면 환관일지 모른단 생각이 들었다. 순간적으로 온갖 생각이 스쳐 지나갔다. 혹시 이 은밀한 일을 누군가 알아차린 걸까? 그러자 순식간에 뒷목이 서늘해졌다.

"오랜만이구나."

말소리의 억양이 일정치 않았다. 대국의 말치고는 어눌하게 들렸다. 아니, 그게 중요한 게 아니었다. 오랜만이라니? 고향에서 이곳으로 끌려온 뒤로 5년 동안 만난 사람이라고는 사이관에 있는 환관들과 회동관을 오가던 다른 나라 무역상들뿐이었는데.

그래서 해명은 벼슬아치로 보이는 선비의 얼굴을 다시 훑어보아야 했다. 갸름한 여우 상의 얼굴이었고, 이마가 톡 불거져 나왔는데…. 아무리 봐도 낯이 익었다. 하지만 사이관에서 본 얼굴은 아니었다. 사이관이나, 해명이 종종 통역을 위해 오가던 회동관에는 저런 인상의, 더구나 저토록 나이가 든 환관은 없었다.

마침내 그가 밝은 쪽으로 걸어 나와 얼굴을 드러냈다.

순간, 해명은 무릎을 꺾고 말았다.

하아!

나락으로 떨어진다는 말이 이런 걸까 싶었다. 꿈에서도, 아니 죽은 뒤라도 두 번 다시 마주치지 않게 해 달라고 빌고 또 빌었던 그 얼굴이었다. 정신이 아뜩해졌다.

설마! 해명은 머리를 저었다. 절대 그럴 리 없다고, 잘못 본 것이라고, 그 짧은 시간에 수도 없이 외쳤다. 그래서 눈을 오래 감았다가 떴다. 제발 눈을 뜨면, 그 얼굴이 사라지고 없기를 바라면서. 하지만 그 바람은 그의 한 마디에 여지없이 깨지고 말았다.

"그렇게 놀랄 것 없다."

조선말이었다. 두 번 다시는 쓸 일이 없을 줄 알았던 그 말! 그걸 확인하는 순간, 숨을 놓았다. 아니, 그러고 싶었다. 땅바닥에 널려 있던 돌조각이 무릎을 찍었다. 하지만 조금도 아픔이 느껴지지 않았다.

"나를 기억하겠느냐?"

"어, 어찌 잊겠사옵니까? 어윤수 대감 아니시옵니까?"

얼결에 그런 말이 튀어나오고 말았다.

"그래, 잘 보았구나. 네놈도 보아하니, 매초롬한 것이 그리 못 지

낼 듯싶지는 않구나."

"…."

아무 대꾸도 하지 못했다. 아니, 무슨 말을 해야 할지 알 수가 없었다. 해명은 자신도 모르게 손발을 파르르 떨었다.

"왜 대답을 못 하느냐? 조선에서 온 어린 화자(火者, 환관)가 사이관이라니? 지금은 한인(漢人)들도 시험을 쳐서 겨우 들어가는 곳에 들어가 통사(通事, 통역관) 훈련을 받고 있지 않느냐?"

다 맞는 말이긴 했다. 해명은 운이 좋아 예투가 사이관으로 데려갔지만, 작년부터 사이관의 입학 자격은 매우 까다로워졌다. 게다가 조선에서 온 화자는, 다른 부서라면 몰라도 사이관에 배치되는 일은 드물었다. 대국이 가장 많이 교류하는 나라가 조선이었으므로 구태여 통사가 필요하지 않아서라고 들은 적이 있었다.

그런데 그게 왜요? 당신이 나를 위해 애쓰기라도 했나요? 해명은 그렇게 물을 뻔했다. 하지만 가슴속에서만 뱉고 말았다.

그러고 있는데, 어윤수가 다시 말했다.

"고개를 들거라."

그러나 해명은 고개를 들지 못했다. 그냥 심장이 뛰고 몸이 떨릴 뿐이었다.

"고개를 들지 않고 무얼 하느냐?"

하는 수 없이 해명은 찬찬히 머리를 들었다. 어느새 어윤수가 허리를 굽히고 내려다보고 있었다. 그는 검버섯이 핀 얼굴로 씩 웃었다. 그러더니 다가와 손에 들고 있던 죽선(竹扇, 쥘부채)으로 해명의 턱을 더 들어올렸다.

"옳거니! 참말로 많이 컸구나. 내가 아니었으면 네놈이 어떻게 이리도 잘 컸겠느냐? 그렇지 않느냐?"

아버지라도 되는 듯, 그는 정말로 흡족한 표정이었다. 그래서 해명은 더욱 겁이 났고, 온몸을 떨었다. 그러느라 어떤 대꾸도 할 수 없었다. 간신히 숨을 쉬는 것 외에는.

"내 너에게 부탁할 것이 있어서 왔느니라. 그러니 명심하여 듣거라. 알겠느냐? 조선을 위해서 하는 일이니 무조건 따라야 한다. 알겠지?"

그 말에 해명은 얼결에 고개를 끄덕이고 말았다.

동시에 몇 년 전 압록강 어귀에서 해명의 목을 틀어쥐고 겁박하던 어윤수의 목소리가 또렷하게 기억났다. 감히 네놈이 누이를 빼돌리려 했단 말이지? 다시 한 번만 허튼수작을 했다가는 네 누이를 강에 던져 물고기 밥이 되게 하고, 네놈의 혀를 뽑아 버릴 것이다. 그러더니 그는 해명을 나흘간 굶게 했고, 그런 채로 해명은 비바람 몰아치는 요동 벌판을 건너야 했다.

2.
두 번은 죽었고,
다시 한 번 태어났으니...

*

진 대인은, 누런 보자기에 싼 멧대추 씨앗을 해명의 보퉁이에
넣어 주었다.

"이미 다 볶은 것이니, 갈아서 물에 타 마시도록 하여라. 내 말대
로 하면 금세 병증이 호전될 것이다. 알겠느냐?"

"대인, 송구하기 이를 데 없습니다."

해명은 허리를 깊이 숙였다. 그러자 진 대인은 해명의 어깨를
두드렸다. 올려다보니, 그는 해명을 내려다보면서, 괜찮아, 라는
듯 고개를 끄덕이고 있었다.

하지만 그런 다음에도 해명은 얼른 문밖을 나서지 못했다. 저편

에서 샨샨이 유모의 손을 잡고 시무룩한 표정을 짓고 있어서였다. 그 때문에 발길이 떨어지지 않았다. 그걸 눈치챘는지, 진 대인이 다시 말했다.

"샨샨에게는 내가 잘 이야기할 테니, 어서 가 보거라."

해명은 고개를 꾸벅 숙이고 문밖으로 나섰다.

그러자마자 빨리 걸었다. 뒤 한 번 돌아보지 않고 서둘렀다. 진 대인의 집 기와지붕이 보이지 않을 때까지.

그쯤에서 해명은 걸음을 멈추었다. 얼른 보퉁이를 열어 서책 속에 숨겨 놓은 종이 한 장을 꺼내 들었다. 닷새 전, 어윤수가 그려 준 지도였다. 그것을 펼치는 순간, 그의 목소리가 또렷하게 떠올랐다.

닷새 후, 유시(오후 5~7시)가 되기 전까지 이곳을 찾아오너라. 거기에 가면 너를 기다리는 사람이 있을 테니, 그 자가 원하는 것을 들어주면 된다. 알겠지?

그때, 해명은 억지로 변명을 늘어놓았다. 아니, 애원했다. 교육받는 환관이 함부로 나다녀서는 안 된다고, 누구를 만나는 일은 더더욱 그렇다고. 잘못하다가는 목숨을 잃을 수 있다고.

그러자 어윤수가 다그쳤다. 네놈이 이러고 나다니는 것은 누구의 허락을 받고 하는 일이냐? 얕은 수 부리지 말거라. 내 말 한 마디에 여럿의 목숨이 달린 걸 모른단 말이냐? 내가 네놈들이 무슨 짓을 하고 다니는지도 알아보지 않고 너를 불러낸 줄 아느냐? 그 호통에 해명은 맥을 놓고 말았다.

어윤수의 말은 공연한 겁박이 아니었다. 환관이 함부로 궐 밖을 나다니지 못하게 한 건, 황제의 명이었다. 해명은 어쩔 수 없이 지도를 받아 들었다.

그날부터 잠을 이루지 못했다. 온갖 걱정들이 쌓이기 시작했다. 예투에게 이 일을 알릴까도 고민했지만 그만두었다. 그런 생각이 고개를 들 때마다 어윤수의 말이 말문을 막았다. 누구에게도 나를 만났다는 것을 발설하면 그때는 모두 목이 달아날 것이다. 너와 나, 그리고 너를 바깥으로 내보낸 모든 사람들 말이다.

입맛도 없었다. 물 한 모금 넘기기도 힘들었다. 그동안 수없이 밟고 다져서 깊이 묻어 놓은 기억들이 오롯이 되살아났기 때문이었다. 그 기억들은 잠을 앗아 갔고, 겨우 쪽잠이라도 들라 치면 악몽으로 찾아왔다. 그러느라 헬쑥해진 얼굴을, 진 대인은 금방 알아보았던 것이다.

어찌, 얼굴에 핏기가 하나도 없고 기신하기조차도 힘들어 보이는 것이냐? 병이 났느냐? 그렇게 말한 진 대인에게 해명은, 그저 잠이 오지 않아서 그랬다고 답했다. 그러자 진 대인은 불면증에 좋다는 멧대추를 내놓은 것이었다. 오늘은 공부를 그만하자며 일찍 책을 덮은 것도 진 대인이었다.

해명은 지도를 들여다보았다. 지도라고 별 게 없었다. 가로와 세로로 죽죽 그어진 선과 몇 곳에 건물 이름, 호수를 표시하는 작은 동그라미와 오른쪽 아래에 까만 점 하나가 찍혀 있는 게 전부였다.

해명은 주먹을 꼭 쥐고 골목의 좁은 삼거리 앞에 섰다. 곧바로 가야 서화문 쪽이었다. 그래서 한참 그쪽을 바라보았다. 그리고 몇 걸음 나섰다. 하지만 예닐곱 걸음만에 멈추었다. 어윤수의 얼굴이 떠올랐다. 그래서 돌아섰다. 그러자 이번에는 곧바로 예투가 생각났다.

걸었다가, 돌아서 몇 걸음 내딛었다가, 멈추기를 반복했다. 그러다가 해명은, 오히려 예투 때문에라도 가야 한다고. 그렇지 않으면 어윤수가 무슨 짓을 저지를지 모른다고, 만약 정말 그렇게 되면 예투까지 위험해지지 않겠느냐고, 스스로를 향해 말했다.

마침내 해명은 한 번도 가 본 적이 없는 낯선 골목을 지났다. 곧 큰길이 나왔다. 그 앞에서 깊은 숨을 들이쉬고, 다시 돌아선 다음, 큰길로 나섰다.

어리둥절했다. 골목 장터 길보다 예닐곱 배쯤은 넓은 길 옆으로 2~3층짜리 집들이 즐비했고, 멀리 몇 곳에는 그보다 더 높은 누각도 눈에 띄었다. 깔끔하고 반듯한 벽돌담이 자로 잰 듯 이어졌고, 골목 시장에서는 볼 수 없었던 큰 수레가 지나다녔다. 사람들의 옷차림새가 한결같이 깔끔해 보였고, 활기차 보였다. 큰 글씨를 적은 희고 붉은 천들이 곳곳에서 바람에 펄럭거렸다.

해명은 자신도 모르게 한동안 넋을 놓고 사방을 돌아보았다. 이 길을 잘못 들어서면 길을 잃을지도 모르겠다는 생각이 들었다. 그 때문에 일단 걷기는 하면서도 자주 뒤를 돌아보는 일도 잊지 않았다.

남서쪽으로 방향을 잡았다. 큰길에 나와 1500보쯤 걷자 처마가 금색으로 칠해진 문루가 나왔다. 그때쯤 해명은 지도를 다시 펼쳤다. 문루가 표시되어 있었고, 그 오른쪽 아래로 엉성하게 그린 원이 보였다. 길은 그쪽으로 안내되어 있었다. 야트막한 언덕길을 지나면 곧 호수가 나올 것이고, 호수를 왼쪽으로 끼고 돌다 보면 자혜루라는 정자가 나올 것인데, 거기서 호수를 등지면…. 해명은 기억을 떠올리며 문루를 지났다. 그 아래를 지나자마자 4층 누각 옆으로 난 길로 접어들었다.

곧 야트막한 언덕이었다. 그 언덕 위편으로 줄지어 늘어선 능수버들이 보였다. 한참 물이 오른 초록 이파리들이 햇살을 받아 반짝거렸다.

언덕 중간을 지날 때쯤부터 숨이 차기 시작했다. 해가 서쪽으로 기울고 있었지만, 아직 유시가 되려면 충분한 시간이 있었다. 그래도 걸음을 늦출 수가 없었다. 조급증 때문에 자꾸만 다리를 빨리 놀렸고, 그러느라 몇 번은 헛디뎠다. 기어코 언덕 꼭대기에 막 올라서는 순간에는 다리가 꼬여 넘어지고 말았다.

"어억…."

자신도 모르게 허리가 꺾이고 비명이 튀어나왔다. 해명은 일어나지 않고, 도리어 그 자리에 털썩 주저앉았다. 그리고 한참 동안 멍하니 눈을 깜박거렸다.

넘어진 김에 쉬어 가려는 뜻이 아니었다. 눈앞에 펼쳐진 짙푸른 호수 때문이었다. 아니, 그것은 호수가 아니었다. 반대편 끝이 보이지 않을 듯 까마득했고, 그 파란 빛은 틀림없이 바다를 닮아 있었다. 물 위에 떠 있는 배와 그 위, 하늘을 휘저으며 날아가는 새들….

지난 5년 동안 단 한 번도 본 적이 없는 물. 그 넓디넓은 호수는 영락없이 고향 집 앞의 바다를 떠올리게 했다. 해명은 넋을 놓아 버렸다.

예고도 없이 눈물이 흘렀다. 금세 뺨이 젖었고, 두 눈에서 흐른 눈물은 턱 아래에 고였다가 땅으로 떨어졌다. 그칠 기미를 보이지 않았다. 가슴속에 묻어 두었던 설움이, 억울함이, 슬픔이, 고통이 고스란히 솟아올랐다. 아버지가 생각났고, 세 살 많은 누이가 떠올랐다. 차마 소리는 토해 내지 못하고, 가슴을 쥐어뜯으며 해명은 울었다. 자꾸 울었다.

그러는 동안 마침내 기억은 해명을 고스란히 거제도의 짙푸른 바다 앞으로 데려다 놓았다.

*

고향 집에서는 사립문 너머로 바다가 보였다. 툇마루에 누웠다가 고개만 들어도 바다가 마당 앞으로 마중 나오듯 달려왔다. 해도 그쪽에서 떴고 바람이, 그리고 파도가 그곳에서부터 밀려왔다. 아버지는 늘 그 바다로 나가 고기를 잡았다.

아버지는 바다밖에 모르는, 타고난 배꾼이었다. 마을 누구보다 멀리 나가 고기를 잡았고, 다른 사람보다 더 많이 잡았다. 배에 대해서, 그리고 바다와 바닷길에 대해서 아버지만큼 잘 아는 사람은 없었다. 별자리를 보고, 불어오는 바람을 맞으며, 혹은 구름을 보며 일기를 미리 알았는데, 그 역시 아버지가 으뜸이었다.

하지만 아버지는 뽐내는 적이 단 한 번도 없었고, 오히려 남의 배를 고쳐 주었고, 당신이 고기를 덜 잡아도 마을 사람들과 나누었다. 마을 일에는 먼저 나섰고, 당신의 일처럼 돌보았다.

그런 아버지를 마을 사람들은 아주 좋아했고, 따르는 사람도 많았다. 적어도 그날 새벽, 왜인 가네코가 마을에 들어오기 전까지는.

아버지가 배를 타고 나가면 세 살 더 많은 누나는 밥을 짓고, 빨래를 했다. 그러는 사이 해명은, 반나절은 우 학사(學事)의 집으로 가서 글을 배웠다. 공자가 어떻고 논어가 어떻고 하는 책을 주로 읽었는데, 해명은 우 학사가 이따금 가르쳐 주는 명나라말과 몽골말이 더 재밌었다.

아버지의 말에 의하면 우 학사는 나라가 고려란 이름을 달고 있었을 때, 원나라를 자주 드나들던 학자였다. 그래서 그런지 몽골말을 아주 잘했고, 명나라말도 능수능란했다. 한때는 벼슬이 종4품쯤 이르렀다는 이야기도 들었다. 아버지는 그가 무슨 학사란 벼슬을 끝으로 거제도로 쫓겨 왔다고 했다.

　이성계가 조선을 창업했을 때, 그에 반대하다가 유배를 당했다
는 거였다. 그 이후로 우 학사는 다시는 뭍을 밟지 못했으며, 그때
까지 거제도에서 살았다. 가족이라고는 없었고, 겨우 밥이나 해 먹
는 것을 알고 아버지가 며칠에 한 번씩 생선을 들여와 주고 해명
의 교육을 부탁했다. 물론 우 학사가 그것을 마다할 이유는 없었
다. 섬이라 쌀이 부족하여 두 해 걸러 한 해씩은 보릿고개였고, 그
럴 때마다 초근목피로 끼니를 때운 탓이었다. 더불어 우 학사는 소
일거리가 생겼다며 좋아했다.

　아이의 이름을 어찌 해명이라 지었소? 바다 해(海) 자에, 울 명
(鳴) 맞소? 크게 울리는 바다라는 뜻인 게요? 무슨 연고요?

　아버지께서 말씀하시기를, 고조부가 후손을 위해 미리 지어 놓
은 이름이라 들었습니다. 장보고처럼 바다에 나가 큰 뜻을 펼치라
고….

　좋은 이름이오. 하긴 명(鳴) 자는 이름을 높이 드날린다는 뜻도
있지요. 과연, 바다에 이름을 널리 알릴 이름이오. 그런데 장보고
는 어찌 알고…?

　고조부가 청해(완도)에 살았습니다. 어렸을 때 딱 한 번 가 보았
지요. 아버지와 할아버지로부터 수없이 들었습니다. 물론 말이 그
렇다는 것입니다. 저희처럼 천한 것이 어찌 언감생심….

　언감생심이라니? 장보고도 한때는 천인이었소. 뜻을 품고 놓지

않으면 그 기회가 언젠가는 올 것이요. 그렇지 않다면 글은 왜 가르치려는 게요?

학사 어르신. 다만 이 아이가 더 먼바다로 나가 장수가 되어도 좋고, 거상(巨商)이 되어도 좋겠다는 뜻입니다. 그러려면 글이든 말이든 좀 익혀야 하지 않겠습니까?

아니, 그보다 이런 이름은 아무나 짓지 않아요. 학식이 있는 사람만이 지을 수 있는 이름이란 뜻이오. 그 고조부란 분이 궁금하오만…?

그게…. 고려 때 그저 미미한 벼슬을 하였는데 삼별초를 돕다가 좌천하여….

그럼 고조부도 배를 탔소? 수군(水軍) 장수?

그랬다고는 들었습니다만….

아버지가 처음 우 학사의 집에 해명을 데리고 갔을 때, 두 어른이 나눈 이야기였다. 그 말을 끝으로 아버지는 해명을 바깥으로 내보냈다.

이름이 그랬고, 뱃사람의 피가 흐르는 걸 알았다. 더하여 바다에 나가면 가슴이 탁 트이고 더 멀리 나가고 싶은 생각이 막연히 들기도 했다.

그래서 해명은 바다를 가슴에 품었다. 큰 배를 타고 바다로 나가 왜나라와 대국까지 오가는 큰 뱃사람이 되고 싶었다. 그래서 아버지가 시키는 공부를 했고, 대국의 말이든 몽골말이든 가르쳐 주는 대로 잊지 않고 머릿속에 담았다.

아버지와 배를 타고 나가면 그물 손질하는 일부터 돛을 매는 법, 닻을 내리는 법까지 배웠고, 별을 보고 날씨를 헤아리는 법도 하나씩 익혔다.

우 학사에게서 공부가 끝나면 해명은 마을로 달려가 아이들이랑 놀았다. 바다에 뛰어들어 헤엄을 치고 낚싯대를 놓고 그물을 던져 물고기를 잡았다. 그게 싫증 나면 나무로 만든 칼로 해적놀이를 했다. 해명은 장보고 역할을 했고 다른 아이들이 왜구가 되었다.

그러다 지치면 돌아와, 누나랑 해당화가 그득 핀 집 뒤편 언덕으로 달려 올라갔다. 누나는 나물을 캤고, 가끔은 노래도 불렀다. 해명은 언덕을 오르내리며 누나에게 꽃반지를 만들어 주었다. 화관을 만들어 씌어 주면 아주 좋아했다.

그런 누나에게서는 엄마의 냄새가 났다. 해명은, 세 살 때 바닷물에 휩쓸려 떠내려간 엄마의 얼굴을 기억하지 못했다. 하지만 그 품에 안겨 있던 냄새만은 용케 기억하고 있었다. 그것이 엄마에 대한 유일한 기억이었다. 그래서 그런 냄새를 간직하고 있는 누나가 더없이 좋았다.

그렇게 아무 일 없이 하루해가 저물곤 했다. 그날 새벽, 왜인 가네코가 마을에 들어오기 전까지는.

그날은, 폭풍이 몰아쳤다. 낮부터 거세진 폭풍은 저 멀리 먼바다로부터 집채만 한 파도를 몰아왔고, 뭍으로 올라와 굵은 나뭇가지들을 부러뜨렸다. 덜 자란 나무는 물론이고 길가 덩치 큰 나무들까지 뿌리째 뽑아 흔들었다.

하늘에서, 그리고 바다로부터 몰려온 물로 인해 어떤 집은 반쯤 물에 잠겼다. 논밭의 벼와 작물이 쓰러지고 둑이 허물어졌다. 선착장의 배들이 부서졌고, 어떤 배는 아예 파도에 휩쓸려 흔적도 없이 사라졌다.

그렇게 온통 심술을 부린 뒤에야 바람은, 이튿날 여명이 바닷가에 내릴 즈음, 미풍만 남기고 사라졌다.

하늘이 금세 맑아졌다. 높은 하늘에 흰 구름만 걸려 있어서 언제 비바람이 몰아쳤는지 아연실색할 지경이었다.

배가 멀쩡한지 가 봐야겠구나.

짙푸른 새벽 하늘을 바라보며 아버지가 서둘러 나갔다. 공연한 걱정에 해명도 따라나섰다.

마을은, 거대한 괴물이 들쑤시고 난 것처럼 아수라장이었다. 지붕이 다 날아간 초가집들, 허리가 꺾인 나무, 아예 바닥에 누워 버린 벼와 곡식들, 그리고 거칠게 패인 길과 개천의 시뻘건 황토물. 더하여 바위에, 그리고 저희들끼리 부딪혀 깨지고 부서진 배.

딱 그것뿐이었으면 괜찮았는데, 부서진 배 앞에 누군가가 쓰러져 있었다.

아버지, 저기 사람이에요.

그는 엎어진 채 꿈틀거렸다. 멀리서 보아도 왜인이 틀림없었다.

옷차림부터 한눈에 티가 났다. 바지 한쪽이 다 찢어져 맨다리가 드러났고 머리에서는 피가 흐르고 있었다. 왜인은 아버지가 가까이 다가가자 일어나 버둥거리는 듯하더니, 다시 쓰러졌다. 눈치로는 어제의 폭풍에 조난을 당한 것이 틀림없었다.

해명아, 얼른 부축해라. 여기에 이렇게 두면 위험해.

아버지는 왜인을 부축해 일으켰다. 해명도 얼른 달려갔다. 그리고 말했다. 관아에 신고부터 해요, 라고. 왜냐하면 동네 어른들에게 그렇게 배웠으니까.

거제도에는 예로부터 왜인들의 출입이 잦았다. 그들을 왜구라 했는데, 툭 하면 나타나 배를 훔쳐 갔고, 잡은 고기를 빼앗아 갔다. 몇 년 전, 이웃 마을은 약탈을 당했고 또 어떤 마을에 들이닥쳐서는 불을 놓았다. 도적떼 같은 왜구가 들어와 사람을 해친 게 재작년의 일이었다. 작년에는 사람이 다치지 않았지만, 배를 훔쳐 달아났고, 지난겨울에는 두 집에 불을 놓고 바다로 도망쳤다. 그래서 어른들이 그랬고, 관아에서도 그랬다. 바닷가에 수상한 배가 나타나거나 수상한 옷차림을 한 사람이 보이면 무조건 관아에 신고하라고. 더불어 신고한 백성에게는 쌀 두 가마니를 상으로 내린다 했다.

그런데 아버지가 다급히 말했다.

이렇게 그냥 놔두면 이 사람 죽을 게다. 일단 살려 놓고 보자.

그리고 아버지는 왜인을 집으로 데려갔다. 그 해안가에서 가장 가까운 집이었으므로. 왜인은 아버지의 이런저런 물음에, 자신은 쓰시마(대마도)에서 왔으며, 이름이 가네코라 했다. 가미카제(태풍)를 만나 배가 부서졌다고 말했다. 더하여 자신은 도적의 무리가 아니며, 먼바다에서 고기를 잡다가 풍랑을 만난 것이라며 애써 변명을 했다. 그러더니 곧 또다시 정신을 잃었다.

그다음은, 모른다. 해명은 아버지 심부름으로 뒷산을 넘어 의원을 부르러 갔다. 산 한 켠이 무너져 길이 끊어지는 바람에, 재를 넘어가고 다시 넘어오는 데 꽤 많은 시간이 걸렸다. 그런데 돌아오니 아버지가 없었다. 누나도 보이지 않았고, 마을 사람 몇몇이 집 앞에서 서성대고 있었다.

마을 사람들에게 들어 보니, 아버지는 관아로 끌려가 옥에 갇혔다. 왜구를 도와주었다는 이유에서였다. 그새 누군가 관아에 밀고를 한 거였다.

해명은 관아 앞에서 누나와 함께 악을 쓰며 그저 목숨만 살려 주려 했을 뿐이라고, 아버지는 죄가 없다고 고래고래 소리를 쳤지만 소용이 없었다. 한 번만 아버지를 만나게 해 달라고 애원해도 문지기는 꿈쩍도 하지 않았고, 그들은 오히려 해거름이 되자 소란 피우지 말라며 쫓아냈다.

다음 날, 그다음 날도 관아로 달려갔다. 마찬가지였다. 아무도 도와주지 않았다. 아버지와 함께 배를 타곤 했던 개울 건너 임솔 아재, 아버지와 간간이 잔술을 나누던 두치 아재, 궂은일만 생기면 아버지에게 손을 벌리던 도완 할배도 묵묵부답이었다. 게다가 아버지를 형님이라 부르며 쫓아다니던 성주 아재는, 왜놈들과 관련된 일에는 함부로 나서는 게 아니라며 고개를 돌렸다.

하는 수 없이 우 학사를 찾아갔다. 그나마 우 학사는 관아까지 가서 사정을 설명했지만 도움이 되지는 않았다. 유배 중인 죄인이라며 관아에 한 발짝도 들여놓지 못하게 했다.

그러는 동안, 마을에는 말도 안 되는 소문이 돌았다.

해명이 아부지가 왜구랑 내통을 했다더만?

아, 그럼 왜구 앞잡이 노릇이라도 했다는 거여? 그래서 왜구들이 툭 하면 우리 마을에 들어와 분탕질을 친 것이여?

지난 봄, 왜구가 들어왔을 때도 해명이네 집은 멀쩡했잖아. 그게 이유가 있었던 거구만.

해명이 아니라고 달려들면, 아님 말고, 했다.

아버지 소식은, 관아를 드나드는 반빗아치(반찬을 만드는 사람)와 지게꾼, 대장장이로부터 띄엄띄엄 들었다.

작년에 새로 부임한 사또가 아주 엄하다는구나. 네 아비가 언제부터 왜구와 내통했는지 대라고 매일 치도곤이란다.

하도 맞아서 성한 데가 없다더라. 포졸들이 또 내통한 자가 있으면 발설하라고 추궁하는데, 네 아비는 모른다고만 답하니, 그러다가 결딴나는 거 아닌지 모르겠구나.

아버지가 왜말을 잘하는 것도 그 이유가 되었다. 왜인들과 오래 무슨 짓을 꾸몄으니, 왜말을 잘하는 게 아니냐며, 쑤군대는 사람들도 있었다.

고작 열 살짜리가 할 수 있는 일은 아무것도 없었다. 해명은 매일 관아 언저리에서 누나와 함께 발만 동동 굴렸다.

열흘 하고도 이틀이 더 지났을 때, 이방 어른이 찾아왔다.

네 아비가 쉽게 풀려나올 것 같지가 않구나. 죄가 워낙 중해서 말이다. 어쩌자고 그런 일을 저질렀는지 원….

이방 어른은, 아버지는 그냥 목숨만 구해 주었을 뿐이라고 아무리 항변해도, 듣고는 한쪽 귀로 흘렸다. 연신 아버지가 옥에서 나올 수 없을지도 모른다는 둥, 어쩌면 더 큰일을 당하게 될지도 모른다는 둥, 도무지 믿기 어려운 말들만 골라 꺼내 놓았다. 누나가, 제발 아버지를 구해 달라고 울면서 매달렸지만, 자신은 그럴 힘이 없다며 먼 하늘만 쳐다보며 혀를 찼다.

해명은 지쳤고, 누나는 진이 빠져 더 이상 아무 말도 하지 못했다. 딱 그때를 기다려 이방 어른은 툭 던지듯 말을 꺼냈다.

아버지를 살릴 방법이 꼭 하나 있긴 하다만….

그 말에 어깨를 축 늘어뜨리고 있던 누나가 바짝 몸을 일으켰고, 해명은 눈을 크게 뜨고 이방 어른을 쳐다보았다. 하지만 이방 어른은 곧 고개를 돌렸다.

아니다. 그럴 수는 없지.

그러더니 아예 일어설 기미를 보였다. 그래서 해명은 누나와 함께 이방 어른의 바짓가랑이를 물고 늘어졌다. 아버지를 살려 낼 방법을 알려 달라고. 그러자 못 이기는 체하며 이방 어른이 꺼내 놓은 말은 참으로 해괴했다.

두어 달 전에 명나라 황제가 조선에 공물을 요구했단다. 말과 인삼을 비롯해서 길들인 매와 화문석 같은 것들이지. 그런데 이번엔 그것으로 만족하지 않고 황제는 명의 황실에서 일할 공녀와 화자를 보내 달라 했다는구나. 그래서 우리 임금께서 전국에 사람을 보내 명나라에 갈 화자를 구하고 있단다. 하지만 얼른 나서려는 사람이 없어서…. 하지만 고된 일만은 아니란다. 고려 때에도 원나라에 가서 크게 성공한 환관이 있고…. 아니지, 아니야. 이번 명나라 사신을 이끌고 온 사람이 어윤수라는 사람인데, 그 사람이 바로 조선 사람이란다. 원래는 고려 때 환관이 되어서 원나라를 오갔었지. 그러다가 대륙에 명나라가 들어서자 그쪽으로 옮겨서 지금은 황실에서도 아주 높은 사람이 되었지. 조선의 삼정승도 그 사람 앞에서는 꼼짝을 못 한다는구나.

…?

솔직히 처음엔 그 말을 제대로 이해할 수가 없었다. 뭘 어떻게 하라는 건지 몰라서, 해명은 멍하니 이방 어른을 쳐다보기만 했다. 다만 누나가 잠시 후에 소리를 빽 질렀을 뿐이었다.

안 돼요!

그러자 이방 어른은 일어났다. 그러더니, 그러게 내가 뭐랬니? 그냥 그렇더라는 이야기다. 난 가마. 네 아비가 참 걱정이구나, 하는 말들을 주워섬기며 가 버렸다.

그날, 누나랑 싸웠다. 해명은 아무것도 모른 채 덮어놓고 가겠다고 했고, 누나는 안 된다고 했다. 왜 안 되냐고, 아버지는 어떻게할 거냐고 대들었더니, 누나는 얼굴을 붉혔다.

그거…. 내시 되는 거야. 불알 까고, 나중에 애기도 못 낳아.

그런데 더 이상한 건, 그게 무서운 말로 들리지 않았다. 어린 마음에도 불알을 깐다니까 부끄러운 생각은 들었지만. 그래서 그냥 그런가 보다 했다. 아니, 벼슬도 한다는데 뭐가 어떻다고? 다만 아버지가 급했다. 해명은 그 생각뿐이었다.

그래서 며칠 만에 다시 찾아온 이방 어른에게 가겠다고 말해 버렸다. 바로 그날이, 푸르른 바다를 본 마지막 날이었다.

*

그 이후 몇 년 동안 바다는, 아니 이토록 푸른 물이 고인 호수조차 본 일이 없었다.

해명은 벌떡 일어났다. 얼른 기억을 물리고 다시 지도를 펼쳤다. 호수를 표시하는 둥그런 모양 한쪽 옆에 점이 찍혔고, 거기에 자혜루라고 써 있었다. 바로 눈앞에 그 정자가 보였다. 해명은 서둘렀다. 그리고 그 정자를 등지고 서자, 조붓한 오솔길이 나타났다.

해명은 뒤돌아볼 것도 없이 빠르게 걸어 오솔길을 지났다. 그끝에 오래된 벽돌집 몇 채와 초가가 연이어 놓여 있었다. 거기서 해명은 한 번 더 어윤수의 말을 떠올렸다.

'키가 낮은 붉은 대문 집.'

연이은 벽돌담에 붉은 대문은 하나였다. 해명은 그 앞으로 다가가 문을 밀었다. 쉽게 열렸다. 해명은 사방을 두리번거리다가 얼른 안으로 들어갔다.

빈집이었다.

툇마루에는 사람들의 발자국이 어수선했고, 방문에 바른 한지는 너덜너덜했다. 어둑한 그 안에서 무언가가 나올 듯 을씨년스러웠다. 그제야 돌아보니 마당 한쪽에는 버려진 세간살이들이 어지럽게 널려 있었다. 우물 안쪽까지 흙이 차올라 완전히 막혀 있는 것을 보면, 집을 비운 지가 꽤 오래된 듯했다. 혹시나 하는 생각에서 사방을 두리번거렸지만, 사람이 있을 만한 기척은 느껴지지 않았다.

약간 높은 서쪽의 담장 위에 해가 걸려 있었다. 얼핏 유시가 가깝지 않을까, 하는 생각이 들었다. 그러자마자 해명은 다시 조바심이 나기 시작했다.

'도대체 누굴까? 누구를 만나라는 것일까? 아니 도대체 나에게 무슨 일을 시키려는 걸까?'

궁금했다가 마침내 겁이 났다. 그래서 문득 달아날까, 하는 생각이 다시 고개를 들었다. 그래서 툇마루에 슬쩍 엉덩이를 대고 있던 해명은 자신도 모르게 얼른 일어나 사방을 살폈다. 들어왔던 문 쪽으로 네댓 걸음 움직이기도 했다. 하지만 해명은 곧 그 자리에 멈추었다. 여전히 매서운 눈빛의 어윤수가 떠올라서였다.

그의 차고 매정한 성품이라면, 무슨 일이라도 저지를 게 분명했다.

어윤수를 처음 만난 건, 압록강에서였다.

동래현까지는 관노 곽 영감이 데려다주었다. 아버지와도 잘 알고 지내던 곽 영감은, 해명을 동래현 관아에 맡길 때, 아주 오랫동안 제 품에 안고 울었다. 오히려 해명이 멋모르고 곽 영감을 달래야 했다. 그러자 곽 영감은 눈물을 뚝뚝 흘리며 연신 같은 말을 반복했다.

나중에 크게 돼서 돌아오거라, 알겠제?

그리고 동래현에서 하루를 머물고, 또래 아이 셋과 함께 한양으로 갔다. 그때는 한양에서 내려온 중늙은이 관리를 따라갔다.

한양에서는 이레쯤 머물고 마침내 명나라로 돌아가는 사신들을 따라 북쪽으로 걸었다. 누가, 어떤 사람들이 그 행렬에 끼어 있었는지는 알 수 없었다. 관복을 입은 관리들도 많았고. 제 몸집의 세 배쯤 되는 짐을 짊어진 상인들도 수없이 많았으며, 21명의 화자들이 줄지어 가는 행렬 앞뒤에는 병졸도 눈에 띄었다.

아울러 무수히 많은 수레가 따랐는데, 수레마다 명나라 황제에게 바칠 물품이 가득 실려 있다고들 말했다. 행렬도 길어서 앞뒤가 보이지 않았다.

임진강을 건너고 평양을 지나 미투리 하나가 다 닳았을 무렵, 의주에 다다랐고, 곧 압록강 앞에 이르렀다.

누나까지 공녀로 끌려왔다는 사실을 안 건 바로 거기서였다.

사신단 행렬은 장마로 불어난 압록강 물이 넘치는 바람에 며칠째 강을 건너지 못했다. 그러는 사이 행렬의 꽁무니가 강변에 이르렀는데, 그 무리에 명나라 황실에 바쳐질 공녀들이 끼어 있었다. 해명은 오가다가 그 무리 틈새에서 누나를 보았다.

눈이 뒤집혀 다짜고짜 그 무리를 헤치고 들어갔는데, 어쩌자고 해명은 누나와 똑같은 말로 서로에게 물었다.

어떻게 되, 된 거야? 왜 여기에 있어?

이방 어른이 그랬어. 내가 가면 너를 돌려보내주겠다고. 그래서 따라왔던 건데….

자초지종을 들어보니 어이가 없었다. 그래서 울며불며 아무나 붙잡고 매달렸다. 관리로 보이는 사람에게 무작정 사정했다.

뭔가 잘못되었어요. 내가 화자로 가면, 아버지를 살려 준다고 했어요. 누나까지 데려온다는 말은 안했어요. 누나를 돌려보내 주세요.

누나는 누나대로 고래고래 악을 썼다.

내가 명나라로 가면 동생은 돌려보내 준다고 했어요. 동생을 돌려보내 주세요.

아니에요. 누나를 돌려보내 주세요.

하지만 소란을 피운다고 맞았고, 그래도 또 졸랐고, 맞았고, 자꾸 소리치니 누군가 입에 재갈을 물렸다. 그리고 장맛비가 잦아들고 강을 건너는 배를 타기 전, 사흘 동안 허름한 농가의 외양간에 갇혔다. 그래도 해명은 포기하지 않았고, 배를 타기 직전 외양간을 빠져나와 누나를 찾아 몰래 빼냈다.

하지만 채 10리도 도망치지 못하고 붙잡혔다. 그때 붙들려 간 곳이, 참으로 볼품없는 수염을 가졌고 족제비 상 얼굴을 한 노인 앞이었다. 그 노인 앞에서 또 맞았고, 그때 엉덩이와, 허벅지와 종아리에 피멍이 맺혔다.

해명이 마침내 입에 피를 물고 가무러쳤다가 눈을 떴을 때, 그가 말했다.

감히 네놈이 누나를 빼돌리려 했단 말이지? 다시 한 번만 허튼 수작을 했다가는 네 누나를 강에 던져 물고기 밥이 되게 하고, 네놈의 혀를 뽑아 버릴 것이다.

그가 바로 조선 팔도에서 끌어 올린 화자 스물한 명을 이끌고 명나라 북평으로 향하고 있던 어윤수였다. 그는 잔뜩 겁먹은 해명에게 또 말했다.

살고 싶거든, 아파도 비명 지르지 말고, 고통스러워도 눈물 보이지 말며, 치욕스러워도 분노하지 마라. 지금까지 지나온 길은, 네 기억에서 잊어라. 돌아갈 수 없는 길이니, 두 번 다시 떠올리지 말거라. 진정 못 가겠거든 지금 이 자리에서 혀를 깨물어 네 스스로 목숨을 거두어라. 그리하면 저 요동 벌판의 까마귀가 네 몸뚱이를 갈기갈기 찢어서 장례를 치러 줄 것이로되, 영혼마저 구천을 떠돌 것이다.

그 말을 수십 번도 더 떠올리면서 해명은 모난 돌이 발에 차이는 요동 벌판으로 들어섰다. 그러나 해명은 자주 뒤처졌다. 뜨거운 낮과 차가운 밤이 반복되면서, 시도 때도 없이 몰아치는 모래바람 때문에, 게다가 제대로 먹을 수가 없어 기력을 찾지 못해서. 더하여 맞은 상처는 아물지 않았고 피고름에 맺힌 살은 부르트고 찢어지고 피가 흘렀다.

그래도 아버지는 무사할 거라는 희망 하나만 믿고, 너덜너덜해진 몸과 마음을 겨우 추슬러 요하를 건넜고, 다시 요서를 걸었다. 그런 뒤에도 또 몇 개의 강을 건넌 뒤에야 북평에 다다랐다. 그때쯤이 되어서야 상처에는 피딱지가 더덕더덕 붙기 시작했다. 그걸 보고 족제비 얼굴 노인이 말했다.

죽을 줄 알았더니, 참으로 질긴 목숨이로구나.

그리고 겨울이었다. 첫눈은 저 멀리 자금성 지붕이 보이는 허름한 골방 처마 밑에서 맞았다.

선명하고 생생한 기억은 거기까지였다. 첫눈이 왔던 바로 그다음 날부터의 기억 속에는 삶과 죽음 사이를 넘나들던 기억밖에 없었다. 아니, 그것은 기억도 아니었다. 그냥 온몸에 남겨진 감각의 흔적 같은 것이었다.

어느 날 느닷없이 길고 구부러진 복도 끝으로 이끌려 갔을 때, 대번에 피 냄새와 알 수 없는 약초의 향을 잠깐 맡았다. 그 냄새로 코가 시큰거릴 즈음 삐걱거리는 침상 위에 누웠고, 이어 생살이 찢겨 나가는 고통을 생생하게 느꼈다. 차갑고 날카로운 쇳날이 몸 한 곳을 도려내기 시작했고, 그 순간 격한 비명을 지르다 혼절했다. 그러다 깨어났는데, 처음만큼이나 아파서 또 비명을 질렀다. 그러자 누군가가 입에 재갈을 물렸다. 그래도 아파서 목구멍으로 비명을 넘겼다. 온몸을 뒤틀고 버둥거렸지만, 비명도 고통도 잦아들지 않았다.

며칠을 까무러쳤다가 정신을 차렸다가를 반복했다. 잠깐 정신이 들 때마다 어디선가 여전히 비명소리가 들렸고, 신음소리가 들렸다. 허리 아래가 잘려 나간 기분이 들어서 차마 움직일 엄두도 내지 못했고, 여전히 몸서리쳐지게 아파서 차라리 다시 까무러치기를 간절히 바랐다. 그러다 보면 다행스럽게 정신을 잃을 때도 있었다. 그럴 때는 정신을 놓으면서도 제발 다시는 깨어나지 않기를 빌고 또 빌었다. 하지만 어느 순간에 다시 깨어났기 때문에, 몇 번은 어윤수의 말대로 요동 벌판에서 스스로 혀를 깨물지 않은 것을 후회했다.

그러던 어느 순간, 잠시 정신이 명료하게 돌아왔다. 하지만 그 순간 해명은 자신이 죽었다고 확신했다. 눈앞에는 사람의 형상을 한 귀신이 파란 눈을 번득이며 해명을 내려다보고 있었으므로. 놀랄 기운도 없었다. 그냥 그가 자신을 데리러 온 저승사자이겠거니 생각했다. 잘되었다, 싶었다.

그런데 이상한 건 미치도록 목이 말랐다는 것. 그래서 죽을 때 죽더라도 물 한 모금만은 마셔야겠다고 생각했다. 겨우 입술을 놀렸다.

물!

그러자 귀신이 허리를 숙였다. 그러더니 한 손을 머리에 올려놓았다. 해명의 말을 듣겠다는 듯 귀를 가까이 댔다. 그래서 다시 말했다.

물.

물….

그리고 또 무어라고 중얼거렸는데, 해명은 자신의 입에서 나오는 소리를 분간해 내지 못했다. 그 목소리는 마치 다른 누군가가 자신의 입을 빌려 말한다는 생각이 들었다. 또 그 파란 눈의 귀신도 무어라 말했지만 역시 알아들을 수가 없었다. 그래서 해명은 또 말했다. 알아들을 때까지.

물!

그런데도 그는 돌아섰다. 해명은 반사적으로 그의 팔을 붙잡았다. 그리고 놓지 않았다. 적어도 기억에는 그랬다.

그러자 그가 해명의 손을 뿌리치더니, 잠시 후 다시 다가왔다. 그리고 입에 축축하게 젖은 천 조각을 대 주었다. 해명은 그것을 질경질경 씹으면서 또다시 까무러졌다.

그런 뒤, 다시 정신이 완전히 돌아오고 그 귀신을 다시 보았다. 그가 바로 예투였다.

*

"예투!"

해명은 자신도 모르게 그 이름을 부르며 다시 빠져들었던 기억에서 깨어났다. 그러고는 마치 다른 사람의 목소리라도 들은 듯 화들짝 놀라서 앉았던 툇마루에서 다시 일어났다. 아니, 꼭 예투의 이름과 그 모습이 눈앞에 나타나듯 떠올라서가 아니었다.

해명이 등지고 앉았던 그 방 너머 어디쯤에서 소란스러운 소리가 들렸기 때문이었다. 쿵쾅거리면서 문 여닫는 소리와 발소리였다. 그리고 외침소리.

"니 게이워 짠주(거기 서랏)! 뿌 야오 똥(멈추지 못해)!"

더구나 그 소란은 더욱 가까워지고 발소리는 이쪽으로 향하고 있었다. 해명은 당황했다. 갑자기 가슴이 심하게 뛰면서 안절부절 하지 못했다. 그러다가 해명은 마당의 마른 우물로 달려갔다. 그리고 얼른 그 안으로 뛰어들어 납작 엎드렸다.

잠시 후, 한 사람의 발소리가 후다닥 지나갔다. 그래서 슬쩍 머리를 들려 하는데, 이번에는 여럿이 또 몰려갔다. 그중 하나가 소리쳤다.

"나 삐앤(저쪽이야)! 타찌유 조우 따오 나 삐앤(저쪽으로 갔어)!"

해명은 꼼짝없이 엎드려 있다가 발소리가 살짝 잦아든 다음에 머리를 쳐들었다. 뜻밖에도 관졸들이었고, 손에 바짝 쥐고 있는 건 틀림없이 장검이었다.

순간 겁이 났다. 그래서 해명은 한동안 우물 속에서 꼼짝없이 엎드려 있었다. 쫓고 쫓기는 발소리가 완전히 잦아들고, 오히려 적막이 깊어져 그게 더 두려워지기 시작할 때까지.

고개를 들고 우물 밖으로 한 발을 내딛었을 때, 시간이 꽤 지나 있었다. 해가 이미 서편 담장에 닿을 듯 말 듯했다. 해명은 서둘러 바깥으로 나갔다. 그리고 뛰었다. 기다렸다는 듯 기억 속에 담겨 있던 바트에르덴의 목소리가 등을 떠밀었다.

서화문은 술시(오후 7~9시)에 닫힌다. 그 전에 돌아와야 한다. 네가 내미는 호패는 술시엔 통하지 않을 것이며, 해시(밤 9~11시)까지 회동관에 네가 없으면 너는 무단으로 궁을 빠져나간 것으로 간주되어 동창(東廠)*의 조사를 받을 것이다. 그 이후에는 아무도 너를 돕지 않을 것이다.

온전히 목소리가 기억나자 해명은 숨이 턱 막혔다. 실제로 해명이 가지고 있는 호패는 예투가 사례감(司禮監)**에게 부탁하여 얻은

---

* 내시들로 조직된 비밀 감찰 기구.
** 궁궐 안팎을 지키는 임무를 맡은 환관의 우두머리.

것이고, 해가 있을 때만 사용할 수 있는 것이라 했다.

아아! 어쩌자고 이런 짓을 했을까, 하는 생각이 빗발치면서 두려움이 커졌다. 바트에르덴이 수도 없이 반복했던 그 말을 어찌 소홀히 했을까. 어윤수 때문이었지만, 그렇더라도 이게 무슨 무모한 짓이란 말인가. 해명은 자신을 질책하고 거듭 나무랐다.

더구나 문을 열고 오솔길을 단숨에 뛰어 내려갔을 즈음에는 생각이 방향을 틀어 예투를 향해 질주했다.

'그래, 이건 아니야. 예투를 배신하는 거야!'

그런 덕분에 더 빨리 호수 옆길을 달렸다. 그러다가 하필이면 올 때 주저앉았던 그 자리 부근에서 또다시 넘어졌다. 그러나 이번에는 벌떡 일어나 아픈 무릎을 주무르지도 않고 다시 뛰었다. 누가 따라오는지 확인하지 않았다. 오로지 앞만 보고 달렸다. 예투의 얼굴만 바짝 쫓아왔다.

수날 만에 정신이 명료하게 돌아오고 물을 찾던 그 순간, 땀으로 범벅이 된 해명의 머리에 손을 처음 올려놓았던 사람. 그는 귀신이 아니었다. 아랫도리가 뭉텅 잘려 나가고 며칠을 고통으로 몸부림친 뒤, 처음 본 사람이 바로 예투였다.

네가 대국 말도 하고 몽골말도 하더구나. 왜의 말도 하는 걸 들었다. 내 손을 잡고 말이다.

예투는 해명이 거세 후유증으로 고열에 시달린 끝 무렵에 다시 찾아왔다. 겨우 일어나 앉은 해명에게 예투는 그렇게 말을 꺼냈다.

아직은 아랫도리가 얼얼했고, 온통 신경이 그쪽으로만 쏠려 있어서 채 대답은 하지 못했다.

고개를 들고 나를 보아라. 난 색목인이다. 처음 보느냐?

그, 그렇습니다.

해명은 예투의 파란 눈을 쳐다보면서 겨우 대답했다. 그러자 그가 다시 물었다.

네가 어떻게 여기까지 왔는지 이야기를 들었다. 대국의 말과 몽골말은 어디서 배웠느냐?

조선에… 있을 때, 고려의 역관을 지냈던… 분께… 배웠습니다.

해명은 아랫도리의 통증과 급물살처럼 떠오르는 수만 가지의 생각 때문에 쉽게 말을 잇지 못했다. 그저 북받치는 울음만 튀어나오려 했다. 그래서 다시 고개를 숙였고, 굵은 눈물이 꿇어앉은 무릎에 떨어졌다. 그때, 예투가 해명 앞으로 서책 한 권을 내려놓았다.

《화이역어》.

차마 손은 못 대고, 제목만 반복해서 입속으로 되뇌었다. 책은 귀퉁이가 닳아 있었고, 표지에 손때가 잔뜩 묻어 있었다. 누군가가 수없이 반복해서 본 듯했다.

무슨 일인 듯싶어서 해명은 고개를 들었다. 그러자 기다렸다는 듯이 예투가 말했다.

몸이 회복되는 동안 아무 일도 시키지 않을 게다. 읽고 있거라.

보름 후에 다시 오겠다.

그러더니 예투는 일어나 방을 나갔다.

보름 후에 다시 찾아온 예투는 또 말했다.

그토록 살겠다는 의지를 가진 녀석은 처음 보았다. 보통 너처럼 어린아이가 거세를 하면, 피가 멈추지 않아서 죽고, 상처가 아물지 않아서 죽고, 통증을 참아 내지 못해서 까무러치고, 그런 채로 깨어나지 못하지. 또 어떤 아이는 그 모든 고비를 넘기고 나서도 수술한 자리가 덧나서 죽지. 적어도 닷새는 물을 마시면 안 되는데, 갈증을 참지 못하고 물을 마셔서 죽기도 해. 맞다, 거세를 하면 절반만이 살아남는단다. 그런데 문득 네가 내 손을 잡았을 때, 그 억센 힘을 느꼈고…. 게다가 너는 여러 나라의 말을 알고 있더구나. 낯선 내 모습을 보고 무의식적으로 이런저런 말을 했을 거란 생각을 했지. 너는 살아날 것이라고 생각했다.

솔직히 해명은 예투가 무슨 말을 하려는지, 그때까지는 알지 못했다.

해명이 가만히 있자, 예투가 처음으로 씩 웃으면서 말을 이었다.

너를 사이관으로 데려가야겠다.

해명은 그때 처음으로 사이관에 대해서 알게 되었다. 대국으로 온 외국 사신의 통역을 맡거나, 그들이 가져온 문서를 번역하는 곳이라는 것. 특히 영락제 이후, 명나라를 오가는 사신들이 많아서 통역관의 수가 모자랐고, 물론 사이관에 들어가기 위해서는 시험을 보아야 했다. 하지만 이때만 해도 그리 까다롭지 않았다.

예투가 그 길을 열어 준 것이었다. 더 훗날에 알게 되었지만, 예투는 회회어를 가르칠 색목인을 찾고 있던 중이었다. 그런 차에 해명을 만났고, 가르치면 쓸 만할 듯하다는 말을 했다고 바트에르덴이 말해 주었다.

그때, 해명은 처음으로 그의 파란 눈을 똑바로 마주 보았다. 깊었고, 선했고, 그래서였는지는 몰라도 그의 진심이 느껴졌다. 이후부터 그의 파란 눈은 전혀 낯설지도 무섭지도 않았다.

생각은 그 즈음에서 접었다.

해명은 지금은 더 서둘러 길을 재촉하는 것이 우선이라고 생각했다. 재빨리 큰길에서 다시 골목길로 접어들었다. 그때까지 해명은 한 번도 쉬지 않고 달렸다. 숨이 목 밑까지 차올랐지만 멈추지 않았다. 어느새 해가 아래쪽으로 빠르게 떨어지고 있었기 때문이었다.

가까스로 서화문 앞에 다다랐을 때는, 막 해가 서쪽 지평선 끝에 내려앉고 있었다. 그리고 서화문이 조금씩 닫히고 있었다.

"자, 잠깐만요!"

해명은 소리를 지르며 달려갔다. 그리고 반쯤 닫힌 문으로 넘어지듯 뛰어들었다.

"헉헉!"

주저앉지는 못하고 허리를 깊이 굽힌 채 숨을 헐떡였다. 뛰는 심장이 좀처럼 진정되지 않았고 다리가 심하게 후들거렸다.

'됐어. 이제 됐어.'

해명은 자신을 다독거렸다. 그래야만 할 것 같았다. 그래서 네댓 번 더 스스로를 토닥이고 고개를 들었다. 그리고 정면의, 이제 막 골격을 잡기 시작한 무영전 건물을 쳐다보고 성벽 쪽 길을 따라 걷기 시작했다.

'미쳤어. 내가 왜 거기까지 갔을까?'

해명은 자신을 나무랐다. 고개를 흔들었고, 자책했다.

숨이 조금 잦아들자, 해명은 다시 뛰기 시작했다. 금세 숨이 다시 차올랐지만 쉬지 않았다. 다행히 그렇게 얼마를 달리자, 숙소 지붕이 보였다.

그런데 딱 그 즈음, 해명은 걸음을 멈추어야 했다. 저편에서 예투가 걸어오고 있었기 때문이었다. 그리고 그 뒤에는 서너 걸음 간격으로 바트에르덴이 뒤따르고 있었다.

"좌감승(左監丞)* 어른…."

제풀에 겁을 집어먹고, 해명은 입을 떼었다가 멈추었다. 그리고 고개를 숙였다.

"이제 오는 것이냐? 오늘은 좀 늦었구나."

---

* 환관의 중간 벼슬 중 하나. 종5품에 해당함.

"그게…. 진 대인의 따님께서 자꾸 놀아 달라고 보채는 바람에….."

해명은 더듬거리며 거짓말을 하고 말았다.

"그 이야기 들었다. 대인의 따님께서 너를 무척이나 따른다고 하더구나."

"송구하옵니다. 다음부터는 심려 끼치지 않겠사옵니다."

"아니다. 그럴 수도 있지. 그나저나 대인께서도 회회어 실력이 많이 늘었다면서?"

"그렇습니다. 이제 대식국 사람들과 웬만한 말은 주고받을 수 있을 듯싶고, 두터운 책도 어지간히 읽고 계십니다."

"오호! 그래? 참으로 빠른 속도로구나. 역시 내가 너를 믿기를 잘했구나. 조금만 더 신경 써서 돌봐 드리도록 하여라. 이제 머지 않아 때가 올 것이니…."

문득 예투가 뒷말을 흐리며 붉은 노을이 번진 서녘 하늘을 올려다보았다. 무슨 말을 하고 싶었던 것인지 궁금했지만, 구태여 묻지 않았다. 그래서 빤히 쳐다보고만 있었다.

그러자 예투가 한 마디 더 했다. 비록 예전에도 몇 번이나 한 말이었지만.

"아무튼 한 치의 빈틈이 없게 하여라. 그분은 정화 태감의 은인이기도 하고, 태감의 은인은 곧 나의 은인이란 뜻이다. 알겠지?"

"명심하겠사옵니다."

답을 하고, 해명은 고개를 깊게 숙였다. 그리고 잠시 들지 못했다. 어윤수의 얼굴이 생각나서였다. 해명은 순간적으로 용기를 냈다.

"좌감승 어른⋯."

고개를 들고 해명은 입을 열었다. 그러자 예투는 대꾸하지 않고 마주 보았다. 하지만 해명은 더 이상 말을 꺼내지 못했다. 문득, 예투의 뒤에 서있는 바트에르덴 때문이었다. 그와 잠깐 눈이 마주쳤는데, 왠지 모르게 그가 자신을 쏘아보는 듯해서였다.

"무슨 할 말이라도 있는 것이냐?"

"아, 아니옵니다. 조심히 다녀오십시오."

예투가 그윽한 눈빛으로 물었지만, 해명은 차마 말을 꺼내지 못했다.

"허허. 싱거운 녀석 같으니라고. 알겠다. 내일 아침에 내게 오너라. 알겠지?"

"알겠사옵니다."

해명은 다시 고개를 숙였다. 그러자 예투는 해명의 어깨를 슬쩍 토닥이고는 점차 땅거미가 내려앉는 길 저편으로 멀어져 갔다. 그 뒤를 바트에르덴이 따랐는데, 문득 그가 뒤를 돌아 해명을 한 번 힐끔 쳐다보았다. 순간, 해명은 가슴이 덜컥 내려앉았다.

'혹시라도 내가 골목길에서 빠져나갔던 사실을 알고 있는 것일까?'

3.
이제 와서 나를
찾지 마오

*

진 대인의 집을 나선 뒤, 하늘을 올려다보니 새까만 구름이 잔뜩 낮게 내려앉아 있었다. 서둘러야겠다, 는 생각이 들었다. 빠르게 골목길을 나섰다.

그렇지 않아도 오늘은 마음이 더 급했다. 열흘마다 한 번 있는, 예투의 강독이 있는 날이었다. 예투는 사이관에 있는 화자 다섯 명을 따로 불러 어려운 회회어를 가르치고 문제를 내 번역토록 했다. 최근 들어 색목인들의 발길이 잦고, 그들이 가져오는 중요한 책들이나 문서가 많아서였다. 가끔은 회동관으로 나가 통역을 해야 할 때도 있었다. 대부분은 경력이 많은 교수들이 통역을 맡곤 했지만,

그들이 퇴근한 밤이나, 새벽녘에는 마땅한 사람이 없을 때가 있었다. 그때는 견습 화자들이 통사의 역할을 대신해야 했다.

해명은 뭐든 좋았다. 예투가 하자는 일이라면 나쁠 게 하나도 없었다. 더구나 예투가 읽으라고 준 서책에는 도깨비 이야기보다 더 신기한 이야기가 담겨 있어서 흥미로웠다.

…한번은 눈빛이 유독 푸르고 머리칼은 온통 노란 오랑캐를 만났는데, 가슴에는 열십자(十) 표식을 한 옷을 입고, 자신은 포도아(葡萄牙, 포르투갈)에서 왔다고 했다. 그가 말하기를, '우리나라에서 섬기는 신은 혼인하지 않은 어머니에게서 태어났고, 앉은뱅이를 일어나게 하고, 병에 걸린 사람을 낫게 하는 기적을 일으켰습니다'라고 했다. 또 공이 그 신이 살아 있느냐고 물으니, 그 신은 마노(馬魯, 로마) 사람들에게 죽었으나, 그 모습 그대로 3일 만에 부활했다고 말했다.

숨을 헐떡거리면서 서화문을 뛰어 들어오던 바로 그다음 날 아침, 예투가 전해 준 책에 담긴 해괴한 내용은 지금도 또렷하게 기억났다.

도대체 포도아는 어떤 나라고, 마노는 어디에 있는 나라일까? 해명은 그런 생각을 했고, 그 책을 읽으면서 참으로 희한한 나라가 다 있구나, 하며 고개를 갸웃거렸다. 그러다가 지어 만든 이야기일 테니 세상에는 없을 것이고, 그 포도아란 나라 역시 상상에나 있는 나라일 것이라 판단을 내렸다. 그것을 궁금해 할 필요는 없었다. 세상에! 앉은뱅이를 일어나게 하다니? 죽은 사람이 다시 부활한다고? 부처님 말씀대로 죽었다가 환생한다는 이야기는 들었어도 죽은 자가 살아난다니? 벌거벗은 토인의 이야기만큼이나 황당한 이야기였다.

물론 진 대인의 말대로 누구인지는 모르나 색목인들의 상상력이 참으로 뛰어나다는 생각은 들었다. 마치 세상에 없는 것을 만들어 내는 도깨비처럼.

해명은 피식 웃고 잰걸음을 놀렸다.

골목은 불과 한 달 사이에 더 좁아지고 복잡해져 있었다. 담장너머 빈집에 사람들이 들었고, 빈터에 또 집이 지어지고 있는 탓이었다. 이제는 골목에서 마주치는 사람도 적지 않았다. 한층 더 번잡스러웠고, 소란스러웠다. 그 복잡스러운 광경들을 휘돌아보며 해명은, 언젠가 진 대인이 했던 말이 떠올랐다.

영락제는 도읍을 북평으로 옮기면서 많은 사람들을 옮겨 와 살게 했지. 그는 북평이 세상의 중심이 되도록 한다는 원대한 계획을 세웠거든. 명나라 사람들뿐만이 아니야. 세상의 수많은 나라 사람들이 찾아오도록 하기 위해서 수시로 사신을 보내 그들을 초청했지. 네가 기회가 된다면 거리로 나가 보거라, 우리와 생김새가 다른 사람들을 얼마든지 만날 거야.

하지만 해명은 더 이상 큰길로 나갈 생각이 없었다. 큰길은 위험했고, 그리고 두려웠다. 이따금씩 고개를 돌려 소리를 듣고, 멀찌감치 담장 너머로 바라보았지만, 그 이상은 할 수 없었다. 어윤수를 만난 이후로 더더욱 그러했다.

다행히 어윤수는 한 달째 나타나지 않았다.

빈집에서 허탕을 치고 돌아온 날 이후, 한동안은 언제 어디서 어윤수가 또 나타날지 몰라 빨리 걷고, 자주 두리번거리고, 그러면서 도망치듯 서둘러 골목길을 다녔다. 골목 저편에 누가 다가올 것 같으면 피하고 숨었다가 다시 길을 갔다.

물론 또 다른 이유가 있는지도 몰랐다. 하지만 그건 알 바 아니었다. 해명은 두 번 다시 그가 나타나지 않기를 간절히 바라고 또 바랐다.

물론 여전히 조심하는 건 잊지 않았다. 그러는 사이에 길옆에 자란 나무들의 이파리는 더욱 푸르러졌고, 색색의 꽃들이 피고 졌고, 다시 피었다.

해명은 좁은 시장 골목으로 들어섰다. 일부러 한가운데로 걸었다. 이전처럼 담벼락 뒤에서 누군가가 아무도 모르게 끌어당길 수 없도록. 길 한가운데서는 보는 사람도 많고, 여차하면 소리를 질러도 되니까. 아무리 어윤수라도 시장 한복판에서는 함부로 어쩌지를 못할 테니까.

해명이 우뚝 걸음을 멈춘 것은 길 한복판에 펼쳐진 노리개 좌판 앞에서였다. 알록달록한 비단실로 뜬 노리개도 있었고 색색의 구슬에 구멍을 뚫어 색실을 매단 것도 있었다. 아무리 보아도 곱고 예뻐서 절로 손이 갔다.

'샨샨이 저고리에 하고 다니면 예쁘겠다.'

자신도 모르게 그런 생각을 하면서 만지작거렸다. 그러자 주인이 알 수 없다는 표정을 지으며 고개를 갸웃거렸다.

"보아하니 환자(宦者, 환관)이신 듯한데, 이런 게 필요하오? 정인(情人)이 있으신가, 아니면?"

"아, 아닙니다. 그저 예뻐서…. 혹시 누이동생이 좋아할까, 하여 살펴보았습니다."

해명은 둘러댔다.

"오호라! 그리하다면 마음껏 보시오. 북평 바닥에 이만한 노리개는 없을 게요. 자, 이건 말이오. 몽골 사람들이 아끼던 호박*으로 만든 거라오. 그리고 이건 서역에서 가져온 자수정이라고 하는 거요. 둘 다 은전 한 냥이면 된다오."

때가 잔뜩 묻은 흰 머리띠를 두른 좌판 주인은 노란색 구슬과 보라색 구슬을 연이어 들어보였다. 머리가 희끗한 그 중늙은이는 눈빛이 교활해 보였다.

"저는 살 형편이 못 됩니다. 구경만 하면 족합니다."

"허허! 대책란(大柵欄)**에 고래 등 같은 기와집이 즐비한 건 북평

---

* 보석의 한 종류로 노란색을 띤다.

** 나이가 들어 출퇴근하는 환관들이 모여 살던 곳.

사람이라면 누구나 아는 일인데 무슨 엄살이시오."

중늙은이는 과장되게 소리를 높였다. 물론 틀린 말은 아니었다. 배움이 끝나고 이런저런 기관에 배치된 환관들은 나이가 들면, 궁궐 밖에 나가 살 수도 있었다. 그들은 조정에서 녹(급료)을 받았고, 그걸로 집을 얻고 하인을 부린다는 이야기를 들었다. 하지만 해명처럼 어린 화자들에게는 꿈 같은 일이었다. 해명은 지금까지 은전 한 번 구경한 일이 없었다. 지금까지 받은 것이라고는, 숯이나 곡식 따위의 물건이었는데, 북평에 연고가 없는 해명은, 지금껏 다른 화자들에게 나누어 주곤 했다. 지금 생각하니, 그것들을 모아서 은전이라도 몇 개 가지고 있을걸 하는 생각이 들었다.

그런데 그때, 한 젊은 남자가 해명의 옆에 다가 앉았다.

"이런 건 어떠시오?"

남자가 문득 빨간 비단 천에 태극 8괘를 새겨 넣은 노리개를 집어 들었다. 머리 쪽에는 작은 옥구슬이 꼬리 쪽에는 빨강 노랑 파랑 색실이 주렁주렁 매달려 있었다.

힐끗 돌아보니 남자는 초립을 썼고, 흰옷에 회색 저고리를 덧대 입었는데, 북평 사람은 아닌 듯 보였다. 무엇보다 말씨가 그랬다. 발음이 매끈하지 않았고, 어눌했다. 남경(南京, 난징) 사람인가 싶기도 했고, 사천(四川) 사람인 듯도 했다. 아니, 생각해 보니 그쪽도 아닌 듯했다. 그런데 이상한 건, 어디선가 들어 본 듯한 발음이라는 것. 그래서 해명은 한참이나 남자를 쳐다보았다. 눈이 맑았고, 피로에 쩔어 있는 듯해도 생김새 전체가 매초롬한 편이었다.

해명은 대꾸하지 않고, 그저 노리개를 받아 들고 잠시 내려다보았다. 그리고 샨샨을 떠올렸다. 그러자마자 누나의 얼굴도 그려졌다. 그래서 해명은 얼른 노리개를 바닥에 내려놓았다. 누나가 생각나면 또 가슴이 미어질지 모른다는 생각 때문이었다.

그런데 남자가 그것을 다시 집어 들었다.

"가져가시오. 보아하니 그쪽은 어린 환자라, 은전 하나 없는 모양인데, 내가 사드리리다."

그 말에 해명은 깜짝 놀라, 멍하니 남자를 쳐다보기만 했다. 남자는 환하게 웃고 있었다. 하지만 해명은 일어났다. 느낌이 그다지 좋지 않았다. 공연히 가슴이 두근거리는 것이 그랬다.

해명은 얼른 시장통을 빠져나갔다. 다시 골목길이 나왔다. 그런데 남자가 쫓아왔다. 그래서 더 서둘렀다. 하지만 남자는 순식간에 해명을 따라잡았다.

"왜 따라오는 것이오?"

"이거 가져가시오. 노리개 말이오."

"필요 없소. 나한테 왜 이런 걸 주는지 모르겠지만…."

해명은 잔뜩 겁먹은 표정으로 손을 저어 댔다. 그런데 그때, 남자가 말을 끊었다.

"어윤수 우소감*께서 보내셨다."

그 말에 해명은 일순간 온몸이 굳어 버렸다. 발도 움직이지 않았고, 손가락 하나 까딱할 수가 없었다.

잠시 남자를 쳐다보았다.

남자는 해명을 마주 보며 미소를 지었다. 그러더니 말했다. 그것도 조선말로.

"네게 부탁할 것이 있으니, 겁먹지 말고 내 말을 들어다오."

이제야 해명은, 남자의 어눌한 명나라말이 어윤수와 흡사하다는 것을 깨달았다. 같은 조선 사람이라서 그런 거였다.

"네 이름이 해명이라고 들었다. 난 장영실이라고 한다."

해명은 대꾸할 말이 없었다. 그래서 뭐요? 난 당신이 누구인지 알고 싶지 않아요. 조선 사람은 누구도 만나고 싶지 않단 말이에요. 아니, 조선은 떠올리기도 싫고 그 말을 듣는 것조차 싫어요. 입을 닫고, 해명은 그 모든 말을 머릿속으로 쏟아 부었다.

해명이 입을 다물고 있자, 장영실이 다시 입을 열었다.

"나는 어명을 받고 조선에서 왔다. 네게 부탁할 것이 있어서 말이다."

"…?"

"지난번에 약속을 지키지 못한 건 미안하구나. 그때는 명나라 관졸에게 쫓기고 있던 터라…."

* 환관의 직책 중 하나로 종4품에 해당함.

해명은 우물 속에 들어가 숨어 있던 때를 떠올렸다. 물론 이번에도 대꾸하지 않았고, 장영실은 다시 말했다.

"이젠 우소감 어른도 동창의 감시를 받고 있어서 함부로 움직이지 못하신다더구나. 나를 도와줄 사람은 너밖에 없다."

동창이라는 말에 해명은 숨이 탁 막히는 기분이 들었다. 반사적으로 좌우를 돌아보았다. 다행히 골목에는 아무도 없었다.

하지만 무서웠다. 어디선가 바트에르덴이 엿보고 있는 듯한 느낌도 들었다. 그래서 조급해졌고, 다른 생각은 나지 않았다. 해명은 무릎을 꿇었다. 그리고 간절히 말했다.

"나리! 제발 저를 놓아주십시오. 제가 무슨 잘못이 있습니까? 저는 조선에서 끌려와 대국의 화자가 되었습니다. 제가 할 수 있는 건 아무것도 없습니다. 그냥 살고자 할 뿐입니다. 소인을 불쌍히 여기시어 부디 은혜를 베풀어 주십시오."

그건 해명의 진심이었다. 아무리 생각해도 강제로 끌려와 눈치나 보며 시키는 일이나 해야 하는 화자 처지에 도대체 무얼 어쩐단 말인가? 도와 달라니? 도대체 누가 누구를 도울 수 있단 말인가?

그런 해명의 갑작스러운 행동에 장영실은 조금 놀란 듯했다.

"왜 이러는 것이냐? 난 네게 부탁을 하러 왔다고 하지 않았느냐? 무릎을 꿇어야 하는 사람은 오히려 나이거늘 이게 무슨 짓이냐? 어서 일어나거라."

"나리! 제발 살려 주십시오. 아비를 구하려고 화자가 되었고, 고을 이방의 꾐에 빠져 누나도 공녀로 끌려와 어디에서 어떻게 살고 있는지도 모릅니다. 오로지 제 한 몸뿐입니다. 그냥 살고자 하는 바람밖에 없으니, 그리 알고 돌아가십시오."

"안다. 너의 그 가련한 처지를 나도 알고 있다. 조선에서 화자로 끌려온 아이들 전부가 그러할 것이다. 너라고 어찌 다르겠느냐? 그래서 조선의 신하로서 미안하고 또 미안하다. 대국의 변방에 있는 하찮은 나라에서 태어난 죄, 대국과 겨룰 만큼 그 힘이 모자라 제 백성조차 지켜 주지 못하는 나라에 태어난 죄, 그게 죄라면 죄겠지. 그래서 이렇게 찾아왔느니라. 내 목숨 하나 아깝지 않다, 여기고 말이다."

함께 주저앉은 채 장영실이 말했다. 그러나 해명은 그의 뒷말을 여전히 이해할 수가 없었다. 제 백성 하나 지켜 주지 못한다, 하면서도 그 나라를 위해서 목숨을 걸고 여길 왔단 것인가? 이게 말이 되는 걸까?

하지만 더 이해할 수 없는 말은 그 다음이었다.

"나 역시 노비였다. 동래현 관아에서 허드렛일이나 하고, 잡심부름이나 하는 처지였지. 아비는 누구인지도 알지 못하며, 어미는 천인이었다. 매일 사는 것이 죽는 것보다 못했으며, 다음 날 눈을 뜨면 또 하루를 살아야 한다는 사실이 두려운 날들도 많았다."

"나리, 지금 무슨 말씀을 하시는 겁니까?"

어이가 없어서, 해명은 큰 소리로 되물었다. 정말로 도깨비 하품 같은 말이었다. 천민이 어명을 받고 대국까지 왔다니? 게다가 조선의 신하라고 했지 않은가? 그렇다면 벼슬아치라는 이야기인데, 이게 말이 되는 걸까? 어찌 조선에서 천인이 벼슬을 할 수 있단 말인가? 사연도 묻지 않고 양인을 잡아 가두고, 그 대가로 자식들을 남의 나라에 팔아 버리는 나라가 아니었던가?

하지만 장영실은 궁금한 질문에는 대답하지 않았다. 해명이 생각하기에 다소 엉뚱한 말을 이어 갔다.

"그래. 네 처지를 다 이해할 수 있다고는 말하지 않겠다. 아주 조금이겠지. 하지만 너와 나처럼 비루한 백성들도 조금이나마 사람 대접을 받고 살 수 있는 방법이 있다. 그리고 대국에 대해서도 자존심 지키며 살 수 있는 방법이 있어. 그래서 너를 찾아온 것이야."

"…?"

"믿기 어려울 것이다. 그러나 믿어야 한다. 그리 믿고 도와다오. 물론 어린 너의 어깨를 무겁게 해서 미안하구나. 하지만 너밖에 없다."

이제는 어이없는 게 아니라, 다짜고짜 믿어 달라는 장영실의 말에 해명은 넋을 놓고 말았다.

'나밖에 없다니? 아니, 그게 왜 나여야 하는가? 고향에 돌아갈 수도 대를 이을 수도 없는 고자로 만들어 놓았으면, 그냥 목숨이나 부지하게 내버려 둘 일이지, 조선은 이제 그 보잘것없는 바람마저

꺾으려 드는가?'

그래서 해명은 아무런 대꾸도 하지 않았다. 어불성설이라고 했던가? 밑도 끝도 없이 어쩌란 말인가?

꽤 오랫동안 말이 없었다. 해명은 할 말이 없었고, 장영실도 한꺼번에 쏟아 놓은 격한 말들이 멋쩍어서 그런 건지 꽤 시간이 지나도록 입을 열지 않았다.

그럴 즈음, 빗방울이 듣기 시작했다. 머리에, 곧 하늘을 쳐다본 얼굴에, 빗방울이 한두 방울 떨어졌고 오래지 않아 조금씩 굵어졌다.

*

"…작은 나라여서 받아야 하는 설움은, 그 누구보다 임금께서 잘 알고 계신다네. 원래는 선왕의 셋째 아들이었으나 그 총명하였고, 학식이 깊어 일찍부터 신하들 사이에서는 기대감이 높았지. 그런데 하필이면 세자(양녕대군)가 옳지 않은 행실로 폐세자가 되고 둘째 효령대군은 불심이 깊어 백성을 다스리는 일에는 관심이 없었어. 결국 셋째 충녕대군(훗날 세종)이 왕위에 올랐는데, 그분이 바로 지금 조선의 왕이시라네."

빈집 쪽문 아래로 옮겨 앉은 장영실은 처마 끝으로 떨어지는 빗방울을 올려다보면서 말했다. 해명은 사뭇 바뀐 장영실의 어투를 무어라 하지 않고, 그냥 듣기만 했다. 무슨 말을 해도 장영실은 선불리 돌아갈 것 같지가 않아서였다. 해명은 조금만 더 기다려 보자고 마음먹은 터였다.

하늘은 아까보다 더 어두웠다. 금세 그칠 비가 아닌 듯 보였다.

장영실은 말을 이었다.

"그분이 노비였던 나를 한양으로 불러 벼슬을 주셨다네. 나에게 보잘것없긴 하지만 손재주가 있다는 이유였지. 물론 신하들은 반역이라도 일으킬 기세로 반대했지. 반상의 법도*가 있는 나라에서 어찌 천민에게 벼슬을 주느냐고 말이야. 그러자 왕께서 말씀하셨다네. '나는 미천한 자에게 벼슬을 내리는 것이 아니라, 그의 재주에 벼슬을 내리는 것이다'라고 말이야. 그래서 나는 궁중에 머물며 농기구와 무기를 고쳤고, 쇠를 단련하는 기술을 연구했지. 그러다가 아주 특별한 명령을 받았어."

거기서 장영실은 잠시 숨을 크게 들이쉬었다. 마치 무슨 중요한 말을 준비라도 한다는 듯이. 그런 다음에 말을 이었다.

"왕께서는 하늘의 이치를 알고 싶어 하셨다네."

"…?"

비로소 해명은 장영실을 돌아보았다. 그걸 느꼈던 걸까. 장영실도 해명을 마주 보았다. 그러더니 말했다.

"그렇다네. 하늘의 이치는 대국의 황제만이 알 수 있는 일이지.

* 양반과 상민의 차별이 분명히 있다는 뜻.

그건 한 나라의 일로 치자면 왕의 권위에 도전하는 일과 다르지 않아. 즉 조선의 국왕이 대국의 황제가 하는 일을 하겠다는 건 대국을 따르지 않고, 황제와 어깨를 나란히 하겠다는 뜻이기도 해."

하아! 해명은 탄식처럼 숨을 내뱉었다. 이제는 참을 수가 없을 듯했다. 그동안은, 처지도 처지려니와 무슨 일이 일어날지 몰라서 가능한 한 말을 아끼려 했지만, 더 이상은 아니었다.

"그런데요? 조선의 왕은 어째서 그런 일을 벌이신단 말입니까? 제 백성 하나 지키지 못하는 주제에?"

해명은 장영실을 똑바로 쳐다보면서 대꾸했다. 자신도 모르게 격한 감정까지 섞여 나왔다. 그 때문이었는지 장영실은 미간을 찌푸렸다. 하지만 그걸 보고, 해명은 한 마디 더 했다.

"제게 불손하다 꾸짖지 마십시오. 나는 조선의 백성도 조선 왕의 신하도 아닙니다."

"알겠네, 알겠어. 다만…. 그래, 조선의 왕께서 그런 일을 벌이신 건, 백성들을 위해서야."

"네?"

해명은 짧게 되물었다. 잠시 당황한 듯 머뭇거리며 꺼낸 말이 얼토당토않게 들려서였다.

"하늘의 이치를 아는 일이란 무언가? 태양과 달과 별의 움직임을 낱낱이 알겠다는 뜻이 아닌가?"

"그걸로 무얼 하죠?"

"계절을 알 수 있고, 기상을 예측할 수 있지. 언제쯤 많은 비가 오고, 오지 않을지, 또 언제쯤 눈이 내릴지 하는 것들 말이야."

"그렇게 하면요?"

"말해 무엇하는가? 새로운 계절이 온다는 걸 미리 알고 기상을 알면 농사짓는 데 유용하지 않겠나? 볍씨는 언제 뿌릴 것인지, 보리는 언제 거둘 것이며, 이맘때쯤에는 무엇을 준비해야 하는지 말야."

"그건 대국의 황제께서 해마다…."

"맞아. 대국에서는 해마다 달력을 내린다네. 그것에 따라 조선에서는 농사를 짓고 나랏일을 계획하지. 하지만 그것은 이역만리 떨어진 조선에서는 일치하지 않아. 결국 조선의 하늘을 정확히 파악해야만 조선의 기상도 정확히 알아낼 수 있는 것 아니겠는가? 그것만 할 수 있다면, 농사에도 도움이 될 테고 재난에도 미리 대비할 수 있어서 백성들의 삶에 보탬이 되지 않겠는가 말일세."

"그래서요?"

해명은 장영실이 잠시 말을 멈춘 사이에 되물었다. 이제는 일단 들어나 보자는 심사였다.

"7년 전에 나는 처음으로 이 북평 땅을 밟았지. 사신들 틈에 끼여서 말야. 그때 나는 북경에 와서 유리창(流璃廠)*부터 헤매고 다녔네. 그리고 그곳에서 천문에 관련된 서책을 모았지. 기계와 연관

---

* 온갖 새로운 문물들이 모여든 북경의 상점 거리.

된 책도 구했어. 조선에서는 구경도 할 수 없는 것들을 말이야. 그래서 대식국에서 개발된 자동시계에 관한 책도 얻을 수 있었지. 하지만 그것만으로는 부족했어. 그래서 관상대(觀象臺)에 들어가기로 했네."

"정말 그곳에 들어갔단 말인가요? 관상대는 황제의 허락 없이는 아무리 높은 벼슬아치라도 함부로 들어갈 수 없는 곳이라고 들었습니다."

해명은 고개를 절레절레 저으며 말했다.

"물론 들어갈 수 없었지. 관상대에 접근하려면, 궁궐 안에 들어가더라도 세 곳 이상의 문을 통해야 했으니까. 그래서 수소문 끝에 관리 몇을 꾀어 내 부탁했다네. 약간의 보상을 해 주기로 하고 말야."

"돈으로 매수를 했군요. 우소감 어른도 그렇게 하셨습니까?"

"그, 그건…. 어쨌든 나는…."

"도대체 그곳에 무엇이 있길래 목숨을 걸었던 것입니까?"

"혼천의(渾天儀, 천문 관측 기구), 그리고 동호적루(銅壺滴漏, 물시계)와 그것 말고도 다양한 천문 관측 기구가 있었지. 난 그걸 일일이 베껴 그려서 가져 나왔네. 하지만 들켰어."

"뭐라고요? 그런데 어떻게 지금 이렇게 무사하신 거죠?"

"우소감께서 힘을 쓰셨지."

그리고 또 잠시 말이 없었다.

그러나 기다릴 생각은 없었다. 이번에는 해명이 먼저 치고 나갔다.

"그랬으면 됐지. 이제 또 무엇이 필요하단 말씀입니까? 설마 또 관상대에 들어가려는 것은 아니겠지요?"

"그렇지 않네. 이번에는 그것과는 또 다른⋯. 사이관에 있는 서책일세. 물론 필사를 해도 상관없고!"

잠시 머뭇거리는 듯하던 장영실이 결심한 듯 입을 열었다. 하지만 그 말에 해명은 눈을 크게 떴다.

"뭐, 뭐라고요? 지금 무어라 하셨습니까?"

"사이관에 있는 여러 나라의 서책 말일세. 대식국이든 소문답랄(蘇門答剌, 수마트라)이든, 고리든. 아니, 얼핏 듣기에는 비랄(比剌, 모잠비크)이란 나라도 있다고 들었어."

장영실은 제 말에 흥분해서 들이대듯 물었다.

"그만두십시오. 못 들은 걸로 하겠습니다."

해명은 단호하게 말하고는 일어났다. 고리는 얼핏 들어 보았지만, 비랄은 해명도 처음이었다. 아니, 어찌 되었든 입에 담을 수도 없는 말이었다. 서책을 내 달라니? 그것은 엄격하게 금지된 일이었다. 예투는 해명을 진 대인에게 보내면서도, '네가 가지고 다니는 서책이 다른 곳에 쓰여서는 안 된다'라고 했었다. 그런데 그런 것들을 내 달라고?

"이보게. 제발 부탁이네. 조선의 미래를 위해서 꼭 필요한 것일세."

"…."

"내 말 듣고 있나? 이보게. 왜 대답이 없는가?"

"도대체 그게 왜 필요한 것입니까?"

해명은 답답해서 물었다. 그러나 장영실은 우물쭈물했다.

"그건 말할 수 없네. 제발 이해 좀 해 주게. 내가 이렇게 애타게 부탁하네."

"안 된다고 했습니다."

"이보게. 어딜 가려고? 아직 술시가 안 되었네. 서화문이 닫히려면 멀었어."

"뭐, 뭐라고요?"

해명은 소름이 돋았다.

'이 자가 도대체 어떻게 내가 언제까지 돌아가야 하는 것까지 알고 있는 것인가? 그럼 얼마나 낱낱이 나를 파악하고 있다는 걸까?'

하지만 해명은 돌아섰다. 그리고 빠르게 걸었다. 골목을 두 번 꺾어 돌자, 서화문이 보였다. 해명은 더 서둘렀다. 온몸이 부르르 떨렸다. 비를 흠뻑 맞았기 때문만은 아니었다.

*

숙소로 돌아오자마자 옷부터 갈아입었다.

마른 옷을 입었는데도 몸이 떨렸다. 숙소에서 사이관으로 가는

데 자꾸만 다리가 후들거렸다. 몸에 열이 오르는 듯도 했다. 입안은 바짝바짝 탔다.

통사 접견실로 들어서자 예투가 상석에 앉아 있었다. 그를 기준으로 탁자 양쪽에 해명 또래의 화자 넷이 앉아 있었다. 둘은 예투와 같은 회회족 출신이었고, 하나는 한족, 나머지 하나는 몽골 출신이었다.

예투가 쳐다보았지만, 해명은 슬쩍 시선을 피했다. 왠지 나쁜 짓을 하고 난 것처럼 그를 마주 보기가 두려웠다. 혹시라도 자신이 조선 왕의 밀명을 받은 자를 만나고 왔다는 사실을 알고 있는 것은 아닐까. 이를테면 도둑이 제 발 저린 격이라고나 할까. 오히려 늦을까 봐 미친 듯이 달려서 돌아오던 날보다 가슴이 더 뛰는 것 같았다. 얼굴이 확확 달아오르는 게 느껴졌다. 하지만 해명은 태연한 체했다.

"장이씽, 네가 읽거라."

예투가 말했다. 그러자 해명의 옆에 앉아 있던 장이씽이 앞에 놓은 서책을 안쪽으로 끌어당겼다. 포도아 사람 이야기가 담긴 바로 그 책이었다.

"포도아 사람이 이르기를, 마노에서 멀지 않은 곳에 패니사국(貝尼斯國, 베네치아)이 있는데, 많은 사람들이 말하기를 물의 나라라고 합니다. 실제로 패니사에 가 보면 집 안마당까지 바닷물이 들어오고, 골목마다 물이 들어차서, 사람들은 배를 타고 이 집 저 집을 다닙니다. 그럴 수밖에 없는 이유는, 갯벌 위에 집을 지었기 때문입니다. 갯벌에 단단한 나무를 박고, 그 위에 돌을 올린 뒤에 집을 지었지요. 그러하다 보니 만조 때가 되면 집 안마당까지 물이 들어차곤 합니다…."

무슨 일인지 몸에서 열이 더 나고 현기증까지 나는데도 해명은, 피식 웃을 뻔했다. 일전에도 무슨 죽었다가 부활했다는 저희들 신 이야기를 하더니, 이번에는 물 위에 집을 지었다고? 그래도 떠내려가지 않고? 아무래도 해명은 포도아 사람이 그저 이야기꾼이 아닌가, 하는 생각이 들었다.

하지만 생각은 거기까지였다.

현기증 때문인지 책의 글씨는 눈에 들어오지 않았고, 장이씽의 목소리도 그저 웽웽거리는 소리로밖에 들리지 않았다. 오히려 그 틈을 타서 장영실과 그가 했던 말이 자꾸만 머릿속을 어지럽혔다.

'도대체 장영실이란 자의 정체는 무엇일까? 조선 왕의 밀명을 받았다고? 대국을 섬기는 나라의 왕이 대국의 질서를 어지럽힌다는 것이 말이 되는 걸까? 그리고 그게 조선의 백성을 위해서라고? 그럴 리 없지 않은가? 제 백성 하나 지키지 못하는 왕이 무슨! 아니, 내가 왜 이런 생각을 해야 하는 걸까? 정말로 그가 조선의 신하인지 확인할 길도 없지 않은가? 돈으로 사람을 사는 자를 어떻게 믿는다는 건가? 그렇다. 사이관의 책을 필사해 달라는 것도 어쩌면 한낱 호사가들에게 팔아넘기기 위한 수작일지 모른다. 유리창에는 실제로 서책을 수집하는 서적상이 있으니까. 그들도 사이관의 신기한 책들을 보면 얼마나 탐이 나겠는가? 물론 사이관에 어떤 책들이 얼마나 있는지는 알 수 없지만. 그래 , 그자는 협잡꾼에 불과해. 그뿐이야! 어윤수 역시, 한몫 잡으려는 늙은 여우에 지나지 않아.'

생각은 그쪽으로 흘러갔고. 그러자 해명은 화가 났다. 조선에서 온 자들이란 하나같이 그런 모양이라고, 그렇게 여겨 버리니 한심하단 생각만 들었다. 그러니 나라 꼴이 그 모양이고, 제 백성을 화자로, 또 공녀로 팔아 버리는 거라고. 그 때문에 해명은 자신도 모르게 어금니를 꾹 깨물었고, 주먹을 쥐었다.

그때쯤, 옆에 앉은 장이씽이 해명의 팔을 툭툭 건드렸다. 돌아보니, 그는 둥글고 투덕투덕한 턱으로 예투 쪽을 가리켰다.

예투가 이쪽을 쳐다보고 있었다. 그제야 해명은 자신이 큰 실수를 했다는 것을 깨달았다. 입안이 더 타고 가슴이 터질 듯 빨리 뛰었다.

"그다음을 읽으라 했다."

"네에…."

겨우 대답을 했다. 그리고 서책을 앞으로 끌어당겼다. 다행히 장이씽이 어디를 읽어야 하는지 손가락을 짚어 주었다. 꾸불꾸불한 대식국 글자들이 스멀스멀 기어 눈에 들어왔다.

"마림국(麻林國, 케냐 말린디 지역)에 이르렀을 때, 항구에 나온 사람들은 온통 검고 벌거벗고 있어서, 이들 또한 야만스러울 것이라 생각했다. 그런데 이 나라에는 그 어디에도 없는 진귀한 동물이 있었으니, 다름 아닌 기린이다. 키는 10척*에 이르는 듯했고, 모가지만 그 절반에 이르렀다. 얼룩무늬인 데다가….”

이번에도 믿을 수 없는 소리였다. 모가지만 5척에 이른다니? 더구나 기린은 상상 속의 동물로만 알고 있었는데?

하지만 거기까지였다. 해명은 더 읽지 못하고, 책을 내려놓고 말았다. 억지로 다시 집어 들었지만, 식은땀이 비 오듯 흐르고, 그러자마자 구불구불한 글씨들이 서로 뒤엉키기도 하고, 발이 달린 것처럼 옆으로, 그리고 위와 아래로 달아나기도 했다. 그리고 어느 순간, 서책에 박혀 있던 글자들이 모두 사라지고 하얀 종이만 남았다.

“헉!”

해명은 한 마디 비명을 질렀다. 정신이 몽롱해졌다.

* 1척은 30.3센티미터.

4.
그대가 품은 뜻을
알지 못하지만

*

"하이밍? 어젯밤 또 여기서 새운 것이냐?"

그 목소리가 처음은 아닌 듯했다. 정신이 돌아오고 난 뒤에도 두 번은 더 들렸으니까. 눈을 부릅뜨고 올려다보았다. 동쪽 창이 희뿌연 빛으로 물들어 있었다. 사이관 건물의 가장 구석진 방이지만 동쪽으로 창이 넓어 가장 먼저 아침이 오는 곳이기도 했다. 해명이 특히 이 방을 가장 좋아하는 이유는, 화자로 사이관에 와서 가장 먼저 공부를 시작한 방이기도 했고, 그나마 볼 만한 책들이 가장 많기 때문이기도 했다. 물론 위층에 있는 도서관에 비하면 수십 분의 일도 안 되는 수준이지만, 그래도 해명에게는 그마저도 감지덕지였다.

그래서 예전에도 종종 밤을 새우며 서책을 보다가 동쪽 창을 열고 아침을 맞기도 했다. 덜 깬 채로 보니, 누군가 그 창을 막고 있었다. 그래서 한 번 더 눈을 감았다가 쳐다보니, 예투였다.

"좌감승 어른!"

해명은 탁자에서 벌떡 일어났다. 그러느라 탁자에 수북하게 쌓아 놓았던 책이 스르르 무너졌다. 그중 두 권이 땅바닥에 떨어져서, 해명은 얼른 주워 올렸다.

"또 여기서 밤을 새웠냐고 물었다."

"네. 열흘 동안, 아무것도 하지 못했으니 그간의 공부를 따라잡으려면 별 수 없습니다. 일전에 좌감승께서 숙제로 내주신 새 문자도 아직 해독하지 못하여."

해명은 뒷말을 흐렸다. 솔직한 심정이 그러했다. 비를 쫄딱 맞고 들어온 날부터 고열에 시달렸다. 이미 예투의 강독 때 한 차례 정신을 잃었고, 그날 밤에도 두 번이나 혼을 놓고 말았다. 그리고 꼬박 열흘을 앓았다.

그다음 날, 바트에르덴이 서책 몇 권을 가져왔다. 거기에는 처음 보는 글자들이 써 있었다.

그걸 내밀며 바트에르덴이 말했다. 좌감승께서 틈틈이 익히라 하셨다. 보름 후에 강독하여 새 글자에 대해 묻는다 하셨으니, 준비하거라. 다른 화자들은 이미 공부를 시작하였으니, 그리 알고.

갑자기 무슨 일이냐고 묻자, 바트에르덴은 자신도 알 수 없다고 말했고, 우리야 시키는 대로 하는 수밖에 없지 않느냐며 조금 투덜대는 듯도 했다. 그러더니 또 덧붙였다. 요즘은 무슨 일로 사이관이 이렇게 분주한지 모르겠구나. 좌감승도 보기 힘들고, 정화 태감도 자주 오고 가시니 원.

그 말에 해명은 덩달아 조급해져서 잠시도 쉬지 않고 책을 뒤적거렸다.

나중에 알고 보니, 사이관의 화자들은 둘씩, 혹시 셋씩 짝을 지어 모두 다른 나라의 글자와 말을 익히고 있었다. 그날 강독 때 옆에 앉았던 장이씽은 또 다른 둘과 함께 소문답랄말을, 또 다른 몇은 섬라국(暹羅國, 태국)의 말, 하물며 마림국의 말을 익히고 있는 소리도 들렸다. 해명으로서는 도무지 그 나라들이 어디에 있는지도 모르는데. 그 때문에 공연히 주변이 어수선했고, 그 분위기는 해명의 등을 자꾸 떠밀었다.

바트에르덴이 가져온 책의 글자 모양은 하나하나가 특이했다. 대식국의 글자들은 길쭉하고 꼬불꼬불하게 이어지는데, 이것은 각 한 자모마다 모양이 확연히 달랐다. 얼핏 보니 가위표(X) 모양도 있었고 동그라미(O)와 길쭉한 막대기(I), 갈지자처럼 생긴(Z) 것도 있었다.

"그걸 아직 다 익히지 못한 모양이구나. 하긴 열흘이나 된통 앓았으니…."

"아닙니다. 자모 하나씩은 모두 익혔고, 그것들 하나하나가 어떻게 발음되는지도 대략은 이해하였습니다. 가만 보니 어순이 한자어와 흡사하여 조금만 시간을 주신다면…."

"뭐라? 벌써 그걸 눈치챘다고? 더 말해 보거라."

"별것은 아니옵고. 이를테면 조선말은 피아(彼我)를 일컫는 말(주어)이 앞에 오고, 그의 행동을 적시하는 말(목적어)이 뒤에 오지요. 하지만 대국의 말은 그 반대이옵고, 이 새 글자들이 만드는 문장 역시 그 순서가 대국의 말과 같습니다."

"그래. 역시 말과 언어를 배우는 데는 타고난 재능이 있구나."

"그런 것이 아니옵고, 저는 다만 제가 뒤처지면 다른 화자들에게 누가 되고, 또한 좌감승 어른의 심기를 불편케 할까, 하여…."

"괜찮다. 그걸 공부하면서 묻고 싶은 것은 없었느냐?"

"무엇보다 이런 글자는 어디서 쓰는 글자이옵니까?"

"마노라는 나라에서 쓴다. 대진국(大秦國)이라고도 부르지."

"마노는 어떤 나라입니까? 고리국 부근입…?"

해명은 궁금증을 참지 못해 예투의 말이 채 끝나기도 전에 물었다. 하지만 곧 실수를 깨달았다. 섣불리 좌감승의 말을 자르다니. 해명은 얼른 말을 멈추었다. 그러자 예투가 씩 웃었다.

"그보다 더 멀다. 그 말을 아는 사람이 이 대국에 별로 없을 정도로 말이다. 지금 그 나라는 없어졌지만, 문자는 아직도 널리 쓰이고 있지."

"…?"

해명은 궁금한 게 더 많았지만 입이 떨어지지 않았다. 묻는 것 자체가 도리에 어긋남을 모르지 않았기 때문이었다. 그런데 다행히 예투가 말을 이었다.

"한때 마노는 천방국(天方國, 메카)의 서쪽, 수만 리나 되는 땅을 모두 지배했지."

"천방국의 서쪽이라면?"

해명은 얼결에 중얼거렸다. 천방국의 서쪽이라니? 도무지 헤아려지지 않았다. 천방국도 짐작하기 어려운데, 그보다 더 서쪽이라니? 아니, 고리국도 서쪽 어디라고 들었지만 해명의 머리로는 추측조차 할 수가 없었다.

북평에서 수백 개의 산과 강을 건너면 운남에 이르고, 거기서 또 수천 수만 개의 마을을 지나면 고리국에 이르겠구나. 어쩌면 1년의 시간이 다 지날지도 모르지. 아니 더 많은 시간이 걸릴 수도 있어. 물론 용케 살아서 걷고 또 걸을 수 있다면 말이다. 넌 조선에서 왔다고 했지? 그렇게 온 만큼 예닐곱 배를 더 가면 고리국에 가까스로 닿을 수 있으려나?

언젠가 진 대인이 했던 말이 떠올랐다. 조선에서 북평에 오는 길도 멀고 멀어서, 이 먼 길 너머에도 사람이 사는 땅이 있다는 게 신기했는데, 거기서 예닐곱 배를 가야 고리국이 나오고, 또 거기서 그만큼을 더…?

하아!

숨이 쉬어지지 않았다. 어지럼증이 일 지경이었다. 그래서 멍하니 창만 바라보았다. 창은 아까보다 훨씬 밝아져 있었다.

그러고 있는데 예투가 더 감당하기 어려운 말들을 던져 놓았다.

"그들은 커다란 경기장을 만들어 놓고, 거기에 굶주린 맹수들을 풀어 병사들과 싸우게 했다는구나. 그걸 백성들이 보면서 즐겼다지? 또 가끔은 노예들끼리 진검을 들고 다투게 하여 마지막까지 살아남는 자에게 자유를 주기도 했고."

상상하기조차 어려워서 그냥 듣고 흘렸다. 정말로 있었던 나라인지, 혹은 예투가 지어서 말하는 것인지 알 수 없었다. 지금까지 회회어를 공부하면서 읽었던 책들에 담겨 있던 내용들도 워낙 얼토당토않은 이야기들이어서.

그러나 궁금한 건 있었다. 그래서 용기를 내서 물었다.

"마노가 그토록 먼 나라라면 그들의 말을 익혀 어디에 쓰실지…?"

그렇지 않은가? 정말로 그런 나라가 있다고 하더라도 갈 수도, 또 그 나라 사람들을 만날 수도 없을 텐데, 왜 필요하단 말인가? 아무리 사이관이 다른 나라의 말과 언어를 공부하는 곳이라고는 하지만.

그런데 예투는 알 수 없는 미소를 지었다. 그러더니 말했다.

"혹시 알겠느냐? 가게 될지?"

"네?"

"사람의 일이란 모르는 것 아니겠느냐 말이다."

"무슨 말씀이신지 도통 모르겠사옵니다."

"하이밍, 너는 우리가 어찌하여 다른 수많은 나라의 말을 공부한다고 생각하느냐?"

방금보다 목소리가 낮았다. 예투는 뒷짐을 지고 돌아섰다. 해명은 아무 말도 하지 않고 기다렸다. 그러자 예투가 말을 이었다.

"선왕이신 영락대제께서는, 대명이 온 세상의 중심이라 생각하셨다. 그리하여 주변의 온 나라가 대국에 머리를 조아리게 하셨지. 가까운 몽골과 조선, 왜는 물론이고 안남(安南, 베트남)과 마니랄(馬尼剌, 필리핀 마닐라), 조왜(爪哇, 인도네시아 자바섬) 등 모든 나라의 사신들이 한 해가 멀다 하고 찾아와 예물을 바치고, 황제가 내린 역법을 받아 갔지. 그럼으로써 모든 나라가 대명만 바라보았고, 대명의 예를 따랐으며, 대명의 황제를 우러러보았단다. 황제는 그 모든 나라들에 대해 속속들이 알고 싶어 했고, 그러기 위해서는 그 나라의 말을 정확히 할 줄 아는 사람들이 필요했던 것이다"

"…."

"하지만 그들이 찾아오기만을 기다릴 수만은 없지 않겠느냐?"

"네?"

"아무튼 우리와 같은 환관은 황제의 명에 따라 움직이는 미천한 신하에 불과하지만 기회라는 것도 준비하고 있는 사람에게만 오는 것이 아니겠느냐? 아무튼 이따 신시(오후 3~5시)에 다시 보자."

그리고 예투는 웃었다. 어떤 의미를 담은 웃음인지는 알 수 없었다. 그런 채로 예투는 몸을 돌렸다. 그리고 문을 열었다. 하지만 그러다가 말고 예투는 멈추어 돌아섰다.

"그런데 말이다."

해명은 한 발 다가서서 예투를 마주 보았다. 그러자 예투가 물었다.

"장영실이 누구더냐?"

"무, 무슨 말씀이신지요? 저는 처, 처음 듣는 이름이옵니다."

순간, 해명은 간담이 서늘해졌다. 얼른 둘러댔지만, 심장이 급작스럽게 출렁대며 뛰었다. 재빨리 한 걸음 뒤로 물러났다.

"그래? 네가 앓아눕고서 몇 번 잠꼬대를 하면서 소리를 질렀는데, 그 이름을 몇 번이나 부르더구나. 천문대 어쩌고 하는 말까지 하던데? 혹시 별자리에 관심이 있는 것이냐?"

등에서 식은땀이 흘렀다. 얼핏 장영실이 등장하는 악몽을 꾼 기억이 났다. 그가 쫓아오고 달아나던 꿈, 그가 사이관에 들어와 책을 뒤지고, 해명은 말리던 꿈. 밑도 끝도 없는 그런 꿈들에 얼마나 시달렸던지. 거세를 하고 난 이후에 그토록 아팠던 적은 처음이었던 듯했다.

"저는 통 기억이 나지 않습니다. 아마 조선에 있을 때 이웃집 아재였거나…. 그리고 천문대는 일전에 보았던 어떤 책에서 그 이름만 들은 듯하옵니다."

얼굴이 화끈거렸고, 다리가 떨렸다. 그걸 예투가 눈치챈 것은 아닐지 걱정이 되었다.

하지만 다행히 예투는 고개를 끄덕거렸다.

"하긴 그렇구나. 잠꼬대하며 맥없이 부른 이름을 어찌 알겠느냐? 이따 늦지 않게 경연당으로 오너라. 신시다. 알겠지?"

그리고 예투는 돌아서 나갔다.

＊

오시(오전 11시~오후 1시) 늦게 숙소로 돌아갔다가, 쪽잠을 자고 다시 밖으로 나왔을 때, 하늘은 구름 한 점 없이 맑았다. 파란 물이 쏟아질 것만 같은 착각이 들었다. 해명은 하늘을 한참 동안 뚫어지게 올려다보다가 곧바로 사이관을 향해 걸었다.

어느 때쯤인가, 은나비가 길을 앞서갔다. 굳게 닫힌 사이관 남문 앞 처마 아래서 노닐던 은나비는, 마치 해명을 알아본 듯 길잡이를 했다. 한번은 높은 사이관의 격자무늬 창에 앉았다가, 잠깐 바닥으로 내려와 손에 잡힐 듯 팔랑댔다. 하지만 따라잡을 만하면 또 저만치 앞으로 날아가곤 했다. 그러나 다행스럽게도 나비는 붉은 벽돌담 길을 벗어나지는 않았다.

마침내 은나비는 건물을 끼고 왼편으로 돌아 한달음에 정문 앞 계단 아래에서 서너 바퀴를 맴돌며 해명을 기다렸다. 해명이 계단

앞에 이르러서야 은나비는 예닐곱 계단을 먼저 올라갔다. 따라 오르자, 은나비는 오른쪽 왼쪽을 둘러보듯 갈지자로 날아 계단 오른쪽 난간 꼭대기에 앉았다.

거기서 해명은 걸음을 멈추었다. 그리고 진작부터 떠오른 기억 속의 누나 말을 또렷하게 떠올렸다.

길을 잃으면 모시나비를 따라가.

그 나비의 이름을 누나가 처음 말해 주었다. 누나는 은나비를 손 위에 올려놓고 말했다. …뭍으로 멀리 시집간 한 여인이 있었어. 은나비가 여인을 나루터까지 배웅했대. 그리고 보름 만에 남편이 역병으로 죽고 되돌아왔는데, 섬에 내리니까 은나비가 기다리고 있더래. 그 덕분에 무사히 집으로 돌아왔고. 그러니까 길을 잃으면 꼭 은나비를 찾아, 알았지?

누나에게 꽃팔지를 만들어 주던 그 언덕에 모시나비가 많았다. 해명이 붙잡으려면 달아났지만, 누나에게는 날아가 놀았다. 어떤 때는 머리 위에, 어떤 때는 어깨에. 누나가 손을 뻗으면 손바닥에 와서 앉기도 했다.

그래서 해명도 손을 뻗었다. 그때, 정말 손짓을 본 것일까? 은나비가 날아오르더니, 제자리에서 두어 번 삐뚤삐뚤한 원을 그렸다. 하지만 그러고는 그만이었다. 아래로 내려올 듯하던 은나비는 곧장 방향을 틀어 정문 쪽으로 날았다.

해명이 얼른 따라 올라 보니, 은나비는 열어 놓은 한쪽 문의 둥

그런 손잡이에 앉아 있었다.

"그러지 마. 그럼, 너무 힘들잖아."

해명은 고개를 저으며 마지막 계단에 주저앉았다. 자신도 모르게 한숨처럼 그런 말이 흘러나왔다. 스스로의 생각을 감당할 수가 없었다. 몇 년 동안 묻어 두었던 고향의 모든 것들이 툭 하면 솟구쳐 일어나 속을 긁어 댔다.

모시나비만이 아니었다. 회동관 북창 너머 정원의 잔돌을 보면, 집에서 멀지 않던 오모리돌(몽돌, 모나지 않고 둥근 돌) 해안이 생각났고, 그 바다에서 자그락거리던 소리마저 들려오는 듯했다. 해질녘이면 사이관 학습당의 창까지 길게 그림자를 드리우는 자작나무 한 그루는, 단숨에 해명의 생각을 고향 집 좁은 방 안으로 끌고 들어갔다. 그 방 안에서는 아버지가 자작나무 껍질을 모아 불을 켰고, 그 불빛 아래서 누나는 해진 옷을 꿰맸다. 한번은 아버지가 손가락 두 개만큼 길쭉한 자작나무 조각을 두 개 얻어와 밤새 해명과 누나의 이름을 팠다. 해명이 기웃거리자 아버지는 웃으며 말했다.

자작나무는 재질이 단단하고 잘 썩지 않는다는구나. 그래서 우학사에게 부탁해서 너희들 이름을 써 달라고 했지. 이걸 지니고 다니면 아주 오래 산단다.

그 목소리마저 선연했다. 그럴 때마다 해명은 차마 입 밖으로 내지는 못하고 목구멍 속으로 꺼이꺼이 울었다.

처음 장영실을 만나러 갔다가 허탕을 치던 날, 느닷없이 눈앞에 펼쳐진 그 커다란 호수는 더 자주 해명의 눈앞에서 어른거렸다. 신기루처럼 그 호수는 느닷없이 눈앞에 나타났다가, 또 사라졌는데 그러고 나면 거제 앞바다의 모습으로 변했고, 뒤미처 파도가 치고 너울이 지고 어이없게 바닷바람이 느껴졌다. 바로 그 바다 위에 아버지의 배가 떠있기도 했다.

그 널따란 호수가 적수담(積水潭)이란 건 나중에 알았다.

북평이 원나라의 땅이었을 때, 몽골의 황제 쿠빌라이가 만든 인공 호수지. 북평이 대륙의 한가운데에 있는 것 같아도, 그 호수에서 배를 타면…. 그래 조금만 더 남동쪽으로 가면 통혜하(通惠河)라는 운하를 만날 거야. 그 운하를 따라 더 아래쪽으로 내려가면 직고(直沽, 톈진)에 이른단다. 그래. 바로 그곳에서 바다로 곧바로 나가는 거야. 그러면 동쪽으로는 네 고향인 조선에 이를 수도 있고, 왜까지 갈 수 있단다. 서쪽으로는 계속 가다 보면 조왜와 섬라를 지나 고리국에도 이를 수 있지 않을까?

해명이, 북평 남쪽에 널따란 호수가 있다는데, 하고 운을 떼자 진 대인은 그렇게 말했다. 그 말을 듣고 해명은 가슴이 덜컥 내려앉았다. 조선까지 갈 수 있다는 말에 온몸이 부르르 떨리고 얼굴이 붉어졌다. 조선이라는 이름만 나오지 않았어도 모르겠는데, 그 이름 때문에 적수담은 자주 해명의 머릿속을 어지럽혔다. 그 때문에 어디에 있는지 알 수도 없는 나라의 이름은 금세 잊었고, 조선과 왜라는 이름만 오롯이 기억에 남았다.

그때부터였다. 한동안 턱이 아플 만큼 어금니 물고 잊었던, 그리하여 마음의 심연 깊숙이 유폐시켰다고 굳게 믿었던 기억의 편린이, 결국엔 꿈속에서도 자주 나타났다. 아버지와 누나가 더 자주 보였고, 너무 어릴 때 파도에 휩쓸려 갔다던, 그래서 얼굴도 알 수 없는 엄마도 나왔다.

그러다가 깨어나면 한없이 슬펐다. 그래서 또 어금니를 물고, 주먹을 쥐고, 입속으로 비명을 질러 대야 했다.

방법이 없었다. 서책을 읽고, 또 읽었다. 그러면 그때만큼은 생각들이 사라지고, 글자들이 머릿속을 오가며 기억들을 하나씩 지웠다. 자주 밤을 새워 가며 서책을 뒤적인 것도 그런 까닭이었다.

해명은 일단 계단을 올랐다. 그리고 문 앞을 지키는 문지기에게 호패를 내보이고 문 안으로 들어갔다. 그때까지도 나비는 날개만 살포시 접었다가 다시 펴는 동작을 반복하고 있었다. 그러고는 곧 날아올라 2층 위로 사라졌다.

조회당은 비어 있었다. 왼쪽, 수역(修譯, 번역을 뜻하는 말)실로 가는 계단과 2층 통로 쪽에서 한두 사람이 오가는 모습만 보였다. 해명은 그들이 보든 보지 않든 가볍게 목례를 하고 사방을 둘러보았다. 그리고 오른쪽에 나 있는 복도를 향해 걸음을 옮겼다. 바닥에서 이따금 삐걱거리는 소리가 들렸다.

해명이 다시 걸음을 멈춘 곳은, 복도 중간쯤에서였다. 그대로 쭉 걸어가면 예투가 오라던 외국어 경연당이었고, 다시 왼편으로 난 복도를 따라가면 학습당이었다. 그 바로 옆에는 다시 위층으로 올라가는 계단이 있었고, 그 위가 도서관 입구였다.

경연당 쪽에서는 아무런 소리도 들리지 않았다. 신시가 되려면 아직은 여유가 있었다. 해명은 경연당으로 가지 않고, 학습당 쪽으로 걸어갔다. 몰래 엎드려 회회어를 받아 적던 그때의 기억이 해명을 끌어당기고 있는지도 몰랐다.

복도 끝, 혹은 다른 방 어느 곳에서 사람들의 말소리가 들렸지만 가깝지는 않았다. 그래서 더 안쪽으로 들어가 학습당 앞에 섰다. 천천히 손을 뻗어 문을 열고 학습당 안으로 들어섰다.

해명은 깊은 숨을 내쉬었다.

대국에 온 지 1년 가까이 되었을 때쯤, 그토록 바다가 그리워졌다. 그 이전까지는 아팠던 고통만 기억하느라 그전의 일들은 떠올릴 엄두가 나지 않았다. 그런데 회동관에서의 생활이 익숙해질 무렵부터 고향 생각은 무섭게 심장을 찔러 댔다.

어느 한순간, 찾아온 그리움에 매일 허기가 졌다. 아무 때나 생각이 났다. 깨어 있을 때는, 밥을 먹어도 그저 걷기만 해도, 파란 하늘을 보아도, 날이 좋아도, 비바람이 몰아쳐도, 불볕더위에도, 추위에 온몸이 얼어붙어도. 그러다가 잠이 들면 거제 앞바다에 가서 뛰어 놀았다.

꿈에서 깨어나면 울었고, 혼자 있을 때마다 울었고, 울면서 잠들었다. 그건 사는 게 아니었다. 그래서 살아야겠다고 마음먹었다.

뭐든 읽었고, 닥치는 대로 배웠다. 읽은 책을 또 읽었고, 하나라도 더 배우려고 애썼다. 마침 안남말을 익히던 해명은, 그래서 누구보다 빨리 안남말에 익숙해졌다. 이미 오래전부터 안남 사람들은 한자를 받아쓰고 있어서 그다지 어렵지가 않았다.

그러던 어느 날, 회동관 별채의 사신 숙소에서 책 한 권을 주웠다. 회동관을 오가던 색목인 누군가가 흘린 것이라고 생각했다. 《회회언어수역집(回回言語修譯集)》이라 쓰여진 책이었는데, 꼬불꼬불한 글씨들이 한눈에 들어왔다. 가만 살펴보니, 회회어를 읽는 방법이 적혀 있었다.

회회어를 들은 적은 있었다. 예투와 회회인 출신 환관들 몇몇이 회회어를 잘했다. 그들끼리 나누는 대화를 가끔 들은 적이 있었고, 어린 화자들 넷이 회회어를 배우고 있었다.

하루를 더 그 자리에 놓아두어도 가져가는 사람이 없어서, 해명은 그것을 들고 와 숙소에서 읽었다. 따라서 써 보기도 했다. 그걸 반복하고 또 반복했다. 그러자 여섯 달 만에 대식국의 글자가 눈에 익기 시작했고, 말도 귀에 들어왔다.

욕심이 났고, 더 궁금해졌다. 혼자 읽은 것이어서 《회회언어수역집》에는 이해할 수 없는 곳도 많았다. 해명은 사이관에 갈 때마다 손쉬운 대식국 책을 빌려 왔고, 아주 가끔이지만 용기 내서 사이관 환관들에게 어려운 부분을 물어보기도 했다.

하지만 그걸로는 성이 차지 않았다. 그러던 차에 몇몇 화자들이 사이관 학습당에서 회회어를 배우고 있다는 소리를 들었다.

해명은 혹시라도 더 주워들을 말이 없을까, 하고 사이관 학습당을 배회했다. 처음에는 복도 끝에서 회회어가 흘러나오는 것만 주워들었다. 어떤 말은 알아들었고, 어떤 말은 알아듣지 못했다.

그래서 점점 가까이 갔다. 그러자 창호지 하나만 바른 벽 너머의 소리가 생생하게 들려오기 시작했다. 혹시 몰라서 해명은 바짝 엎드려 학습당 안에서 흘러나오는 말들을 하나도 놓치지 않으려 애썼다. 어쩌면 회회어를 예투가 가르치고 있어서 더 귀담아 들었는지 모르겠다.

도둑공부는 다섯 달 만에 예투에게 발각되고 말았다. 예투가 화자들에게 회회어로 이것저것을 물었는데, 아무도 대답하지 못했다. 그걸 해명은 자신도 모르게 중얼거리고 말았다. 그 소리를 듣고 대뜸 예투가 달려 나왔다.

예투는 눈을 부릅뜨고 해명을 마주 보았다. 해명은 고개를 숙였다. 잠깐의 시간이 지나갔다. 예투는 잠시 숨을 고르더니 회회어로 물었다.

"안타 물라칼타타 루카탈 아라비야타 단-이좌 아니나 다라쓰타하(아랍어에 능숙하군. 어디서 배웠는가)?"

"…."

"할 타쓰타띠-우 안 타끄라이하(읽을 수 있는가)?"

"나암, 와 아쓰타띠-우 안 아크투바하- 아이딴(쓸 수도 있습니다)."

"학깐(사실이냐)?"

예투의 놀라는 듯한 말에 해명은 도리어 자신이 더 움찔했다. 그래서 급히 고개를 들어 표정을 확인하고는 다시 말했다.

"란 아프알라 달-리카 마르라탄 우크라-(다시는 그러지 않겠습니다)."

그리고 해명은 더 깊이 고개를 숙였다. 하지만 그에 아랑곳하지 않고 예투는 책을 내밀며 물었다.

"마- 마으나- 하-다-(이건 무슨 뜻인가)?"

해명은 책과 예투의 얼굴을 번갈아 쳐다보았다. 그리고 잠시 머뭇거리다가 첫 페이지를 펼쳐 읽기 시작했다.

"샤흐리야르 왕은 부정을 저지른 왕비에… 실망감이 컸다. 그리하여 마침내 왕국의 모든 여자를… 죽이기로 마음먹었다. 마침내 왕은 매일 밤, 아름다운 여자 한 사람씩을 궁궐로 불러들여 다음 날 해가 뜨기 직전… 그녀의 목을 베었다.

왕국의 여자들은 벌벌 떨었다.

그런데 어느 날, 여자를 징발하던 장관의 딸 샤흐라쟈드가 나섰다.

장관은 말렸지만, 샤흐라쟈드는 결심을 굽히지 않았다.

샤흐라쟈드는 왕에게 가서 재미있는 이야기를 들려주었다. 그녀의 이야기는 세상에 없던 이야기로 누구나 들으면 궁금해서 견디지 못했다. 왕 역시 샤흐라쟈드의 이야기를 들으며 눈을 반짝였다.

하지만 샤흐라쟈드는 새벽이 되었을 즈음, 이야기를 중단했다.

'너무나 피곤하여 오늘은 여기까지만 들려드리겠습니다. 그 뒤의 이야기는 이따 밤에 들려드리지요.'

하는 수 없이 왕은 샤흐라쟈드를 하루 더 살려 주었다.

샤흐라쟈드는 이런 식으로 매일 이야기를 들려주었고, 목숨을 연장해 나갔다. 그렇게 샤흐라쟈드는 1000개의 이야기를 들려주는 1000일 동안 죽지 않고 살았다.

결국 자신의 잘못을 깨달은 왕은 1001일째 되던 날 지혜로운 샤흐라쟈드를 자신의 왕비로 삼았다.

샤흐라쟈드가 들려준 이야기는…."

그쯤에서 고개를 들자, 예투의 파란 눈이 매섭게 번득였다. 그러더니 다그치듯 물었다. 어찌 된 일인지 말하거라, 라고. 그래서《회회언어수역집》을 보여 주었고, 세 번을 읽고 네 번째 읽은 중이며, 모르는 게 많아서 골몰하던 차에…. 그렇게 막 털어놓는데 예투가 문득 말했다.

다음 달 보름, 경합에 참여하라. 네 실력을 보겠다. 그 말에 해명은 새파랗게 질린 채 예투를 쳐다보았다. 하지만 예투는 대꾸 없이 다시 학습당 안으로 들어갔다.

해명은 두 가지 때문에 놀랐다.

하나는 전혀 벌을 내릴 기미를 보이지 않아서였다. 정해진 시간이 아닌 때에 사이관 곳곳을 배회한 것이나, 도둑공부를 하였으니 어떤 식으로든 혼을 낼 만한데도 예투는 그에 대해서는 일언반구 하지 않았다. 사이관의 화자는 정해진 시간에 정해진 곳 외에는 함부로 나다닐 수 없으며 또한 자신에게 주어진 외국어만 공부해야 한다, 는 규칙을 어겼는데도.

그리고 무엇보다 경합이라니?

처음엔 그게 무슨 말인지 알 수가 없었다. 정식으로 회회어를 배운 화자들과 어떻게 시합을 벌인다는 말인가. 무슨 내용에 관해서 시험을 본다는 말도 없이?

해명은 덜컥 겁이 났다. 다른 건 몰라도 예투는 공부 하나만은 철저히 시키는 사람이었다. 그는 정해진 학습량을 일정한 시간 안에 익히도록 했다. 그러고는 시험을 보아, 모자랄 경우, 밤을 새워서라도 다시 채우게 했다. 시험에서 두 번 탈락하면 벌과 함께 마지막 기회를 주었지만 세 번째도 탈락하면 사이관을 떠나도록 했다.

사이관을 나가면 신궁감(神宮監)*으로 가서 무덤에 향을 피우는 일을 하거나, 직전감(直殿監)**으로 가서 청소를 하곤 했다. 그러고는 웬만해서는 돌아오지 못했다.

더구나 그때, 회회어를 배우고 있던 화자들은 전부 해명보다 서

---

* 묘를 관리하는 환관 부서.
** 황궁을 관리하는 환관 부서.

너 살은 더 많아 보였고, 대부분이 색목인이었다. 그들과 경쟁해야 한다는 게 쉽지 않아 보였다. 혹시라도 시험 결과가 마음에 들지 않는다면? 그러면 예투가 무슨 벌을 내릴 것인가? 해명은 그 생각 때문에 걱정이 되었고, 등골에 식은땀이 났다.

별 수 없었다. 읽은 것을 반복해서 읽고, 주워들은 것들을 모두 기억해 내는 수밖에.

경합은, 세 가지의 각각 다른 주제를 회회어로 쓰는 것과 예투와 또 한 사람의 환관이 질문을 하면 거기에 응답하는 방식이었다. 간단하게는 출신은 어디며, 어제의 날씨는 어땠는지 하는 질문부터, 환관이 해야 할 일은 무엇인지, 유비와 제갈공명이 어떻게 만났는지, 주원장이 어떻게 대명을 세웠는지에 대해서도 물었다. 그런 것들까지는 얼추 대답을 했는데, 회회어를 쓰는 대식국 사람들은 어디에서 왔는지, 그들은 누구를 섬기며 하루에 몇 번의 기도를 올리는지에 대해서는 대답하지 못했다. 내용은 틀림없이 간단했을 텐데, 대식국에 대해서 아는 게 없었던 탓이었다.

네가 특등은 아니지만, 탈락은 면했으니 오늘부터 네 학습장을 옮기거라. 예투는 시험이 끝난 뒤, 그 말 외에 아무 말도 하지 않았다. 벌도 내리지 않았다.

예투는 가혹할 만큼 많은 공부를 시켰다. 매일 내주는 숙제는 언제나 하루에 소화하기 벅찼고, 사나흘에 한 번 걸러 시험을 보았다. 하루에 수백 번 같은 말을 반복하기도 했고, 수백 개의 단어를 하루에 외우라고 했다. 그 덕분에 밥을 먹으면서도, 길을 걸을 때도, 하물며 잠을 잘 때도 회회어를 익혀야 했다.

그러나 다행이었다. 가슴에 구멍을 내던 기억들이 점차 스러졌다. 그래서 해명은 살아났다. 예투가 또 한 번 자신을 살렸다고, 해명은 생각했다.

그때처럼 막 학습당 서쪽 창에 햇살이 살짝 들어오기 시작했다.

해명은 숨을 길게 몰아쉬고 학습당 밖으로 나왔다. 그리고 도서관으로 올라가는 계단을 하나 딛었다가 멈추었다. 뒤편에서 몇몇이 두런두런 이야기를 나누는 소리가 들렸기 때문이었다.

해명은 얼른 왔던 길로 몸을 돌렸다. 그리고 빠르게 경연당으로 향했다. 하지만 문 앞에서 잠깐 멈추어야 했다. 안에서 들려오는 목소리 때문이었다.

"사신을 따라갈 통사를 뽑는다고? 소문에 의하면 안남을 지나 조왜까지 간다던데?"

"얼핏 고리국까지 간다고 들었네. 그럼 통사가 많이 필요할 듯한데? 이런, 그럼 왕먀오, 자네랑 장이씽, 자네 둘은 꼭 가겠군? 좌 감승께서 자네 둘에게 안남말을 배우라 했지?"

"그렇긴 한데, 안남말이야, 우리 말고도 아는 분들이 꽤 되고 더 높은 어른들도 많은데 우리 같은 화자들에게도 차례가 올까?"

"청린, 자네는 좌감승처럼 색목인이니 데려갈지도 모르지."

"아무튼 좌감승 어른 요즘에 무척 바쁜 듯한데, 무슨 일을 벌이

시려는 건지….”

“그나저나 마노의 말은 왜 배우라고 하는 걸까? 회회어보다 더 어렵던데?”

“그러게. 도무지 어디 붙어 있는지도 모르는 나라의 말을, 좌감승께서 무슨 꿍꿍이인지 알 수가 없으니 말야.”

사신을 따라 통사로 간다고? 해명은 고개를 갸웃거렸다. 안에 있는 사람들의 말은 몹시 들떠 있는 듯했다. 하지만 해명에게는 아무런 느낌이 오지 않았다. 그냥 궁금할 뿐이었다. 문득 예투가, 가게 될지, 라고 묻는 듯했던 말이 떠오르기도 했다. 하지만 여전히 그게 어떤 의미인지 와닿지 않았다. 그래서 몇 마디 더 들어 보려고 가만히 서 있는데, 이번엔 뒤에서 인기척이 느껴졌다.

“안 들어가고 게서 무얼 하느냐?”

얼른 돌아보니 예투가 서 있었다. 아니, 예투만이 아니었다. 옆에 또 한 사람이 서 있었는데, 놀랍게도 예투보다 더 새파란 눈을 가진 색목인이었다.

해명은 얼른 경연당으로 들어갔다. 잠시 후, 예투와 키 큰 색목인이 따라 들어왔다. 안에 있던 화자들도 한결같이 놀란 표정을 지었다.

그러나 예투는 차분하게 말했다.

“오늘부터 한 달 동안, 마노의 말을 가르쳐 주실 분이다.”

＊

그는 피부가 매끈하고 무척 희었다. 머리에 둘둘 감은 천 사이로 내비친 머리칼은 금빛이었으며, 코가 아주 높았다. 키도 커서, 꽤 크다고 생각한 예투보다도 한 뼘쯤이나 더 커 보였다.

그런데 듣고 보니 그는 색목인이 아니었다. 포도아란 나라에서 태어났다는 그는 회회어도 잘했지만 마노의 말을 막힘없이 쏟아 놓았다. 처음 듣는 말이어서 알아듣기가 쉽지 않았다. 그는 천방국에 대해서도 이야기했고, 고리국을 들러 남경을 거친 후 북평까지 왔다고 말했다. 물론 그건 그다지 관심에 없었다. 어차피 북평 외에는 그 어떤 곳도 해명에게는 가늠이 되지 않았기 때문에. 다만 그가 뱉어 내는 마노의 말이 신기하기만 할 뿐이었다. 학습당에 모인 다섯 명의 화자도 고개를 갸웃거리면서 그의 입만 살폈다.

그는 해가 질 때쯤, 사이관을 떠났다. 하지만 그 후에도 해명은 한참이나 그의 얼굴을 떠올렸고, 말을 기억했다.

그가 돌아간 뒤에도 몇몇은 사이관에 남아 마노의 말을 복습했다. 그러면서 또 한편으로는 저희들끼리 중얼거렸다. 정말로 통사를 뽑을 모양이야, 보름마다 경연을 한다잖아, 그렇지 않고서야 좌감승이 이렇게 서두를 리가 없지, 따위의 말들.

아무래도 상관이 없었다. 해명은 그냥 시키는 대로 할 뿐이었다. 통사로 가는 일이 무언지조차 해명은 헤아릴 길이 없었다.

해명은 가장 늦게까지 남아 있었다. 해가 저물고, 대부분의 환관들이 돌아간 뒤에야 해명은 사이관에서 나왔다.

계단을 내려서자 이번에는 은나비 대신 달빛이 앞길을 열어 주었다. 허기가 길을 재촉해서 걸음이 제멋대로 빨라졌다. 하지만 그런 중에도 해명은 머릿속에 포도아 사람이 한 말들을 자꾸만 반복해서 되뇌었다. 생각나는 대로 입 밖으로 중얼거렸고, 혼자 주고받았다. 그에게서 들은 단 하나의 단어라도 놓치지 않으려고 안간힘을 썼다.

그런데 그때 누군가 물었다.

"너는 무엇을 위해서 그리도 열심히 공부를 하는 것이냐?"

회동관 북쪽 벽을 지나 숙소 쪽으로 가는 골목길로 발을 들여놓았을 때, 그런 물음이 울렸다. 해명은 그것이 자신의 속에서 울려 나온 질문이라 생각했다. 그래서 고개만 갸웃거리고 몇 걸음 더 나아갔다. 그런데 비슷한 질문이 또 날아왔다.

"무엇을 공부하든 목적이 있어야 하는 것 아니겠느냐?"

해명은 한 번 더 고개를 갸웃거렸고, 그러나 그 질문에 대답을 하지 못했다. 한 번도 그런 생각을 해 본 적이 없어서였다. 살기 위해서라고 답하려다가, 그 대답을 원하는 것 같지가 않아서 그만두었다. 그리고 그냥 발걸음만 재촉했다.

하지만 그때 누군가가 앞을 막았다. 해명은 깜짝 놀라 멈추었다.

"왜 질문에 대답하지 못하는가?"

그제야 해명은 질문이 조선말로 던져진 것임을 깨달았다. 앞을 막아선 사람은 어윤수였다.

"어떻게 여기까지?"

"내가 못 올 곳을 왔느냐? 내 벼슬도 종4품에 이르고, 몇 곳만 빼면 어디든 갈 수 있다."

"그런 게 아니옵고….”

"긴 말은 필요 없다. 일전에 장영실이란 자가 네게 무언가 부탁을 했을 텐데, 어찌 소식이 없는 것이냐? 이게 피한다고 될 성싶으냐?"

"대감!"

"내가 정말 네놈이 하는 일을 동창에라도 고해바쳐야 정신을 차리겠느냐? 사이관에 피바람이 불어야 정신을 차릴 것이냐?"

정말로 무서운 게 없는 것일까? 어윤수는 나이 때문에라도 힘에 부칠 텐데, 목소리만은 거침이 없었다. 누군가 듣고 있을지도 모르는데, 그것마저 신경쓰지 않는 듯했다.

해명은 대답하지 않았다. 그러자 어윤수는 더 바짝 다가왔다.

"마지막이다. 두 번 다시는 내가 이리로 발걸음 하지 않게 하여라. 알겠지? 사흘 후, 유시다. 유리창으로 오너라."

순간, 해명의 머릿속에 다급한 생각이 스쳐 지나갔다. 해명은 더 무언가 말하려는 어윤수의 앞으로 바짝 다가섰다. 그리고 무릎을 꿇었다.

"저를 그냥 이 자리에서 죽이십시오."

"뭐라?"

놀라는 기색이 역력했다. 그래서 해명은 뒤미처 말했다.

"그렇지 않으면, 대감께서 하신 말씀 모두 제가 먼저 좌감승 어른께 알릴 것입니다. 예전에 요동을 건널 때, 제게 그러셨지요? 스스로 혀를 깨물라고. 그리하면 까마귀가 조각조각 제 육신을 찢어 놓을 것이고, 그런 뒤에는 혼마저 고향 땅에 이르지 못한다고. 지금 그리하겠습니다. 이 자리에서 혀를 깨물겠습니다. 됐습니까?"

그럴 생각이었다. 고향으로 돌아가지 못할 것이고, 어차피 이 일이 알려지면 살아남지도 못할 것이다. 그럴 바에는 지금이라도 스스로 목숨을 버리는 게 맞다, 싶었다.

"도리어 네가 지금 나를 협박하는 것이냐?"

"협박이라 해도 좋고 부탁이라 해도 좋습니다. 원하시는 대로 하십시오."

"네, 이놈!"

"아니거든 대감께서 직접 하십시오. 그저 살고자 하는 비루한 한 몸, 그예 죽이시려거든 예서 죽이시란 말입니다."

"오호라! 네놈이, 내가 이곳만큼은 들어갈 수 없다는 걸 알고 지껄이는 게로구나."

그건 맞는 말이었다. 장영실이 몰래 들어갔던 관상대가 그랬듯, 황제의 명령으로 특별히 출입이 제한된 곳 중 또 한 곳이 사이관이었다. 외국어만이 아니라 세상 모든 나라에서 온 신기한 물건과

일반 사람들이 접해서는 안 되는 서책들이 보관되어 있다고 들었다. 사이관 화자인 자신도 아직까지 도서관 내서각(內書閣)과 유물실은 들어가 보지 못한 곳이었다. 도서관 외서각(外書閣)에 들어갔을 때도 제한적으로 회회어에 필요한 자료만 보았을 뿐이었다.

도서관 안을 들어가려면 직급이 높은 교수나 예투가 허락한 화자여야 했다. 아니면 황제의 허락을 받은 사람이거나.

해명도 말을 하지 않았고, 그러자 어윤수도 잠시 말을 끊었다.

그래서 해명은 고개를 들어 쳐다보았다. 그의 얼굴이 험하게 일그러져 있었다. 주먹을 쥔 손이 파르르 떨리는 게 보였다.

해명은 용기를 내서 한 마디 더 했다.

"아니라면 돌아가겠습니다."

그리고 일어났다. 하지만 해명은 채 서너 걸음을 떼지 못하고 멈추고 말았다. 어윤수의 말 때문이었다.

"누나가 있다고 했지?"

헉! 순간적으로 숨이 막혔다. 피가 멈추고 온몸이 차가워지는 느낌이었다. 그것도 아주 순식간에. 그래서 해명은 조금도 움직이지 못했다.

가까스로 숨을 내쉬고 해명은 천천히 몸을 돌렸다. 그러자 기다렸다는 듯, 어윤수가 말했다.

"해미(海美)라고 했던가?"

오랜만에 들어 보는 누나의 이름이었다. 해명은 주먹을 꼭 쥐고

어윤수를 마주 보았다. 이번에도 그럴 줄 알았다는 표정으로 어윤
수가 한 마디 더 했다.

"누나의 소식이 궁금하지 않느냐? 살았는지 죽었는지? 만약에
살았다면, 어디에서 무얼 하고 있는지?"

해명은 허물어지듯 그 자리에 주저앉고 말았다.

5.
우리가 같은 꿈을
가졌으니

*

　진 대인에게는 또다시 두통을 핑계 대서 일찍 집을 나섰지만,
옷소매를 붙들고 매달리던 샨샨의 뾰로통한 얼굴이 마음에 걸렸
다. 하지만 그런 샨샨의 얼굴에, 누나의 얼굴이 자꾸만 겹쳐 떠오
르는 것도 어쩔 수가 없었다. 어윤수가 다녀간 뒤로 한시도 머릿속
에서 떠나지 않던 누나의 얼굴을 어찌 모른 체한단 말인가.

　해명은 억지로 샨샨의 얼굴을 지워 내고, 붉은 기둥이 양쪽에
우뚝 선 시전 거리로 들어섰다.

　유리창은, 서화문과 진 대인의 집을 오가는 골목길에 있던 작은
시장과는 또 달랐다. 비단가게는 훨씬 더 넓고 화려했으며, 쌀집

건물은 크고 높았다. 슬쩍 들여다보니, 쌓아 놓은 쌀가마니가 천장에 맞닿아 있었다. 지물전(紙物廛, 종이 파는 가게)에는 한 번도 보지 못한 색색의 종이가 산처럼 쌓여 있었고, 골목시장에서 볼 수 없었던 장난감가게도 눈에 띄었다. 유독 입구의 단청이 화려한 술집 앞에는 색색 비단의 옷을 입은 여자 셋이 붉은 입술로 조잘대고 있었다. 얼결에 그중 하나와 눈이 마주쳤는데, 해명은 공연히 얼굴이 빨개져 얼른 그 앞을 지나갔다. 웃음소리가 뒤를 바짝 따라왔다.

그래서 자신도 모르게 뛰었다. 인삼가게와 문방구를 금세 지나쳤다. 붉고 푸른 주렴이 문 앞에 걸려 있는 노리개가게도 힐끔거리며 스쳐갔다. 그런데 그때였다.

"해명아! 어딜 가는 게야?"

누군가 부르는 소리가 들렸다. 처음엔 예투의 목소리를 닮은 듯했고, 얼핏 바트에르덴이 부르는 소리 같기도 했다. 그래서 얼른 뒤돌아보았다. 하지만 그 누구도 자신을 아는 체하는 사람은 없었다. 비취색 비단옷을 입은 여인의 옆으로 지나던 키 작은 색목인도, 남색 비단 저고리를 말끔하게 차려입은 검은 수염의 한인 남자도. 옆을 돌아보았지만 예투도 바트에르덴도 보이지 않았다. 잘못 들은 것이 분명하다고 판단했지만, 그 자리에서 한동안 움직일 수가 없었다.

그럴 즈음, 흰 도포 자락을 휘날리며 두 선비가 조선말을 하면서 지나갔다. 그러자마자 이번에는 어윤수가 떠올랐고, 뒤미처 해명은 두리번거리며 장영실을 찾았다. 하지만 그의 얼굴은 어느 곳에도 눈에 띄지 않았다.

해명은 길옆으로 물러나 벽돌담에 기대서 숨을 가다듬었다. 정신을 바짝 차려야 했다. 이마의 땀을 닦고, 앞쪽 길을 살폈다. 그런 다음 다시 걸었다. 또다시 몇몇 사람들과 어깨를 부딪혔고, 제복을 입은 관헌이 마주 올 때는 가슴을 졸이며 딴청을 했다.

그러다가 멀어져 가는 관헌의 뒷모습 너머에서, 검정색 바탕에 희게 쓴 글씨 하나를 발견했다.

書窓(서창).

처마 밑에서부터 앞쪽으로 천막처럼 파란 천을 덧대어 그늘을 만든 가게, 그 가게의 기둥을 따라 쌓여 있는 책들이 보였다. 그 글자를 보는 순간, 어윤수의 말이 떠올랐다. 서창을 찾아라. 책을 파는 곳이니, 찾기 어렵지 않을 것이다. 거기서 기다리고 있으면, 장영실이 너를 찾을 테니 명심하거라. 서창이다.

그래서 멈칫했고, 사방을 둘러보았다. 하지만 지나다니는 사람들 틈에 장영실은 보이지 않았다.

해명은 재빨리 서창 안으로 들어갔다.

책방 안은 생각보다 넓었다. 사방 벽은 책들로 빼곡했고, 책장마다 빈틈이 없었다. 한가운데도 키 낮은 책장들이 여러 개 죽 늘어서 있었다. 사이관의 도서관에는 훨씬 못 미쳤지만, 이런 곳이 있다는 게 신기했다. 조선에 있을 때는 이런 곳이 있다는 소리를 한 번도 들어 본 적이 없었다. 하긴 양반이 아니면 책을 볼 이유도, 살 이유는 더더욱 없을 테니까. 책이라고는 우 학사의 집에서 본 책이 전부였다.

서창 안에는 열댓 명의 사람들이 서가를 둘러보면서 책을 뒤적 거리고 있었다. 해명은 자주 바깥 눈치를 보면서 그들 사이에 묻혔 다. 그러면서 책들을 하나씩 꺼내 보았다.

《논어》도 있었고, 기담집(奇談集),* 이백(李白)의 시집,《사기(史記)》,《삼국지》와《서유기》…. 그런 책들 사이에서 해명은 뜻밖에 도 한자와 회회어가 쓰인 표지를 발견했다.

《이자》**

고개를 갸웃거리면서 해명은, 표지를 넘겼다. 온통 회회어로 된 책이었다. 그런데 내용이 낯이 익었다. 이상한 생각이 들어서 중간 쯤을 살펴보았다.

… 샤흐라쟈드는 이런 식으로 매일 이야기를 들려주었고, 목숨을 연 장해 나갔다. 그렇게 1000개의 이야기를 들려주는 동안 샤흐라쟈드는 1000일 동안 죽지 않고 살았다.

* 이상하고 기이한 이야기를 모아놓은 책.
** 1000가지 이야기.《아라비안나이트》라고도 불림.

결국 자신의 잘못을 깨달은 왕은 1001일째 되던 날 지혜로운 샤흐라쟈드를 자신의 왕비로 삼았다.

알 것 같았다. 그 책은 해명이 회회어를 몰래 배우다가 들켰을 때, 예투가 읽어 보라고 던져 준 책이었다.
'그 책이 1000가지 이야기였구나.'
해명은 자신도 모르게 고개를 끄덕이고 책장을 넘겼다.

…첫날 밤, 그리고 세 번째 날 밤의 이야기. 아주 오래전 아주 부유한 상인이 나무 그늘에 앉아 마른 대추를 먹다가 대추씨를 길 쪽으로 힘껏 내던졌다. 그러자마자 하늘의 구름이 몰려들더니 난데없이 마신(魔神)이 나타나 상인에게 칼을 들이댔다.
'네놈이 던진 대추씨에 내 아들이 맞아서 죽고 말았다. 그러니 네놈의 목숨을 거두어야겠다.'
이에 상인은 죽는 것은 좋으나, 채 마치지 못한 일이 있으니, 그 일을 모두 마치고 내년 봄에 다시 이 자리에 오겠다고 약속했다. 그러자 마신은 하는 수 없이 상인을 놓아주었고 상인은 집으로 돌아와 가족들과 의논한 뒤, 1년 후 같은 자리로 돌아왔다.
그런데 그때, 한 노인이 양을 한 마리 데리고 왔다. 그리고 조금 후에는 또 다른 노인이 검은 사냥개 두 마리를 끌고 왔다. 그리고 세 번째 노인이 암탕나귀를 끌고 나타났다. 그들은 상인의 사연이 궁금하여 곁에 있기로 했다.

그때, 사방이 회오리바람에 묻히더니 시퍼런 칼을 든 마신이 나타났다. 그는 당장이라도 상인의 목을 벨 기세로….

그쯤까지 읽었을 때였다. 해명이 흥미로운 내용에 눈을 떼지 못하고 있는데, 누군가 다가와 물었다.

"너무 오래 보진 말게. 혹 회회어를 알거든 차라리 사시든가?"

고개를 들어보니 중늙은이였다. 그래서 해명은 고개만 끄덕였고, 가만히 책을 내려놓았다. 뒤로 조금 물러났다. 그게 어색해 보였는지 중늙은이는 해명을 위아래로 살폈다.

해명은 애써 중늙은이의 시선을 외면하고 또 다른 책 너미를 힐끗거렸다. 의외로 회회어로 된 책들이 꽤 쌓여 있었고, 또 이따금씩 마노 글자로 된 책들도 눈에 띄었다. 자신도 모르게 손이 갔지만, 책을 빼들지는 못했다. 그냥 제목들만 훑어 내려갔다. 물론 제대로 읽을 수 있는 건 별로 없었고, 뜻도 이해하지는 못했다.

"설마 마노 글자도 읽을 줄 아느냐?"

"아, 저는 단지…."

해명은 질문에 대꾸하다가 말았다. 목소리가 낮은 것이 이상했고, 깨닫고 보니 조선말이었던 것이다. 깜짝 놀라 돌아보니, 장영실이 옆에 서 있었다.

해명은 장영실을 마주 보았다. 어떻게 대꾸해야 할지 몰라 잠시 머뭇거렸다. 어쩔 수 없이 그를 만나러 온 것임에도 불구하고 개운치가 않았다.

장영실은 씩 웃었다. 그리고 해명이 했던 것처럼 책을 이것저것 살펴보더니, 책 한 권을 꺼냈다. 그것을 해명 앞으로 내밀었다. 이건 어떠냐, 혹은 이것 좀 봐 줄 수 있겠느냐, 는 표정이었다. 해명은 받아들었다.

《정교한 기계장치의 지식서》.

표지는 회회어로 그렇게 씌어 있었다. 제목 아래, 알 자자리라는 이름이 보였는데, 아마 책을 지은 사람의 이름 같았다.

"보거라."

장영실은 대충대충 책장을 넘겼다. 회회어가 거의 전부였고, 그림도 있었다. 책장을 넘기다가 발견한 한 장의 그림은 다소 괴이했다. 코가 길쭉하게 생긴 동물이 세로로 긴 상자를 등에 싣고 있었으며, 그 통 꼭대기에는 새가 한 마리 올라앉아 있었다. 가운데가 휑하니 뚫린 상자 한가운데에는 용의 모습을 한 둥근 관이 위아래로 꾸불꾸불 이어져 있었다. 짐승의 머리 위에는 한 사람이 올라앉아 있었다.

재미로 그린 그림 같지는 않았고, 무언가를 도해(圖解)하는 듯 보였다. 그래서 고개를 갸웃거리는데 장영실이 말했다.

"이 짐승은 코끼리란 짐승이다. 그래서 이걸 코끼리 물시계라고 부르지. 알 자자리라는 대식국 사람이 만든 것이라더구나. 일정한 시간이 지나면 둥근 관 속에 있는 공이 굴러 떨어지고, 그때마다 저 꼭대기의 새가 운단다."

그러나 알아들을 수가 없었다. 그래서 모른 체하고 한 장을 더 넘겼다. 이번에는 뜬금없이 마차 바퀴 같은 수차(水車) 그림이 나왔다. 그래서 또 몇 장을 넘겨 보았다. 그 뒤에도 알 수 없는 그림과 도해가 잔뜩 이어져 있었다.

해명은 장영실을 쳐다보았다.

"찾는 책들이 이런 책들입니까? 이런 책은 어디에 쓰는 책입니까?"

"물리(物理)라 하지. 이를테면 사물의 원리와 이치를 설명해 놓은 책이다. 기계 장치를 만드는 방법이 상세히 들어 있다."

"이것으로…."

"그래. 나중에는 기필코 자금성 관상대에 있는 천문 기구와 물시계를 만들어 볼 참이다."

그 말을 하면서 장영실은 목소리를 낮추었다. 그러더니 잠시 후, 다시 말했다.

"하지만 지금 찾는 책은 그런 책들이 아니다."

그래서 해명은 장영실을 마주 보았다. 그러자 장영실은 의미심장한 미소를 지었다. 그리고 밖으로 나가며 고갯짓을 했다. 해명은 따라갔다.

*

물빛은 그날과는 달리 잿빛이었다. 그 색처럼 하늘도 흐렸다. 구름이 짙게 내려앉아 있어서 적수담은 더 은빛인지도 몰랐다. 그래서 적수담은, 더 바다를 닮았구나, 생각했다. 바다는 늘 하늘빛을 따라 색을 바꾸니까.

해명은, 그때와는 또 다른 느낌으로 적수담을 한참이나 바라보았다.

그때, 호수 저편에서 불어오는 바람을 맞고 있던 장영실이 고개를 돌려 물었다.

"알고 있느냐? 저곳에서 배를 타면, 조선까지 열흘 남짓이면 갈 수 있다는 걸 말이냐?"

하필이면!

왜 하필이면 장영실은 적수담이 한눈에 내려다보이는 언덕으로 해명을 데리고 왔을까? 사람을 피하기 위해서라는 건 이해되었지만, 꼭 그래야만 했을까, 하는 생각이 들었다. 그리고 또 왜 하필이면 첫마디가 조선이란 말인가? 얼마 전 진 대인이 조선이 어떻고, 했을 때도 가슴이 두근댔는데?

그래서 해명은 의도적으로 장영실의 말을 외면했다. 못 들은 체하고 기다렸다. 도대체 무슨 책을 원하는지.

그리 오래 기다릴 필요는 없었다. 장영실이 말했다.

"내가 필요로 하는 책은, 일전에도 말했지만, 여러 나라의 책이야. 정확히 말하면 그 나라의 글자를 배울 수 있는 책이지. 회회어, 마노의 문자…, 뭐든!. 그들 문자의 원리가 설명되어 있다면 더 좋고."

"네?"

해명은 되물었다. 다소 뜻밖이었다.

"가능하겠느냐?"

"모, 모르겠습니다. 그런 책이 있는지조차 저는 알 수 없습니다."

그건 사실이었다. 그런데 급했던 것일까? 장영실은 다급한 표정으로 말했다.

"있을 것이다! 있어야 해. 아니, 네가 회회어를 배울 때 보았던 것도 좋고. 어쨌든 언어를 배우는 책이면 된다. 뭐든!"

"선비님! 조른다고 될 일이 아닙니다. 제가 사이관의 화자이지만, 사이관의 도서관은 함부로 들어갈 수 없을뿐더러, 책을 갖고 나오거나 필사를 해서 밖으로 빼돌리는 건 목숨을 걸고 해야 하는 일입니다."

"그러니까, 이렇게 부탁하는 것 아니냐?"

장영실은 아예 해명의 손까지 붙들었다. 장영실의 표정은 정말로 진지하고 간절해 보였다. 그러나 해명은, 정말로 어쩔 수가 없었다.

잠시 말이 끊어졌다. 장영실은 붙잡은 손을 놓지 않고 해명을 쳐다보기만 했다.

해명은 잠시 머뭇거리다가 물었다.

"도대체 선비님은 그 책이 왜 그토록 간절히 필요하신 겁니까?"

"그건⋯."

갑자기 장영실의 얼굴이 굳어졌다. 그래서 해명은 단호하게 말했다.

"여전히 그것만은 가르쳐 주실 수 없다 하시는 겁니까? 그럼, 도리어 잘되었습니다. 어차피 저도 도와드릴 수 없는 일이니, 이만 돌아가시지요."

"아닐세, 아니야. 말하지."

장영실은 얼른 고쳐 말했다. 해명은 기다렸다. 눈치로 보아하니, 장영실은 굳은 결심이라도 하는 모양새였다.

"문자를 만들려 한다네. 조선의 왕께서 조선만의 문자를 만들려는 게야."

"뭐, 뭐라고요?"

해명은 놀라지 않을 수 없었다. 문자라니! 조선만의 문자라니? 어이가 없어서 해명은 되묻고 나서도 입을 닫지 못했다. 그런 해명을 쳐다보면서 장영실도 잠시 동안은 대꾸하지 않았다.

그래서 해명이 먼저 입을 열었다.

"선비님, 문자를 만든다는 게 무슨 의미인지는 아시는지요? 이렇게 하찮은 일개 화자도 아는 일을 선비님께서 모른다고 하시지는 않을 거라 믿습니다."

"알고 있네. 이 일이 알려지면 자네와 나는 죽은 목숨이지. 아니, 우리 둘만으로 그칠 일이 아닐 게야. 어쩌면 조선의 왕마저 무사하지 못할 테지. 황제는 군사를 일으킬지도 모르고."

장영실은 뒷말을 맺지 못했다.

해명은 생각만으로도 아찔했다. 문자를 만든다니? 결국 조선의 왕이 대국을 따르지 않겠다는 말 아닌가? 그러고 보니 조선의 왕이란 자가, 참으로 해괴하지 않은가? 대국을 제쳐 두고 조선만의 역법을 갖겠다고 하질 않나, 이제는 대국의 문자를 버리고 새 문자를 만들겠다니? 그러다가 정말로 대국의 황제께서 노하기라도 하면 어쩔 것인가?

어이없고, 정확한 이유는 알 수 없었지만, 화가 치밀었다. 그래서 해명은 장영실에게 따지듯 물었다.

"그래, 조선의 그 잘난 왕께서는 왜 문자를 만드신답니까? 참으로 호사스러운 취미 아닙니까?"

"아닐세. 취미라니? 백성을 위해서 만드는 것이라네. 널리 읽고 쓰게 할 참이네."

"그러시겠지요. 양반들이나…."

"아니! 모든 백성들에게 가르칠 것이네. 상민, 천민 들까지 읽을 수 있게."

"뭐, 뭐라고요?"

해명은 한 번 더 놀랐다. 아니 믿기지 않았다. 그래서 장영실이 무어라 대꾸하기 전에 말했다.

"그걸 저보고 믿으란 말인가요? 제 백성 하나 지키지 못하는 왕이 어찌…."

"그 때문에 더 하시려는 걸세. 땅은 작아도 그 힘은 대국 못지않게 만들어 보려고. 지금 왕은 그런 왕이시네."

갑자기 장영실이 말을 가로챘다. 목소리에 잔뜩 힘이 실려 있었다. 하지만 해명은 납득하기가 어려웠다.

"참으로 왕이란 분은 편리하시군요. 이 보잘것없는 목숨이 살려 달라고 몸부림칠 때는 모른 체하더니, 도리어 백성을 위한다? 더구나 맨발로 자갈투성이인 요동 벌판을 건너고, 생살을 강제로 찢고 죽지 못해 겨우 살아난 이 보잘것없는 자에게 이제 와서 또 목숨을 내놓으라는 건가요?"

"나라에 힘이 없어서 그렇다고 하지 않았는가?"

장영실이 변명하듯 말했다. 하지만 이번에는 해명이 그의 말을 잘랐다.

"어윤수 대감께서 그러시더군요. 누나가 보고 싶지 않냐고. 소식 한 줄이라도 듣기를 원한다면 시키는 대로 하라고. 아시겠습니까? 제 가족 생사 하나 듣고자 하는데도 목숨을 걸어야 합니다. 그러다 잘못되면, 조선의 왕께서는 저를 아니, 선비님 목숨을 지켜 주신답니까?"

그 말을 하면서 해명은 몇 번이나 가슴속에서 솟아오르는 뜨거운 기운을 느껴야 했다.

장영실은 기어코 입을 닫았다. 깊은 숨을 내쉬며 아무 말도 하지 못했다. 해명도 더 이상 말을 꺼내지 않았다.

그렇게 끊긴 말은 한동안 이어지지 않았다. 장영실은 호수 저편, 더 검어진 하늘을 바라보았고, 해명은 호수 한편 선착장에서 출발한 배가 점점 작아지는 모습을 지켜보았다. 그러는 동안, 생각은 거제도로, 다시 동래와 한양, 의주와 요동 벌판을 지났다. 그리고 북평, 거세하던 그 끔찍한 기억의 칼날….

해명은 잠깐 주먹을 쥐었고, 눈물이 날까 봐 어금니를 물었다. 순간, 기억해 내는 일만큼 그 시간들이 빨리 지나갔으면 그땐 그리 아프지 않았을지 모른다는 생각이 들었다.

해명은 깊고 깊게 숨을 들이쉬었고, 또 다시 뱉어 냈다. 그런 다음 입술에 침을 묻혔다.

"미안하네."

"제가 어떻게 하면 될까요?"

어윤수의 말대로 누나의 소식 한 줄이라도 들어야겠다는 생각이 들었다. 그래서 막 입을 열었는데, 그보다 조금 빠르게 장영실이 낮은 소리로 말했다. 그래서 해명은 장영실을 쳐다보았고, 그 역시 해명을 바라보았다. 그 때문에 다시 말은 잠시 끊겼다.

*

"네 이름은 왜 해명이지? 바다를 향해 널리 네 이름을 알리겠다는 뜻이냐?"

무슨 생각인지 몰라도 장영실은 두어 번 길게 숨을 내쉬고는 물었다. 어떻게 하면 될까요, 라는 물음에 대한 말이 아니어서 해명은 잠시 당황했다. 우 학사 말고 그런 질문을 한 사람은 없었다.

그 질문 때문이었을까? 아버지의 말이 생각났다.

먼바다로 나가보고서 깨달았지. 이 섬보다 훨씬 넓은 세상이 있다는 걸 말이다. 커다란 돛을 몇 개나 달고 지나는 배를 수도 없이 보았어. 배 모양도 달랐지. 그래. 어쩌면 세상에는 우리가 알고 있는 것보다 더 큰 세상이 바다 건너 저편 어딘가에 있을 것이라 생각했단다.

그래서 해명은 장영실에게 말했다. 누구보다 배를 더 잘 탔던 아버지와, 그 배를 타고 더 넓은 세상으로 나가고 싶어 하던 아버지에 대해서. 그리고 자신도 그 꿈을 가진 적이 있다는 말까지.

바다에 나가면 가슴이 시원해졌어요. 배가 고파도 견딜 만했고, 근심 걱정도 바닷바람에 금방 날아가곤 했어요. 뱃사람이라고 무시하는 양반님들도 없었지요. 바다 위에서는 그냥 똑같았어요. 그래서 좋았어요, 그래서 더 멀리 나가보고 싶었지요. 무언가 우리가 모르는 어떤 것이 있을 거라는 막연한 생각을 품기는 했어요.

무심결에 그런 말을 하기도 했다.

그런데 그 말이 이상했을까? 장영실이 해명을 뚫어지게 쳐다보았다. 그 때문에 해명은 공연히 멋쩍어졌다. 그걸 알았는지, 장영실은 호수 쪽으로 시선을 돌렸다.

그러자마자 장영실은 혼잣말처럼 말했다. 그러나 오히려 아까보다 더 또렷하고 분명한 목소리로.

"그 꿈, 잊고 있었느냐? 그랬다면 다시 품어라."

"네?"

짧게 되물었다. 하지만 장영실은 대답하지 않았다. 꽤 시간을 보낸 뒤에야 그는, 고개를 돌려 해명을 쳐다보았다. 그러고는 입을 열었다.

"나도 그 꿈을 꾸었단다. 물론 지금도! 그래서 더더욱 그 책들이 필요하다. 더 많은 나라의 말을 알아야 더 많은 나라들을 가볼 수 있지 않겠느냐? 소문답랄, 고리국, 그리고 홀노모사(호르무즈)는 물론이고 마노와 포도아를 돌아서 미식까지."

해명은 장영실의 말을 이해할 수가 없었다. 그래서 그를 빤히 바라보았다.

"왜 그런 표정을 짓는 것이냐? 너무 터무니없는 꿈을 꾸고 있다는 뜻이냐?"

"아닙니다. 저는 나라 이름만 들어보았지, 그런 나라들이 정말 있는지조차 알지 못합니다."

솔직히 그랬다. 조선에 있을 때는, 왜와 대명과 몽골을 알았을 뿐이었다. 책에서 보았거나, 남에게 주워들은 나머지 모든 나라는 그저 있을 거라는 짐작만 했을 뿐, 어디에 있으며, 얼마나 큰지조차 몰랐다.

"있다, 모두! 그 전엔 나도 몰랐으나, 정화 태감을 알고 나서 확인했다. 그리고 꿈꾸었다."

"정화 태감이라니요? 그분을 만나셨습니까?"

"아니다. 하지만 그분이 그 모든 나라를 돌아보고 왔다는 것만은 알고 있다. 그것도 모두 여섯 번이나."

"여섯 번이라니요? 그게 정말입니까?"

"내가 어찌 거짓을 말하겠느냐? 그분이 남긴 기록 일부는 조선에도 있다. 그런데 전혀 짐작을 못 했느냐?"

"소문이 있을 뿐이었지요. 적어도 한두 번은 큰 배를 타고 나가 돌아보았겠거니, 했습니다. 그런데 여섯 번이라니? 하지만 그 이야기는 모두 쉬쉬했습니다. 그러니 어린 제가 확인할 길도 없고요."

해명은 떠듬거리며 말했고, 그러는 동안, 불현듯 진 대인에게 읽어 주었던 책 속의 이야기들을 재빨리 떠올렸다. 벌거벗은, 까만 피부색의 토인들 이야기. 그리고 앉은뱅이를 일어나게 하고, 병에 걸린 사람을 낫게 하는 기적을 일으켰다는 신을 믿는다는 사람들까지. 그들이 모두 상상 속의 나라에 있는 사람들이 아니었던가? 정말 그런 나라들이 있다는 말인가?

장영실은 해명의 말에 고개를 끄덕이더니, 말을 이었다.

"그럴 것이다. 정화 태감이 어마어마한 함대를 이끌고 서역 원정을 떠난 건 주로 영락제 때였단다. 황제께서는 나라를 일으키는 데 공이 컸던 정화 태감을 앞세워 대명이 세상의 으뜸임을 알리고 싶어 하셨지. 그래서 수많은 돈을 들여 원정을 후원하셨어. 그래서 정화 태감은 수십, 아니 수백 개의 나라들을 돌아보고 왔지. 갈 때는 황제의 은혜를 베풀었고, 돌아올 때는 그 나라에서 받은 수많은 공물을 싣고 왔어. 하지만 영락제가 돌아가신 후, 홍희제(명나라 4대 황제)가 나라를 다스리면서 많은 것이 달라졌어. 애초에 정화 태감의 해외 원정을 좋아하지 않던 신하들이 들고 일어나 그를 비호하던 세력을 내치고 원정을 금지시켰어. 너무나 많은 돈이 들어간다는 게 그 이유였지. 그래서 원정은 중단되었고 누구도 해외 원정에 대한 이야기를 꺼낼 수가 없었단다. 그래도 뜻이 있는 몇몇 신하와 환관들이 해외 원정을 추진하려 했지만, 그때마다 발각되어 벼슬에서 쫓겨나거나 좌천되었어. 비록 얼마 전에 새로운 분이 황제에 오르셨지만 마찬가지란다. 이제는 원정이라는 말 자체가 죄가 되는 시절이 된 것이지."

해명은 입을 벌린 채 장영실의 이야기를 듣고 있었다. 그런 해명에게 장영실은 한 마디 더 했다.

"하지만 어찌 알겠느냐? 정화 태감이 살아 있는 한 다시 그 원정 함대가 바다로 나갈지?"

"네? 그게 무슨?"

"아니다. 말이 그렇다는 것이다. 어쨌든 난 그분을 만난 적은 없지만, 그분처럼 우리가 알지 못하는 세상으로 나가보는 것이 꿈이다."

"그, 그럼 여러 나라의 말이 필요하다는 것에는 또 다른 이유가 있었군요."

그 말에 장영실은 고개만 끄덕였다. 그래서 해명은 또 물었다.

"그럼, 혹시 천문을 익히려는 이유도 그 때문입니까?"

해명의 질문에, 장영실은 이번에도 씩 웃었다. 그러더니 왼편, 호수 위의 하늘 꼭대기를 가리켰다. 북쪽이었다. 그쪽엔 검은빛이 가득했다.

"구름이 걷히고 해가 지면, 저쪽에 북진성(작은곰자리)이 있을 것이다. 그리고 거기서 조금 아래쪽으로 소북두성(카시오페이아자리)이 있고, 또 그 반대편 저 어디쯤에 등롱골성(남십자성)이 있을 것이고. 옛날 사람들은 그 별자리들을 보고 항해를 했지. 물론 나침반으로 방향을 잡긴 하지만, 별자리가 어떻게 바뀌는지를 상세히 관찰해 두면 바닷길을 더 면밀하게 파악할 수 있어."

해명은 자신도 모르게 고개를 끄덕였다.

한동안 아무런 생각이 들지 않았다. 그래서 말을 마치고도 하늘을 쳐다보는 장영실의 옆모습을 바라보았다. 해명은 그가, 어찌 보면 허망한 꿈을 가진 사람이라 생각했고, 또 달리 생각하면 주도면

밀한 사람이라는 생각도 들었다.

솔직히 장영실의 말을 모두 온전히 이해할 수는 없었다. 그래서 해명은 자신도 모르게 무언가를 자꾸 정리하고 바로잡으려 애썼다. 물론 그건 뜻대로 되지는 않았다.

그런데 그러던 차에 장영실은, 해명에게 또 하나의 숙제를 던져 주었다.

"자, 이리 와 보겠느냐?"

그러더니 장영실은 평평한 땅바닥으로 물러나 앉았다. 재빨리 부러진 나뭇가지를 주워 든 장영실은 그림을 그리기 시작했다.

"보아라. 여기가 조선이고, 이쪽 오른편 바다 너머가 왜나라다. 그리고 왼편 이만큼이 대국이다."

장영실은 조선을 조막만 하게 그리고, 대국의 땅을 그것보다 다섯 배 이상은 더 크게 그렸다. 그러더니 더 왼편으로 그림을 더 그려 나갔다.

"자, 이쪽으로 더 가면 안남을 지나서 석란국(錫蘭國, 스리랑카)과 소문답랄이 나오지. 그리고 아래쪽으로 고리국이 있단다."

해명은 고개를 갸웃거리면서 지켜보았다. 그런데 장영실의 손은 멈추지 않았다.

"내 기억으로는 이쪽으로 더 가면 천방국이야. 그리고 여기를 더 지나 한참 가면 마노가 나오지. 한 이쯤이 아닐까 싶다만…?"

거기서부터는 자신이 없었는지 장영실은 들고 있던 나뭇가지로 땅만 콕콕 찍어 댔다.

"그럼 혹시 마노라는 나라의 더 왼쪽으로도 또 다른 나라가 있습니까?"

"아마도 있지 않을까?"

장영실은 다소 자신 없는 투로 대꾸했다.

"그럼, 세상은 도대체 얼마나 넓은 겁니까? 여기서 가면 또 다른 땅이 있다니요? 가도 가도 끝이 없다면 도대체…?"

"우리가 생각한 것보다 넓을 것이다. 정화 태감이 여러 번 원정을 떠나면서 그린 지도가 있다고 들었다. 거기엔 세상의 모든 나라가 들어 있다고 했어. 나도 소문을 들었을 뿐이지만…."

이번에도 해명은 대꾸하지 못하고 장영실만 쳐다보았다.

그때 장영실이 한 마디 더 했다.

"그리고 분명한 건, 그렇게 자꾸 가다 보면 제자리로 돌아올 것이야."

"네? 그게 무슨 말씀입니까? 제자리로 돌아오다니요? 무슨 땅덩어리가 둥글기라도 하단 말씀입니까?"

해명은 장영실의 말이 터무니없어서 그렇게 되물었다. 그런데 뜻밖에도 장영실은 고개를 끄덕였다. 너는 몰랐을 거야, 하는 듯한 표정과 옅은 미소. 그 모습을 보면서 해명은 그냥 피식 웃고 말았다. 이해도 되지 않았고, 믿을 수도 없었다.

하지만 장영실은 그런 해명에게 변명이라도 하고 싶은 듯 뜸을 들인 후 말했다.

"나도 믿기 힘든 이야기지만, 내가 유리창에서 사서 모은 대식국과 여러 나라의 책들에서 그렇게 말하는 것을 보았다. 가 보지 않고는 모를 일이지 않느냐?"

"그래서 가 보려는 것이라고요?"

해명이 말 중간을 가로채 물었다. 이번에도 장영실은 고개를 끄덕였다. 어이가 없었다. 천진난만하달까? 거뭇한 수염이 자랐고 눈매는 살짝 찢어진 느낌이라 매섭다는 표현이 더 어울릴 텐데, 저토록 호기심에 가득한 눈빛이라니?

해명은 문득 한 가지가 궁금해졌다.

"틀림없이 선비님은 벼슬을 한다고 들었습니다. 조선이란 나라는 입신양명(立身揚名)하면 그만인 나라가 아닙니까? 그런데 어찌 그런 꿈을 꾸시는 것입니까?"

"내가 입신양명을 위해서 이런 위험을 감수하고 있다고 생각하느냐?"

"그럼, 무엇 때문에…?"

"음, 이렇게 말해 두자. 너나 나와 같은 사람들도 능력만 된다면 제 뜻을 펼치고 살 수 있는 곳을 찾고 싶었지. 틀림없이 어느 곳엔가 있을지 모른다는 허황한 희망을 갖기 시작했다고."

"그건…?"

"그래. 미친 짓인 거 안다. 이런 말을 조선 땅에 돌아가서 하면,

나를 역적으로 몰아 목을 매달 것이다. 엄연히 반상의 법도가 있는 나라에서 똑, 같, 이라니? 허허. 지나가던 소가 웃을 일 아니냐?"

장영실은 똑같이, 라는 말을 한 글자씩 떼어 읽었다. 목소리도 조금 더 크게 내면서. 그러더니 방금 전과는 달리 씁쓸한 미소를 지었다.

해명은 지금까지 장영실에게서 들은 말 중에서 방금 전에 한 말이 가장 이해가 되지 않았다. 그래서 해명은 아까 장영실이 그랬던 것처럼 먼 하늘만 바라보았다.

잠시 후, 장영실이 말했다.

"어떻게 하면 되느냐고 물었지?"

"…?"

"네 말을 듣고 보니, 네게 그런 부탁을 하는 게 면목이 없구나. 그냥 내가 알아서 해 볼 테니, 아무 염려하지 말거라."

그리고 장영실은 일어났다. 해명도 따라 일어났다. 그런 해명의 어깨를 두드리며 장영실이 말했다.

"꼭 살아남거라. 그래서 누나도 만나고, 누릴 수 있는 부귀를 누리거라. 꿈도 절대 버리지 말고. 우리가 다시 만날 일이 있을지 모르겠지만, 그럴 날이 있다면 그때는 네 아버지에 대해서 듣고 싶구나. 저 바다를 꿈꾸었던…."

끝내 장영실은 말끝을 흐렸다. 그리고 예닐곱 번이나 해명의 어깨를 두드렸다. 그 이유는 알 수 없었지만, 그 느낌이 따뜻하고 포

근했다. 하지만 마지막이라고 생각하니, 알 수 없는 아쉬움이 몰려
왔다. 그 때문에 해명은 저만치 앞서 언덕을 내려가는 장영실을 차
마 따라잡지 못했다. 그의 어깨가 한없이 좁아 보였다.

6.
발 닿는 곳이 모두 우리가
갈 길이었다

*

　혼각(昏刻)*이 참으로 길었다. 토끼 꼬리만큼도 안 될 그 시간이 이토록 길게 느껴져 보기는 처음이었다. 사이관 북쪽 벽 아래는 높은 담장 때문에라도 더더욱 혼각이 짧을 텐데도 땅거미가 내릴 때까지 꽤 오랜 시간이 걸렸다.

　해명은 땅거미가 발아래 서성대는 것을 지켜보다가, 벽 모퉁이에 숨어 고개만 내밀었다. 사이관을 드나드는 화자와 환관 들이 무리지어 퇴근하고 있었다. 이제 사이관에는 숙직을 서는 환관 몇 명

---

* 해는 졌으나 아직은 환할 때의 짧은 시간.

만 남아 있을 거였다. 물론 해가 지면 금위대 병사들이 정문을 지킬 테지만.

물론 이게 미친 짓이란 걸 모르지 않았다. 예투의 허락 없이, 그것도 밤에 사이관의 도서관에 들어가겠다는 건, 어쩌면 목숨을 걸어야 하는 짓일 거였다. 그래도 도서관으로 향하는 호기심의 폭주를 멈출 수는 없었다.

그 위험한 질주의 서막을 열어 준 것은, 물론 장영실이었다. 그가 남긴, 참으로 믿을 수 없는 수많은 말들. 그 말들 속에 정화 태감이 있었고, 알 수 없는 수많은 나라와, 심지어 아버지와 아버지의 꿈, 그리고 해명 자신이 오래도록 유예시켰던 꿈이 오롯이 머리를 쳐들고 있었다.

게다가 장영실은 돌아가면서 숙제 같은 말을 남겼다.

바다를 향한 꿈을 꾸었던 네 아버지는 정말 대단한 분이시다. 바다를 꿈꾼다는 건, 곧 세상을 꿈꾸는 것이니까. 네 아버지는 어쩌면 나보다 더 많은 세상을 알고 계신 분인지도 모르겠구나. 적수담에서 내려와 다시 유리창 쪽으로 돌아서 가기 전 장영실은 그렇게 말했다.

결국 그날 밤도, 그다음 날 내내, 또 며칠이 지날 때까지도 그 말은 해명의 머릿속에서 지워지지 않았다. 뿐만 아니라 무수한 질문들을 만들어 냈다.

아버지가 정말 그런 꿈을 꾸었을까? 그 꿈을 아버지는 내 이름에 담았던 걸까? 아버지는, 장영실의 말대로 더 넓은 세상에 대해서 알고 있었던 것일까….

호기심은 더 깊어졌고, 기어이 혼은 밤마다 해명의 육신을 빠져나가 사이관을 배회했다.

사이관으로 가야겠다, 는 결심을 한 건 이른 아침이었다. 예투는 출장을 떠난다며 사이관 화자들에게 공부를 독려하고는 궁궐 밖으로 나갔다. 바트예르덴의 말로는 며칠 걸릴 거라 했다.

해명은 하루 종일 하늘만 바라보았다. 놀리듯, 해는 오랜 시간이 지났을 법한데도 그 자리였다. 지루하고 또 지루해서, 할 수만 있다면 시간을 빨리 돌리고 싶었다. 하지만 그러다가도 어느 순간에는 화들짝 놀라서, 내가 뭘 하는 걸까, 하며 자신을 탓했다. 서녘에 노을이 짙을 무렵에는 기어코 자신에게 외치기도 했다. 안돼, 라고.

물론 그런다고 한번 해 버린 결심이 눈 녹듯 사라지지는 않았다. 오히려 해명은 스스로를 다독거렸다. 이건 아버지의 꿈을 확인하는 일이고, 어쩌면 내 꿈을 되돌아보는 일일지도 몰라, 라고.

그러는 사이 혼각이 되었고, 해명의 발걸음은 주저없이 사이관을 향했다.

해명은 잔뜩 긴장한 채, 그러나 자신을 다독였다.

'그래, 어차피 마음먹은 거니까 의연하게. 주저하지 말고.'

해명은 담담하게 금위대 병사 앞으로 출입 호패를 내밀었다. 그리고 병사가 묻기 전에 먼저, 야근할 일이 생겼습니다, 했다. 그러자 병사는 해명의 이름을 기록하더니 호패를 되돌려 주었다.

어금니를 꾹 물고 해명은 사이관으로 들어가 재빨리 도서관으로 올라갔다.

문을 열고 들어서자 문 앞 책상에 앉아 있던 숙직 환관이 무슨 책을 뒤적거리다가 고개를 들었다. 마흔 살이 훌쩍 넘어 보이는 숙직 환관은 해명을 쳐다보며 흰 눈썹을 꿈틀거렸다. 해명은 금위대 병사에게 한 것처럼, 먼저 말했다.

"좌감승께서 마노의 말을 익히라는 숙제를 내셨습니다. 급히 볼 자료가 있습니다."

다행히 그 말에 숙직 환관은 고개를 끄덕였다. 그러면서 자신의 뒤편 오른쪽 서가를 가리켰다. 해명은, 어금니를 물고 안으로 들어갔다. 숙직 환관 옆을 지나칠 때, 다리가 떨려 멈출 뻔했다.

끝없이 늘어서 있는 서가 앞에서 해명은 잠시 주춤거렸다. 우선 아무 책이나 몇 권 챙겨 서편 창 쪽에 놓여 있는 탁자 위에 앉았다. 공연히 눈에 들어오지도 않는 책을 넘기기도 했고, 빈 종이를 끌어와 붓을 들고 아무런 글자를 적기도 했다.

그렇게 시간을 끌었다. 출입문 쪽을 향해 귀를 쫑긋 세웠다. 이따금씩 책장 넘기는 소리만 들렸다. 살며시 일어나 엿보았을 때, 숙직 환관은 무슨 책인가를 보느라 정신이 없었다. 잠시 후에는 또 다른 숙직 환관이 들어왔지만, 둘은 나란히 앉아 움직이지 않았다.

해명은 탁자 위에 놓였던 등잔불을 챙겨 일어났다. 기둥 곳곳에 등잔불이 켜져 있었지만 그것만으로는, 책 하나하나를 읽기에 어두울 것 같았다.

사방을 두리번거리면서 해명은 서가 안으로 조금씩 더 깊이 들어갔다. 가능한 빨리, 그리고 많이 이 책 저 책을 살폈다. 무엇이, 어디에 어떻게 꽂혀 있는지 알 수 없었으므로 무작정 꺼내 제목을 확인하고, 속을 뒤적거렸다.

그런데 어느쯤부터 생각이 많아졌다.

'도대체 내가 지금 무엇을 찾고 있는 걸까? 내가 지금 확인하고 싶은 게 무얼까? 장영실이 했던 말들 속에 담긴 것들? 그 진실들이 담긴 책들이 이 안에 있기는 있는 걸까?'

그렇다고, 틀림없이 있을 거라고, 자신도 모르게 고개를 끄덕이자 다시금 용기가 생겼다. 해명은 앞으로 더 나아갔다. 그리고 그때, 가지런히 늘어선 서가의 끝 저편에 육방격자 문양의 내서각 출입문이 눈에 띄었다. 낮에는 항상 그 앞 탁자에서 번(番)*을 서던 환관도 보이지 않았다.

해명은 반사적으로 뒤를 돌아보았다. 이미 서가에 가려 출입구는 보이지 않았고, 그쪽에서는 아무런 소리도 들리지 않았다. 해명은 그 앞으로 다가섰다. 혹시나 하는 생각에 문고리를 잡아당겼다.

---

* 숙직이나 당직을 서는 일.

그러자 뜻밖에도 소리 없이 열렸다.

숨쉬기가 버거웠다. 머릿속 한쪽에서 누군가 소리쳤다.

'당장 돌아가!'

그래야 뒤탈이 없을 거였다. 예투의 이름을 팔아 도서관에 온 것까지는, 어쩌면 용서받을 수 있을지 모르니까. 공부를 해야겠다고, 그래서 혹시라도 더 볼 책이 있으면 보고 싶었다고, 억지를 부리면 될 거였다. 하지만 내서각은 달랐다. 도서관에 들어올 때마다 내서각은 절대 출입하지 말라는 명령이 있었고, 그걸 어길 시에는 큰 벌이 내릴 거라고 담당 환관들이 저마다 말했었다. 예투도 꼭 그 원칙을 지켜야 한다고 말했던 터였다.

하지만 어쩔 수 없었다. 머릿속에서는 망설이는데, 손은 어느새 문을 더 열고, 발은 이미 문지방을 넘고 있었다. 해명은 턱이 아프도록 어금니를 꾹 물었다.

*

서가의 안쪽은, 더 퀴퀴한 냄새가 났고, 기둥에 켜 둔 등잔불이 없어서 훨씬 어두웠다. 등잔불을 앞으로 내민 채 걸어야 했으므로 여간 조심스러운 게 아니었다.

더 안쪽으로 들어갈수록 책은 정리되지 않은 채 흐트러져 있었고, 책장 옆에 책이 그대로 쌓여 있기도 했다. 여기저기 떨어져 딩구는 책들도 많았다. 뿐만 아니라 한편 서가에는 커다란 두루마리가 여기저기 꽂혀 있어서 그곳을 지날 때는 몸을 옆으로 돌려 걷거나 몸을 낮게 구부릴 수밖에 없었다.

어쩌다가 책이 바닥에 떨어져 소리가 날 때면 등잔불을 가리고 숨을 죽였다. 숙직 환관에게 들키기라도 하는 날에는 무슨 일이 생길지 몰라서였다. 그 생각 때문일까? 해명은 다시 한 번 깊은 속의 울림을 들었다.

'지금이라도 당장 돌아가!'

그래서 자신도 모르게 고개를 끄덕였다. 하지만 그 순간, 등잔불 너머 저편, 서가 구석에 널따란 책상이 희미하게 보였다. 여러 개의 의자와 한쪽에 수북하게 쌓인 책들도 거뭇하게나마 형체를 드러냈다. 거기까지만 가 보자는 생각이 들었다.

'그래, 저기까지만.'

해명은 스스로에게 다짐을 주고 등잔불을 앞으로 내밀었다. 하지만 마음이 앞섰던 걸까. 내뻗은 손에, 책장 밖으로 삐죽이 튀어나온 두루마리가 하나 걸렸다. 동시에 두루마리는 맥없이 땅바닥으로 떨어졌고, 그 바람에 등잔불이 꺼질 듯 팔랑거렸다.

"아아!"

해명은 자신도 모르게 낮게 탄성을 질렀다. 두루마리가 떨어지면서 소리를 냈고, 그래서 그 자리에 멈춘 채 숨을 죽였다. 당장에라도 숙직 환관이 달려온다면? 그래서 왜 여기까지 들어와서 얼씬거리느냐고 묻는다면? 그런 생각들이 몰려들면서 식은땀이 흘렀다.

그래서 재빨리 내서각을 뛰쳐나갈까, 생각하며 몸을 돌렸다. 그런데 그 순간, 바닥에 떨어진 두루마리가 반쯤 펼쳐져 있는 게 보였다. 색색의 그림이었는데, 허리를 굽히고 내려다보는 순간, 그것이 지도라는 걸 금방 알 수 있었다.

해명은 찬찬히 앉았다. 그리고 몸을 더 수그리며 등잔불을 한쪽에 내려놓고 두루마리를 마저 펼쳤다. 그 때문에 등잔불이 다시 한번 위태롭게 펄럭거렸다.

전부 펼친 두루마리의 크기는, 두 팔을 벌린 만큼의 길이쯤 되었다.

〈혼일강리역대국도지도(混一疆理歷代國都之圖)〉*

위편에 가로질러 큰 제목이 보였다. 해명은 한가운데 지도의 절반을 차지하고 있는 명나라 땅을 더듬어 살펴보았다. 북평에서 아래쪽 남경까지, 그리고 왼쪽에서 운남을 찾아냈다. 더 왼쪽에 안남, 그리고 조왜, 소문답랄, 섬라가 차례로 지명에 나타났다. 지도를 짚어 내던 손가락을 들어 주먹을 쥐었다. 가슴을 한번 꾹 쥐었다가 다시 지도를 살폈다. 더 왼쪽으로 움직였다. 홀노모사가 눈에 띄었고, 유산(溜山, 몰디브)과 천방국도 찾을 수 있었다.

그리고 더 왼쪽으로 갔다. 마림, 만팔살(慢八撒, 케냐의 몸바사)….

---

* 조선 태종 2년(1402)에 만들었고, 명나라에 보냈다는 기록이 있다.

처음 듣는 이름들이었다.

혹시나 해서 위쪽으로 등잔불을 옮겼다. 그리고 입속으로 되뇌었다.

'마노, 대진국….'

있었다. 지도 위의 길쭉한 땅 위에, 마노라고 쓰여 있었다. 정말로 있는 나라였구나.

그러나 고리국이 눈에 띄지 않았다. 이상한 생각이 들었다. 이게 정말 세상의 지도가 맞다면 적어도 고리국은 천방국보다 오른쪽에 있어야 하지 않은가?

해명은 문득 진 대인의 말이 다시 떠올랐다. 북평에서 수백 개의 산과 강을 건너면, 운남에 이르고, 거기서 또 수천 수만 개의 마을을 지나면 고리국에 이르겠구나.

그렇다면 고리국은 없는 나라일까? 그런 생각을 하면서 해명은 다시 한 번 지도를 살폈다. 그러다가 해명은 지도의 아래쪽으로 시선을 옮겼다. 거기서 뜻밖의 글씨를 발견했다.

조선 태종이 영락제 재위 원년에 대명에 진상한 〈혼일강리역대국도지도〉를 필사하여 전하니, 지도는 좌정승 김사형과 우정승 이무가 만들었고…. 그곳까지 읽다가 해명은 화들짝 놀랐다. 조선에서 만든 지도라고? 그것도 이미 20여 년 전에? 자신도 모르게 온몸이 파르르 떨렸다.

잠시 동안 아무것도 할 수 없었다. 그저 주저앉아 있었다. 불시에 뒤통수를 맞은 듯한 기분이랄까? 그러나 돌아보아도 때린 상대는 없고, 왜 맞았는지조차 모를 때의 그 기분이라면 흡사할까. 해명은 깊은 숨을 몰아쉬었다. 그리고 침을 꿀걱 삼켰다.

해명은 일어났다. 그리고 두루마리를 하나씩 펼쳤다. 그림도 있었지만 대부분이 지도였다. 왜와 조선의 지도, 어딘지 알 수 없는 곳의 해안선을 상세히 그린 지도. 그러다가 해명은 방금 전 본 지도와 흡사한 지도를 발견했다.

〈대명혼일도(大明混一圖)〉.

방금 전에 본 지도보다 크기가 컸다. 해명은 그것을 펼쳤다. 〈혼일강리역대국도지도〉보다 훨씬 커서 한쪽이 서가에 닿았고, 그 때문에 완전히 펼쳐지지는 않았다.

반을 접은 채로 해명은 남경에서부터 섬라를 다시 찾고, 그리고 더 왼쪽으로 나아갔다. 아, 거기에는 고리국이 있었다. 삼면이 바다로 둘러싸인 뾰족한 모양의 땅 가장 아래쪽이었다.

아!

해명은 넋을 놓고 잠시 멍하니 어두운 천장을 쳐다보았다. 그런 다음 다시 지도를 보았다. 파랗게 칠해진 부분을 유심히 보았다. 바다였다. 모든 땅은 전부 바다로 연결되어 있었다.

'이것이 아버지의 꿈이었고, 장영실의 꿈이었단 말인가? 그리고 정화 태감은 정말 이 바다를 지나 저 수많은 나라를 돌아보았다고? 어쩌면 그래서 바다를 꿈꾸었던 아버지가 더 훌륭한 분이라는

말을 했던 게 아닐까?'

아까보다 몸이 더 떨렸다. 침을 꿀꺽 삼키고 주먹을 쥐었지만, 떨리는 몸이 진정되기까지는 꽤 많은 시간이 걸렸다. 해명은 아까처럼 반복해서 숨을 몰아쉬고, 또 뱉기를 반복했다.

해명은 가까스로 몸을 일으켜 두루마리를 말아 다시 서가에 올려놓았다. 그러나 선뜻 바깥쪽으로 걸음을 옮기지 못했다. 두어 걸음 내딛었다가, 아까 보았던 널따란 책상이 눈에 밟혀서였다. 해명은 그쪽으로 걸었다.

책상은 생각보다 넓었다. 네 명이 마주 보고 앉을 수 있는 크기였고, 의자도 양쪽에 네 개씩 놓여 있었다. 벼루와 세필(細筆),* 서진(書鎭), 연적이 여기저기 놓여 있었고, 벼루의 먹물은 한가운데가 덜 말라 있었다. 불과 얼마 전까지 글씨를 썼다는 뜻이었다.

해명은 책이 쌓여 있는 쪽 의자에 앉았다. 등잔을 내려놓고, 열댓 권 쌓여 있는 책 중에서 하나를 빼냈다. 두터운 종이를 두장 겹쳐 바른 표지 위에는《영애승람(瀛涯勝覽)》**이라는 제목이 쓰여 있었다. 무슨 책일까, 싶어서 해명은 한두 장을 넘겼다. 반듯하게 내려 쓴 글씨 곳곳에 동그라미 표시가 되어 있었다. 붉은 색으로 고쳐 쓴 글씨도 눈에 띄었다. 책을 쓰고 수정하고 있거나 가필 중인

---

* 작은 글씨나 세밀한 그림을 그릴 때 쓰는 붓.
** 통역가이자 역사가인 마환이 정화와 함께 원정에 나선 후 쓴 항해일지.

모양이었다.

그중 한 쪽을 열어 읽어 보았다.

신새벽, 배가 항구를 떠났다. 큰 바다로 들어서자마자, 항해사는 육분의(六分儀)*로 북극성의 고도를 가늠했다. 시간은 오래 걸리지 않았고, 그의 지시에 따라 조타수가 정선미**를 맞추었다. 그 방향에 따라 하루 반나절을 정남쪽으로 항해했다…, 라는 이야기로 책은 시작되었다.

그리고 몇 페이지를 넘겼다.

…40일째 되는 날, 만랄가(滿剌加, 믈라카)에 이르는 해협에 들어서자, 거센 돌풍이 몰아쳤다. 파도가 높고 거칠어졌다. 물론 우리의 배는 그 정도의 파도에는 얼마든지 견딜 수 있었다. 특히 배의 아래 부분은 굵고 단단한 나무로 세 겹이었고, 또 철저하게 방수 처리되었기 때문이다. 다만 암초가 많은 곳이어서 돌풍과 파도에 배가 항로를 이탈할까, 걱정되었다. …다행히 다시 3일 후, 배는 만랄가에 도착했다. 막 항구에 배가 닿을 무렵, 고리국의 배가 제 나라로 떠나고 있었다. 대명의 남경과 고리국의 중간에 있는 만랄가는 어느 때나 그렇듯 대식국의 상인들로 북적거렸다. 이번에 만난 상인들은 곧 천방국으로 떠날 것이라며

---

* 두 점 사이의 각도를 측정하는 기구.
** 배의 뒷부분 한가운데.

우리의 배가 닿자마자 사람을 보내 도자기를 사겠다고 덤벼들었다.

그리고 그다음 쪽에는, 정화 태감은 이곳에 사원을 세우기로 했다, 는 말도 쓰여 있었다.

그 즈음에서 해명은 침을 꿀꺽 삼켰다.

'사실이었구나. 말로만 들었던 그 모든 나라를, 정화 태감은 정말로 다녀왔구나. 더구나 여섯 번이라고?'

고개를 갸웃거리고 해명은 다시 서너 장을 건너뛰어 읽었다.

정화 태감은, 보선 62척을 두 개의 선단으로 나누기로 했다. 그래서 한 선단은, 유산과 마림을 향해 나가도록 했고, 또다른 선단은 홀노모사 쪽으로 항해했다…, 라 쓰여 있으니 틀림없었다.

해명은 읽던 책을 다시 올려놓고 다른 책을 빼 들었다.

그 책에서 처음 마주친 것은 그림이었다. 이상하게 생긴 동물을 사람들이 끌고 가는 그림이었다. 목이 아주 긴 짐승이었고 얼룩무늬가 있었다. 아래쪽에, 마림에서 황제에게 진상한 기린으로 매우 성스러운 짐승이다, 라는 말이 보였다.

그때 문득 해명은 기억이 났다. 얼마 전, 예투가 장이씽 다음으로 해명에게 읽으라고 주었던 책 속에 남긴 바로 그 이야기 아닌가? 그럼, 그 기린이라는 신성한 동물도 실제로 살아 있는 동물이었단 말인가?

해명은 한 장을 더 넘겼다.

이번에는 파란 바다 위에 물고기가 나는 그림이었고, 설명에는 날치가 홍해를 들어서는 배 앞을 가로질러 떼 지어 몰려가는 중이라는 내용이 쓰여 있었다. 그다음 책장에는 여인들의 모습이 담겨 있었다. 그런데 뜻밖에도 머리 위에 갖가지 색깔의 하늘하늘한 천을 뒤집어썼고, 눈만 빼꼼 내놓은 채였다. 조선의 양반 여인들이 외출을 할 때 쓰던 장의(長衣)와 닮았다는 생각이 들었다. 그리고 그다음에는 팽이를 뒤집어 엎어 놓은 모양의 커다란 건물, 그 앞에 수없이 엎드려 절을 하는 사람들….

해명은 머릿속이 혼란스러웠다.

'이게 모두 이 세상에 실제로 존재하는 나라들이란 말인가?'

해명은 머리를 저었다. 그림을 보고서도 믿기가 어려웠다.

해명은 찬찬히 일어났다. 조심스레 등잔을 들고 다시 두루마리가 꽂혀 있는 서가로 갔다. 지도를 다시 꺼냈다.

〈혼일강리역대국도지도〉.

제목을 손으로 쓰다듬었다. 그리고 조선반도 쪽으로 시선을 옮기고, 다시 반도의 아래쪽을 더듬었다. 동래현을, 그런 다음에는 거제현을 손가락으로 짚었다.

아까보다 아주 심하게 손가락이 떨렸다.

눈물이 떨어졌다. 손가락으로 가린 거제현 아래쪽 파란 물감 위에. 그리고 번져 파란 물감이 손에 묻어났다. 해명은 그 파란색으로 칠해져 있는 바다를 뚫어지게 내려다보았다.

잠시 후, 손가락이 움직였다. 파란 바다를 타고 거제현에서 탐라 앞바다를 지나, 너른 바다를 지나, 대국의 아래쪽 남경, 또 거기서 만랄가와 고리국, 천방국…. 그리고 머릿속에는 아버지가, 그리고 자신이 커다란 배를 타고 파도가 치는 바다를 나아가는 그림이 그려졌다. 그리고 앵앵거리며 환청으로 들려오는 말들. 아버지, 육지가 보여요. 저기는 어딜까요? 글쎄, 탐라에서 한 달 보름을 왔으니까, 만랄가쯤일까? 정말요? 그럼, 조금 더 가면 고리에 이를 수 있겠네요? 그럴 거다. 거기서 또 더 가면 천방국까지 이를 게야.

말도 안 되는 상상을 하면서 해명은 피식 웃었다.

하지만 해명은 곧바로 다시 심각해졌다.

'아버지는 알고 있었을까? 설마? 아니야, 아버지의 할아버지가 뱃사람이었다고 했으니까 어쩌면…?'

해명은 고개를 가로저었다. 그러고 나서 긴 숨을 내쉰 다음, 한참 동안 지도를 내려다보았다. 파란 바다를 보고 있자니, 자꾸만 거제 앞바다가 떠올랐다.

또 꽤 시간이 지난 다음, 해명은 어금니를 꽉 물고 두루마리를 접었다.

눈앞에서 바다가 사라지자, 비로소 정신이 돌아왔다. 해명은 얼른 두루마리를 서가에 얹고 좁은 통로로 나왔다. 그리고 출입구 쪽으로 빠르게 걸었다. 발에 책이 채였고, 옷자락에 걸린 책 한두 권이 바닥에 툭 떨어졌다. 하지만 그걸 다시 주워 올릴 시간이 없었다. 해명은 잰걸음을 놓렸다.

하지만 출입문이 저 앞에 보일 즈음, 해명은 그 자리에 멈추어야 했다. 육방격자문이 열리고 그 너머에서 막 두 사람이 다가오고 있었다. 해명은 얼른 서가 옆으로 숨을까, 했지만 그럴 시간이 없었다.

각각 등잔을 하나씩 들었는데, 앞선 사람이 누구인지는 알 것 같았다. 그는 예투였다. 해명은 그 자리에 서서 예투가 다가올 때까지 움직이지 않았다. 예투는 성큼성큼 걸어 금세 해명 앞에 섰고, 그 뒤에서 숙직 환관이 빼꼼 얼굴을 내밀었다.

해명은 온몸이 굳어 버렸다. 그런 탓에 등잔을 잘못 쥐었고, 불꽃이 엄지손가락을 타고 피어올랐다.

*

벌방(罰房)은, 비좁았다. 채 한 평이 될까 말까, 한 방에는 쪽문과 손바닥보다 조금 큰 크기의 창이 나 있었다. 방 안에는 책상 하나와 의자가 전부였다. 곧 문이 소리를 내며 닫혔고, 두 개의 등잔이 꺼질 듯 팔랑거렸다.

해명은 숙직 환관이 준 책을 책상 위에 던져 놓았다. 순간, 예투의 낮고 날카로운 목소리가 기억났다.

'사이관 환자의 규칙을 어겼으니, 벌을 받거라. 오늘부터 사흘간, 이 책을 필사하여라. 모두 필사하지 못하면, 사이관에서 나가

야 한다. 단 한 글자도 틀려서는 안 된다.'

책은 족히 100장이 넘을 만한 두께였다. 얼추 가늠해 보아도 사흘 동안 한시도 쉬지 않고 써야 겨우 해낼까, 말까 했다. 사실상 불가능할 거란 뜻이었다. 그래서 한참 동안 아무것도 하지 않고 멍하니 책상에 앉아 팔랑거리는 등잔불만 쳐다보았다.

온갖 생각이 머릿속에서 뒤엉켰다. 무엇보다 어디론가 쫓겨날지 모른다는 두려움. 그 두려움이 일기 시작하자 온몸이 떨렸다.

이어 장영실과 어윤수에 대한 원망이 함께 솟아올랐다. 그러자마자 주먹이 쥐어졌고, 주먹을 쥔 채 그들에게 말했다.

'왜요? 왜 하필 나한테 이래요? 그냥 목숨만 부지하자는데 왜 그것마저 못하게 이러는 거예요?'

입속으로 한 말인데도, 목소리가 좁은 방 안을 휘젓는 듯했다. 한동안 그 목소리가 방 안을 떠도는 착각이 들었다.

하지만 곧 머리를 저었다. 내서각에 들어간 것이 꼭 그들 때문만은 아니란 생각이 문득 들어서였다.

해명은 일단 책상 앞에 앉았다. 책상 한쪽에 있는 벼루를 끌어당겨 먹을 갈았다. 하지만 선뜻 붓을 들지 못하고 계속 먹만 갈았다.

해명이 비로소 붓을 든 것은 그로부터 꽤 시간이 지난 뒤였다. 뿌연 빛이 창에 들이비칠 즈음, 해명은 붓을 놀리기 시작했다.

해명은 정신이 나간 사람처럼 미친 듯이 책을 베껴 빈 종이에 옮겨 적었다. 어느 때쯤, 조그만 창으로 햇살이 살짝 들이비쳤다가 사라질 때까지, 다시 그 창이 어둑해지고, 조각달이 슬쩍 나타났다가 사라질 때까지. 단 한 번도 의자에서 일어나지 않았다. 몇 번이나, 쪽문 아래 조그만 구멍이 열리고 주먹밥이 하나씩 들어왔지만, 손도 대지 않았다. 주먹밥은, 세 개가 쌓였다.

해명은 말라비틀어진 주먹밥을 하나 집어 들어 씹었다. 한손에는 그것을 들고, 한손으로는 글씨를 썼다.

하루를 그렇게 보냈고, 이틀째도 똑같은 시간이 지났다. 흡사 시간이 정지되어 있는 느낌마저 들었다. 나중에는 자신이 무얼 하는지조차 알 수 없었다. 글씨를 쓰고 있었지만 내용은 눈에 들어오지 않았다. 한 글자도 틀리지 말아야 한다는 강박 때문인지 내용은 흩어지고 글자 하나하나가 따로 놀았다.

다만 베껴 쓰는 일이 영원히 끝날 것 같지가 않았고, 그 느낌이 깊어 갈 즈음 글씨가 삐뚤빼뚤해졌다. 한 글자를 쓰는 데 점점 시간이 길어졌고, 비로소 손가락이 하나씩 말을 듣지 않는다는 걸 깨달았다. 그 때문에 흰 종이를 몇 장이나 구겨 버려야 했다.

자꾸 어금니를 물었고, 입술을 깨물었다. 마침내는 혀끝에서 피맛이 났다.

수도 없이 오른손을 주물렀지만, 엄지와 둘째손가락 끝에서 시작된 마비 증세는, 금세 다섯 손가락을 뻣뻣하게 만들었다. 이어 손목까지 번져서 가까스로 붙잡고 있던 세필마저 손가락 사이를 빠져나갔다. 떨어진 붓은 점 하나 없이 깨끗한 한지 위를 데구르르 굴렀다.

해명은 왼손으로 붓을 집어 들어, 오른손 손가락 사이에 끼웠다. 그런 채로 왼손으로 오른손을 감아쥐었다. 그런 채로 다시 글씨를 쓰기 시작했다.

그렇게 또 하루가 지나갔다. 해명은 당직 환관이 준 책의 마지막 장을 폈다.

…보선*에 오르니, 크고 작은 돛은, 하늘을 가린 채… 펄럭였다. 배 한 가운데는 커다란 3층… 누각이 세워져 있었다. 그 위에 올라서면 한 껏… 위쪽으로 치솟은 뱃머리 너머로 너른 바다가 한눈에 들어왔다. 보선은 모두 4층이었는데, 각 층마다 수백 명의 사졸은 물론, 통사, 의관, 음양관생,** 화장(火長, 조타수), 반정수(班碇手),*** 서산수(書算手)**** 등… 저마다 역할을 맡은 자들이 수십 명씩 타고 있었다. 맨 아래층에는 수백 마리의 말과 수부(水夫)***** 200여 명이 대기하고 있었다. 출발하기 전, 보선 뒤편에 마련된 제단에서… 천후성모(天后聖母)****** 께 제

* 정화가 항해 때 사용한 주력 함선을 보선이라 불렀다.
** 해양의 기상을 관찰하는 사람.
*** 닻을 올리고 내리는 역할을 하는 사람.
**** 회계와 출납을 담당하는 사람.
***** 배에서 허드렛일이나 노를 젓는 사람.
****** 명나라 뱃사람들이 항해의 신으로 섬기는 여신.

사를 지냈다. 이윽고 보선이 앞서고 수십 척의 배가 뒤를 따랐다. 보선이 큰 바다에 이를 때까지 나팔수가 길게 항해의 나팔을 불었다. 여섯 번째 항해가 시작되었다….

이제 오른팔 전체가 저렸다. 해명은, 눈을 부릅뜨고 마지막 한 글자까지 확인했다. 그리고 반복해서 읽었다. 한 글자도 틀림이 없었다.

해명은 비로소 오른손을 감아쥔 왼손을 풀었다. 그러자 오른손은 세필과 함께 맥없이 옆으로 툭 떨어졌다.

"다했어. 다…."

해명은 자신에게, 다독거리듯 말했다. 그리고 씩 웃었다. 그때, 기다렸다는 듯 몸이 서서히 허물어졌다. 이어 몸이 의자 아래로 스르르 미끄러졌다.

쿵!

바닥에 머리가 닿았다. 옆으로 쓰러진 채 해명은 눈을 깜박거렸다. 책상 위에 켜진 등잔 두 개가 보였다. 그 등잔 너머 동녘 창으로 희뿌연 새벽빛이 스며들고 있었다.

눈물이 흘렀다. 이유는 알 수 없었지만, 뺨으로 흐르는 눈물은 뜨거웠다.

온몸이 녹아내리는 기분이랄까? 기운이 하나도 없었고, 뒤늦게 허기가 느껴졌다. 아무것도 할 수가 없었다.

그런데 이상한 건, 붓을 내려놓을 때만 해도 아무런 느낌이 없었던 책의 내용들이 하나둘씩 머릿속에 떠올랐다.

…홀노모사에서는 건포도와 잣, 만년조(야자열매)와 함께 가죽에 보석을 장식한 물품을 많이 얻었는데, 태감은 그 대가로 다양한 도자기를 선물로 주었다. 그릇마다 아랫면에는 '영락제 연간에 제작하다'라는 글귀를 적었다…. 등에 두 개의 혹이 난 기린과 얼룩무늬에 목이 아주 긴 기린을 목덕나국에서 얻었다. 기린을 배에 실을 때는 머리가 돛에 걸려 애를 먹기도 했는데, 여러 학사들은 진귀하고 상스러운 동물이라 여겨 절을 올리는 자도 있었다…. 정화 태감을 앞세우고 양경 총독을 비롯한 2만 7800여 명의 병사와 사절은 마침내 배에 올랐다. 62척의 배가 따랐는데, 보선은 길이만 44장*에 이르렀다….

앞뒤 맥락이 이어지지 않았다. 그저 머릿속에 떠오르는 건, 그런 낱낱의 짧은 내용들뿐이었다.

'어쨌든 됐어.'

해명은 다시 한 번 자신에게 말했다. 정신이 희미해졌다. 하지만 그런 중에도 해명은, 손을 뻗어 필사한 책을 가슴팍 안으로 끌어안았다.

---

* 1장은 약 3미터.

7.
그 꿈이 달아나지 않도록

*

꿈을 꾸었다. 해명은 바다 위에 떠 있었다. 커다란 돛배를 타고 망망대해를 건너는 중이었다. 하늘은 파랬고, 남쪽 끄트머리에 흰 구름이 수면에 닿을 듯 떠 있었다. 바람도 적당하여 배는 빠르게 남서쪽을 향해 나아갔다.

곧 밤이 되자, 아버지가 말했다.

저 하늘의 별을 보아라. 등롱골성이 보이지? 저 별을 왼편에 두고, 뱃머리가 비스듬히 오른쪽으로 향하게 방향을 잡거라. 그리하면 안남에 이를 수 있고, 그곳을 지나 고리국으로 가자.

밤에도 쉼 없이 항해를 했다. 그리고 이튿날 새벽 즈음, 낯선 땅에 이르렀다.

새까만 피부의 사람들이 항구에 나와 웅성거렸는데, 그들은, 하나같이 파란 눈을 가졌고, 머리에는 두건 같은 것을 쓰고 있었다. 하늘을 향해, 바다를 향해 연신 절을 하면서 무어라고 기도를 했다.

그때, 그 무리들 속에서 누군가 성큼성큼 다가왔다. 뜻밖에도 그는 예투였다. 아니, 예투였다가 더 가까워지자 그의 얼굴이 장영실로 바뀌었고, 다시 어윤수가 되었다. 그리고 그걸 깨닫는 순간, 나무뿌리 같은 손이 해명의 목을 휘감았다.

'으어어어!'

해명은 신음을 흘렸고, 발버둥쳤다. 그때쯤, 또 다른 소리가 들렸다.

"하이밍, 정신 차리거라. 어서!"

얼결에 눈을 떴다. 쇠로 만든 갑옷이라도 입은 듯 온몸이 무거웠다. 눈이 떠지지 않았고, 손끝 하나 움직이는 데도 힘이 들었다. 여전히 갈퀴 같은 손이 목을 쥐고 있는 기분이 들었다.

"하이밍! 하이밍!"

그제야 해명은 자신의 이름을 또렷이 듣고 눈을 떴다. 탁자에 엎어진 채로 거들뜨듯 위를 추켜 보았다. 바트에르덴이 앞에 서 있었다. 아니, 그뿐만이 아니었다. 그 옆에, 예투가 앉아 있었다.

해명은 얼른 몸을 일으켰다. 그리고 일어났다. 순간, 현기증 때문에 머리가 핑 돌았다. 그런 해명을 바트에르덴이 다시 자리에 앉혔다.

정신을 가다듬고 보니, 예투는 해명이 필사한 책을 가져가 한 장씩 넘기고 있었다.

얼마나 시간이 지났을까? 한참 동안 책장 넘기는 소리만 들렸다. 한 장 한 장을 넘길 때마다 해명은 침을 꼴깍 삼켰다.

"무엇이 궁금했느냐?"

예투가 물었다. 첫 질문치고는 뜬금없이 들렸다. 그래서 해명은 대답하지 못했다. 고개를 숙인 채 어금니를 물었다.

"무엇을 보았느냐?"

예투가 똑같은 투로 물었다. 이번에도 해명은 섣불리 입을 열지 않았다. 그러자 예투가 연이어 말했다.

"아무것도 궁금해 하지 말고, 시키는 것만 하고, 생각하지 말라는 말 잊은 것이냐? 그게 네 살길이라고 하지 않았더냐?"

"잊지 않았습니다."

이번에는 또렷하게 대답했다. 아니, 그렇게 다짐하고 말했지만 목소리는 갈라졌고, 생각보다 소리는 낮았다. 정신은 맑아지고 있었지만, 몸은 아직도 봄볕에 얼음 녹는 듯한 느낌이었다.

"그런데 왜 내서각에 들어갔느냐?"

"…."

대답이 없자, 예투는 마주 앉은 자리에서 일어났다. 그리고 창

아래에 놓인 탁자 앞으로 걸어갔다. 곁눈질로 살펴보니, 예투는 탁자 위의 물건을 만지작거렸다. 달그락거리는 소리가 들렸다.

조금 시간이 지나서 예투가 해명 앞으로 녹색 찻잔을 내밀었다.

"마시거라."

그 말에 해명은 예투를 마주 보았다.

"운남에 사는 사람들이 마신단다. 푸얼차(보이차)라고 하지. 속을 맑게 하고 원기를 찾아줄 것이니라. 내 고향의 누이들이 이 찻잎을 따며 노래를 불렀지. 네게 가르쳐 준 그 노래 말이다."

해명은 아무 말 없이 찻잔을 들었다. 그리고 한 모금 삼켰다. 그리고 두 모금을 삼켰을 때, 예투가 다시 물었다.

"무엇이 너를 내서각까지 이르게 했느냐?"

이제는 대답해야 할 것 같았다. 해명은 숨을 몰아쉬고 입을 열었다.

"바다가… 궁금했습니다."

"하지만 이곳에서 바다가 얼마나 멀리 있는지 알고 있는 것이냐?"

"솔직히 얼마나 먼지는 알 수 없습니다. 다만…."

"바다가 네게 무엇이냐?"

예투는 해명이 채 말을 끝내기도 전에 다시 물었다.

"세상 모든 곳으로 통하는 길입니다."

"세상으로 통하는 길이라…?"

"어릴 때 살던 곳이 바닷가였습니다. 아비는 배를 탔습니다. 한 낱 고기잡이에 지나지 않았지만, 무슨 까닭에 아비는 항상 바다를 품으라 하였습니다. 어쩌면 세상에는 우리가 알고 있는 것보다 더 큰 세상이 바다 건너 저편 어딘가에 있을 것이다…."

얼결에 해명은 아버지가 했던 말을 기억해 읊조렸다.

"너의 아비가 그리 말했더냐?"

"네. 바다를 꿈꾸는 건…."

아, 해명은 입을 열었다가 얼른 닫았다. 자신도 모르게 장영실이 했던 말을 꺼냈던 것이다. 그런데 예투가 그 뒷말을 잡았다.

"꿈꾸는 건?"

하는 수 없었다.

"바다를 꿈꾸는 건, 세상을 꿈꾸는 것이라는 말도 했습니다."

"그래서 지금도 바다를 품고 있다는 것이냐?"

그 질문에 해명은 얼른 대답을 하지 못했다. 자격지심일지는 몰라도, 감히 네가 아직도 꿈꾸고 있다는 말인가, 라는 뜻으로 들린 탓이었다.

"말해 보거라."

"잘못했습니다. 제가 어찌 감히…. 그저 궁금했을 뿐입니다."

해명은 늦게나마 변명하듯 말했다.

"지금 내게 거짓을 고하는가?"

"네? 좌감승 어른, 그게 아니옵고…."

해명은 얼굴이 붉어졌다.

"사흘 만에 필사를 다했더구나. 어찌 이것을 다했느냐? 잠도 안 자고, 먹지고 않고. 무슨 마음이었느냐고 묻는 것이다."

"저는 그저…."

"너를 벌방에 가둔 뒤에, 네가 무엇을 보았는지 살폈다. 〈혼일강리도〉와 〈대명혼일도〉, 그리고 마환 태감의 《영애승람》 필사본…. 그 모든 게 바다에 관한 기록이었다."

"…."

"그리고 네가 필사한 책이 무엇이었는지 아느냐? 항해일지다."

"네?"

"정화 태감이 배를 타고 네 번째로 바다에 나갔을 때 남기신 기록이다."

도대체 무슨 말을 하고 있는 것일까? 아니, 예투는 무슨 말을 하고 싶은 걸까? 해명은 고개를 숙인 채 대답의 방향을 찾지 못했다.

그때, 예투가 무거운 목소리로 다시 물었다.

"이제 다시 묻겠다. 아직도 바다를 품고 있는가?"

그 질문에 해명은 고개를 들어 예투를 다시 쳐다보았다. 기다렸다는 듯, 예투가 그 시선을 받았다. 해명도 피하지 않고 그의 푸른 눈을 또렷하게 쳐다보았다.

그런데 이상한 일이었다. 대답은 차마 나오지 않고, 눈물이 흘렀다. 새벽녘, 필사를 모두 끝내고 흘렸던 눈물과는 또 다른 눈물이었다.

해명은 대답했다.

"죽을죄를 지었습니다."

순간 예투의 얼굴이 살짝 일그러졌다. 해명은 다시 고개를 숙였다.

그때 예투가 말했다.

"따르거라!"

어느새 예투는 일어나 한 걸음 내딛었다. 해명은 얼결에 일어났다.

예투는 빠른 걸음으로 수역실을 나갔다. 다리가 저리고 무릎이 아파 해명은 절뚝거리며 따라야 했다. 예투는 너른 조회당을 지날 때까지 한 번도 돌아보지 않았다. 그런 예투를 따라잡느라고 해명은 애를 먹어야 했다. 예투가 처음 돌아본 것은, 사이관 남쪽 문 앞에서였다.

하지만 예투는 평상시에는 굳게 닫혀 있는 남문의 빗장을 스스로 풀고 그저 돌아보았을 뿐, 다시 앞서갔다.

양쪽에 낮은 담장이 있는 너른 길이 나왔다. 길 가운데는 잔돌들이 가지런히 깔려 있었고, 나뭇잎 하나 떨어진 것 없이 깨끗했다. 돌바닥 옆 흙길엔 언제 쓸었는지 비 자국이 아직도 선명했다.

어느새 예투는 길 맞은편 끝 2층 건물 앞까지 다다라 있었다. 태감의 집무실과 귀빈실, 접대실이 모여 있는 별관이었다. 그 앞에서 예투는 정문을 지키는 금위대 병사와 무슨 이야기를 나누더니, 해명이 있는 쪽을 한번 가리켰다. 해명은 서둘러 걸었다. 오른쪽 다리가 여전히 뻣뻣해서 쉽지 않았지만 발걸음을 재게 놀렸다.

문 앞에 이르자 금위대 병사 하나가 해명을 위아래로 훑어보았다. 해명은 주눅이 들어 잠시 머뭇거리다가 예투를 따라 안으로 들어갔다.

예투는 안쪽으로 길게 난 복도를 따라 걸었다. 육방격자 무늬의 문을 여러 개 지나고 가장 안쪽의 오른쪽에 있는 문을 열고 들어갔다.

"아…."

해명은 한 걸음 들어서자마자 입을 벌렸다. 방 왼편 벽 한 면을 가득 메운 그림 때문이었다. 그것은 다름 아닌 커다란 배였다. 해명은 자신도 모르게 그쪽으로 걸었다.

해명은 자신도 모르게 앞으로 다가갔다. 4층으로 된 배는, 앞머리가 휘듯 들어 올려졌고, 3층짜리 누각이 한가운데에 있었으며, 배 전부를 덮을 만한 커다란 돛, 그 아래 손톱 만하게 그려진 사람들. 해명은, 자신이 필사한 내용이 떠올랐다. 정화 태감을 앞세우고 양경 총독을 비롯한 2만 7800여 명의 병사와 사절은 마침내 배에 올랐다. 62척의 배가 따랐는데, 보선은 길이만 44장에 이르렀다….

한 번도 상상해 본 적 없는 큰 배였다. 사람이 손톱만큼도 안 되는 크기라면 배 앞에서 끝이 잘 보이지 않을 것 같았다.

"세, 세상에….'

해명은 자신도 모르게 중얼거렸다.

"정화 태감께서 이 배를 타고 바다로 나가셨다. 모두 여섯 번!"

언제 다가왔는지 예투가 말했다. 하지만 해명은 돌아보지 않았다. 그럴 틈이 없었다. 상세하게 그린 배를 들여다보느라 정신이 없었다.

"그게 사실이옵니까? 여섯 번이나…. 그럼, 소문답랄, 석란, 고리, 홀로모사, 그런 나라를 모두 다녀오셨다는 겁니까? 아니, 그런 나라가 정말로 있기는 있습니까?"

"지도에서 보았지 않느냐? 모두 있는 나라다."

해명은 자신도 모르게 흥분해서 뒤돌아 물었다. 예의가 아니란 생각이 머릿속 한 켠에서 꿈틀거렸지만, 소용이 없었다.

해명은 또 물었다.

"그럼, 미식, 마노, 패니사는요?"

"거긴 아직 가지 못했다. 하지만 뜻이 있으면 길이 있지 않겠느냐?"

"네? 그게 무슨 말씀이십니까?"

해명이 곧바로 되물었지만 예투는 더 이상 답하지 않았다. 그래서 배 그림과 예투를 번갈아 쳐다보기만 했다.

한참이 지난 뒤에야 예투가 아까처럼 물었다.

"바다를 품고 있느냐?"

해명은 차마 대답하지 못하고 고개를 끄덕이기만 했다. 그러나 비로소 예투가 씩 웃었다. 그러더니 덧붙여 말했다.

"됐다. 기다리거라."

"좌감승 어른, 무슨…?"

"이번은 용서해 줄 것이니, 돌아가거라. 그리고 마침 오늘 천방국 상인들이 올 것이니, 회동관에 나가 통역을 돕거라."

*

아침부터 신시가 다 되도록 해명은 아무것도 하지 못했다. 숙소의 침상 위에 우두커니 앉아 한참의 시간을 보냈다.

몸은 뜻대로 움직이지 않았지만, 머릿속은 복잡했다. 내서각에서 보았던 지도와《영애승람》필사본, 그리고 자신이 베껴 쓴 책의 내용들이 두서없이 떠올랐고, 그럴 때는 바다가 그려졌다. 그리고 그 바다 위에, 별관에서 보았던 커다란 배가 파도를 뚫고 거침없이 바다 저편으로 나아갔다. 돛대의 끝은 하늘에 닿았고, 배 앞에서 뒤 끝이 아스라이 멀어서 보이지 않을 것만 같은 정화 함대의 보선은 거센 폭풍에도 끄덕없었다. 어림도 없는 일이겠지만, 문득 해명은 자신이 그 배의 갑판 위에 오르는 상상이 들기도 했는데, 그때마다 오한이 든 것처럼 몸을 떨기도 했다. 그럴 때면 영락없이, '기다리라는 말은 무얼까?' 하고 되묻곤 했다.

하지만 그런 생각 자체가 부질없는 것이라 느껴졌고, 그래서 해명은 간헐적으로 무슨 일이라도 해야겠다고 마음먹었다. 하지만 다행인지 불행인지 몸은 생각처럼 움직이지 않았다.

숙소에 여러 사람이 오가며, 괜찮냐는 둥, 아픈 것 같다는 둥, 말을 섞으려 했지만, 해명은 대꾸하지 못했다. 몸처럼 혀가 굳어 입속에서만 웅얼거릴 뿐이었다. 넋이 나간 사람처럼 시선도 제대로 맞추지 못했다. 그나마 다행인 것은, 예투, 혹은 바트에르덴의 무슨 언질이 있었던지, 나이 든 환관들조차 그런 해명을 무어라 나무라지 않았다.

며칠 동안 눈으로 읽고 머릿속에 담았던 바다의 모습들이 생각 저편으로 물러나기 시작한 것은 신시가 깊어진 뒤였다. 불현듯 예투가 했던 말이 떠올라서였다. 회동관에 나가 일을 도우라고 했던. 이어, 유시에 도착할 테니, 통사를 잘 돕도록 하여라, 이번에 오는 사신들은 인원이 많아 통사들만으로는 힘에 부칠 것이니…, 라고 덧붙였던 바트에르덴의 목소리도 생생하게 울렸다.

해명은 의관을 추스르고 숙소를 나섰다. 비로소 긴장이 되었다.

물론 회동관 일이 처음은 아니었다. 회회어를 어느 정도 옮길 수 있게 되면서부터 통사를 따라나섰다. 주로 통역은 통사로 임명된 환관이 알아서 했고, 간단한 통역이나 통사가 잠시 자리를 비울 때만 통사 역할을 대신했다. 그럴 때마다 통사는 말했었다. '통사는, 외국의 사신이 처음 만나는 우리 대명의 얼굴이다. 항상 상대의 얼굴을 바로 보고 이야기하거라'라든지, '정말 좋은 통사가 되려거든, 네 감정을 드러내지 말아야 한다. 양쪽의 지위와 고하를 막론하고 너는 어느 쪽의 편을 들어서도 안 된다'라는 식의 말들.

하지만 해명은, 그보다는 문장 하나, 단어 하나를 더 떠올리는 일에 신경이 쓰였다. 솔직히 털어놓았더니, 통사는 차차 나아질 거라고 말했다. 하지만 생각보다 그 일은 쉽지 않았다. 회회어를 쓰는 나라 사람들을 만나기도 쉽지 않았고, 그러다 보니 모처럼 기회가 올 때마다 어색하고 낯설기만 했다. 확실히 책으로 읽으며 홀로 공부하는 것과는 너무 많이 달랐다.

한번은 석란국에서 왔다는 나이 든 사신을 안내한 적이 있었는데, 문득 양손을 들어 얼굴 주변을 아우르며 알 수 없는 말을 했다. 얼핏 들은 말로는, '소세(梳洗)*를 하고 싶다'는 뜻인 줄 알았는데, 알고 보니 기도를 할 만한 조용한 곳을 알려달라는 거였다. 그처럼 헛방을 짚을 때가 많았고, 그러자 통사는, 그들의 말뜻을 정확히 알아듣기 위해서는 그들의 생활습관이나 문화도 알아두는 게 좋을 거라는 충고를 했다.

아무튼 복잡했고, 알아 갈수록 어려웠다.

'괜찮아. 어차피 통사님들 뒤치다꺼리나 하면 될 것을⋯.' 그렇게 토닥이면서 해명은 잰걸음을 놀렸다. 하지만 그러다가 또 몇 걸

---

* 손과 머리를 씻음.

음 걷다 말고 멈추었다. 그리고 중얼거렸다.

'가만, 그런데 천방국… 이라고?'

그제야 해명은 몇 날 동안 밤을 새느라 정신을 놓은 탓에 예투의 말에 귀를 기울이지 않았음을 깨달았다. 그러자마자 방금 전보다 가슴이 더 뛰었다. 회회어를 쓰는 색목인들은 더러 만났지만, 천방국 사람은 처음이었다.

'정말로 있는지 없는지도 모르는 나라의 사람들을 만난다고?'

마른침을 꿀꺽 삼키고 해명은 다시 걷기 시작했다.

회동관 지붕이 보일 때쯤, 급작스럽게 허기가 느껴졌다. 점심을 거른 탓이었다. 하지만 입맛이 써서 구태여 무얼 먹어야겠다는 생각이 들지는 않았다. 그래도 무거웠던 몸은 한결 나아서 걸음은 예투와 함께 별관으로 갈 때보다 훨씬 가벼웠다. 해명은 주먹을 꼭 쥐고 걸었다.

회동관은 이미 입구에서부터 북적댔다. 천방국에서 온 상인들 한 무리가 입구와 접견실을 가득 메우고 있었다. 저마다 머리에 천 같은 것을 둘렀고, 대부분 눈이 파랬다. 거뭇한 수염이 얼굴을 뒤덮었는데, 왠지 지저분하게 보였다. 몇은 담벼락에 기대 앉아 있고, 또 몇은 사이관의 통사들과 손짓 발짓을 해 가며 이야기를 나누고 있었다.

묘한 긴장감을 느끼며, 해명은 더 가까이 다가갔다.

그들은 같은 색목인인데도 예투나, 사이관의 색목인들과는 또 달라 보였다. 아니, 확연히 달랐다. 코가 크고 높았으며, 눈썹도 훨씬 진했다. 눈동자는 더 파랬고, 이목구비 자체가 선이 굵었다. 피부는 대국 사람들보다 흰 편이었고, 수염 때문인지 거칠어 보였다. 그들을 보자 해명은 더욱 가슴이 뛰었다.

정말로 천방국에서 왔습니까? 그곳은 어디에 있습니까? 여기서 얼마나 멀죠? 막 그런 질문들이 머릿속에 솟아올랐다.

하지만 그러고 말았다. 회동관 안으로 들어서자 접견실은 그야말로 복잡하고 붐비는 시장판이나 다름이 없었다. 못해도 50여 명은 되는 듯했다.

"하이밍, 몸은 잘 추스른 거야?"

접견실로 들어서자 장이씽이 먼저 알은체를 했다. 하지만 살가운 인사는 거기까지였다.

담당 통사는 해명과 장이씽을 보자마자 천방국 사람들을 일일이 면접하라고 지시했다. 그들의 이름과 직급을 알아 두고 무슨 역할을 하는 사람이며, 아픈 곳은 없는지, 대략적인 신상을 파악하라는 것이었다. 통사는, '이름과 나이같이 단순한 것을 묻고 적는 것이니까, 잘할 수 있을 게야!', 라고 말했지만 해명은 천방국 사람들과 마주 서자 식은땀부터 흘렸다.

같은 회회어인데도 사람마다 발음이 조금씩 달랐다. 특히 직급이 낮은 사람들일수록 발음이 거칠고 얼버무리는 것이 많아 알아듣기 힘들었다. 그럴 때는 몇 번씩 다시 물어야 했고, 어떤 사람은 소리를 높이며 화를 냈다. 그 때문에 어떤 사람은 글로 쓰게 해야 했는데, 그마저도 모르는 사람이 있었다.

참으로 고역이었다. 그래서 몇 번씩 반복해서 다시 말해 보라고 찬찬히 되새겨도 마찬가지였다. 아니, 그보다 더 난감한 것은 해명의 말을 알아듣지 못하는 것이었다. 그래서 이번에는 도리어 해명이 글자를 적어서 보여 주어야 했다. 하지만 이번에도 글자를 몰라 저 혼자 파란 눈을 크게 뜨고는 고개를 홰홰 젓기도 했다.

그러는 중에도, 아까 혼자 했던 질문들이 머릿속에서 이따금씩 고개를 들었다.

정말로 천방국에서 왔습니까? 그곳은 어디에 있습니까? 여기서 얼마나 멀죠? 그래서 해명은, 무함마드라고 자신의 이름을 말한 남자에게 용기를 내 보기로 했다. 그는 꽤 점잖게 생겼고, 말도 반듯하게 했다. 인상이 좋았고, 웃는 표정이었다.

해명은 숨을 크게 몰아쉰 다음 입을 떼었다.

"천방국은 어디에…?"

하지만 그러다가 그만두었다. 앞에 앉은 남자 뒤편으로 예투의 모습이 보였기 때문이었다. 순간, 말이 쏙 들어가 버렸다. 동시에 그 얼굴은, '역사는, 어떤 경우라도 사적인 말을 해서는 안 된다는 걸 잊지 말거라. 아무리 궁금해도 묻지 마라. 역사는 다른 이의 입에서 나온 말만 그대로 옮겨 다른 이에게 옮기면 그만이다. 잊지 말거라'라는 말을 떠오르게 했다.

"뭐라 했소? 나한테 무얼 물은 것이오?"

무함마드가 물었다. 하지만 해명은 머뭇거렸고, 얼굴을 붉혔다. 예투가 하필이면 이쪽으로 다가와서 더 그랬다.

예투는 성큼성큼 다가와 무함마드의 어깨를 힘껏 쥐었다.

"무함마드! 날세."

"예투 어르신! 이렇게 다시 만나서 반갑습니다."

"그래. 몸이 성해 다시 보니 감개가 무량하네."

"저 역시 그렇습니다. 태감께서는요?"

"그렇지 않아도 기다리고 계시네. 어서 가세."

예투의 말에 무함마드가 일어났고, 예투는 무함마드의 손을 꼭 잡았다. 두 사람이 나누는 대화로 보아, 꽤 가까운 사이 같았다.

곧 두 사람은 회동관을 빠져나갔다.

해명은 잠시 멍하니 두 사람의 뒷모습을 쳐다보았다. 그때 옆 탁자에 앉아 있던 장이씽이 해명의 팔을 툭 쳤다. 깜짝 놀라 쳐다보니, 해명의 탁자 앞에, 거뭇한 얼굴을 한 사내가 앉아 있었다. 그는 연신 까만 수염을 쓸어내렸다.

'누굴까?'

해명은 고개를 갸웃거렸다. 하지만 해명은 곧 머리를 흔들어 질문을 털어 냈다. 얼핏 보니, 사내 뒤로도 열댓 명이나 더 넘는 사람들이 차례를 기다리고 있었다.

해명이 붓을 다잡고 앞에 앉은 사내에게 물었다.

"이름은 무엇이오?"

"이븐할둔."

"어디에서 오셨소?"

그러나 이번에는 고개를 갸웃거렸다. 다시 묻자, 사내는 한 번 더 고개를 갸웃거렸고, 그러더니 대답했다.

"천방국에서 출발해서 홀로모사를 거쳐서 왔소."

해명은 사내가 말하는 대로 빠짐없이 적어 나갔다. 천방국, 홀로 모사, 만랄가, 고리국…. 지도에서 보았던 이름들을 저녁 내내 사람들의 입을 통해서 들으며, 때로는 혼자 놀라고, 간혹 가슴을 부르르 떨면서, 그러나 제 딴에는 아주 담담하게.

*

회동관은 자시(밤 11시~오전 1시)가 한참 지나서야 조용해졌다. 상 인들은 모두 숙소로 돌아갔고, 한 명의 당직 통사와 두 명의 견습 통사가 남기로 했다. 나이로 보아도 해명은 돌아가서 잠을 청하겠 다고 말할 처지가 아니었다. 해명은 장이씽과 함께 남았다.

해명은 장이씽과 함께 당직 통사가 밀어 놓은 서류를 뒤적거렸 다. 서류 뭉치에는 상인들이 가져온 소개장과 물품의 목록 같은 것 들이 뒤섞여 있었다. 회회어를 한어(漢語, 한자)로 번역한 것이 맞 는지 확인하라는 것이었는데, 쿠픽체*로 거칠게 쓰여 있기도 해서 만만하지만은 않았다.

무함마드가 회동관으로 되돌아온 것은, 쿠픽체 때문에 골머리를 앓고 있을 때였다. 바트에르덴과 함께였는데, 그는 정문 앞을 지키는 금위대 병사에게 무어라고 말한 뒤 무함마드를 안으로 들여보내고 곧장 되돌아갔다.

무함마드가 안으로 들어서자 당직 환관이 나서서 무언가 이야기를 나누었다. 그러더니 당직 환관은 곧바로 해명을 불렀다.

"이분을 별실로 안내하거라."

"네, 알겠습니다."

해명은 고개를 숙이며 대답했다. 그리고 반사적으로 출입문 밖으로 방향을 잡았다. 별실은, 정문 왼쪽의 별관에 있었기 때문이었다. 그런데 예닐곱 걸음을 걷다가 해명은 잠시 멈추었다.

'별실이라니? 귀빈실을 말하는 건가?'

해명은 자신에게 되물었다.

그러고 보니, 어차피 신분이 높은 사람들은 수석 역사가 먼저 따로 접견했고 귀빈실로 진작 안내되었던 기억이 떠올랐다. 그리고 그저 평범한 상인과 짐꾼 들만 회동관에 남겨졌던 것인데…. 가만 그런데 무함마드를 정화 태감이 찾으셨다고? 인솔을 해 온 높은 직급의 사람이 아닌, 그저 상인에 불과해 보이는 무함마드를 왜

---

* 7세기에 발달한 아랍문자, 코란을 필사할 때 쓰였던 것으로 일반적으로는 잘 쓰이지 않았다.

태감이 따로 만났을까? 게다가 귀빈실로 안내하라고?

해명은 고개를 갸웃거리고는 슬쩍 무함마드를 쳐다보았다. 짙은 눈썹과 선한 푸른 눈이 해명을 지긋이 내려다보았다. 어찌 보면 예투와 닮았다는 생각이 들었다. 짙게 자라 양쪽 뺨을 절반쯤은 덮은 구레나룻만 아니라면 그렇게 생각했을지도 몰랐다.

무함마드는, '왜 멈추었느냐?'고 묻는 듯 쳐다보았다. 하지만 해명은 대꾸하지 않고 다시 걸음을 옮겼다. 그럴 때, 살짝 다리가 후들거렸다.

해명은 금위대 병사에게 별실에 다녀온다고 알리고 예닐곱 걸음 앞서 걸었다. 그런데 별관 앞에 채 이르기도 전에 무함마드가 따라잡았다. 옆에 선 무함마드는 슬며시 말했다.

"아까 내게 무언가를 묻고 싶어 하는 것 같았는데…. 네 이름은 무엇이냐?"

"저, 저는 하이밍이라고 합니다. 그런데 제가 무슨…?"

해명은 잠깐 더듬었다. 잘못을 들킨 사람처럼 얼굴이 붉어졌다. 무함마드를 마주 보고는 곧바로 시선을 피했다.

"내가 잘못 보았는가? 그렇다면 하는 수 없고…."

그러더니 무함마드는 묵묵히 따르기만 했다. 해명은 급작스레 조바심이 났다. 별관이 가까워지자 공연히 손에 땀이 났다.

무함마드가 해명과 나란히 계단을 올랐다. 해명은 거기서 물었다.

"천방국은… 어디에 있습니까? 정말 있습니까? 거기엔 무엇이 있습니까?"

그렇게 묻고서 해명은 침을 꿀꺽 삼켰다.

무함마드가 해명을 쳐다보았다. 그는 씩 웃었다. 그러더니 낮은 소리로 물었다.

"어느 나라를 가 보았느냐?"

"저는 아무 데도…. 조선…에서 왔습니다."

"조선이라면? 일본에 이웃해 있다는…?"

"어찌…?"

어찌 알고 계십니까, 라고 물으려 했다. 가 보았느냐고, 덧붙여 물을 생각이었다. 하지만 일본이라는 말을 듣는 순간, 가슴속에서 무언가 울컥 솟아올랐다. 그래서 쉬어 가듯 숨을 가다듬었다. 그러는 사이, 마치 해명의 질문을 알고 있었다는 듯, 무함마드가 대답했다.

"일본은 가 보지 못했지만 안다. 정화 태감에게 들었지. 나는 많은 나라를 가 보았지. 천방국에서 예까지 오는 동안 홀로모사를 지나 고리국을 들렀고 소문답랄을 거쳐서 왔다."

"…."

"나는 천방국에서 태어났다. 그곳에는 알라신의 성지가 있지. 너희들이 색목인이라 부르는 많은 사람들이 그곳엘 가고 싶어 해."

"그래서 때때로 그쪽을 향해 기도를 드리는 것입니까?"

해명은 알은체를 했다. 꼭 그러려던 것은 아니었지만, 자신도 모르게 입이 열리고 말았다. 하지만 그러고 나서는 사방을 두리번거렸다. 아무것도 묻지 말아야 한다는 규칙이 떠올라서였다.

"그래. 알고 있구나. 하긴, 정화 태감이나 예투 어른도 그랬을 테니까."

무함마드는 고개를 끄덕이며 해명의 말을 되받아 주었다. 그래서 용기를 내 한 번 더 물었다.

"그리고 또요?"

"또?"

"네, 또 어떤 나라를 가 보셨습니까? 마노와 패니사를 가 보셨습니까? 마식국이란 나라는 정말 있습니까?"

해명은 연이어 물었다. 이래도 되나, 싶으면서도 한번 트인 말문이 멈추질 않았다.

"마노와 패니사는 가 보았다. 오히려 그곳은 천방국에서 대명에 오는 거리보다 가깝지. 그래서 여러 번 가 보았어. 참, 대명에는 두 번째로 왔다. 정화 태감을 뵙는 건 세 번째다. 오래전에 정화 태감께서 천방국에 왔을 때 한 번 뵈었지."

"아. 마식국은요?"

"거긴 가 보지 못했다. 하지만 마노나, 패니사에서 멀지 않다고 들었다. 이제 대명에서 천방국으로 돌아가면, 그쪽을 가 볼 것이다."

"아…."

해명은 자신도 모르게 입을 벌렸다. 그런 채로 한동안 다물지 못했다. 쉽게 믿을 수 없었는데 무함마드로부터 들으니 이제야 실감이 나는 듯했다.

"그럼, 혹 정화 태감의 보선을 타보셨습니까?"

"물론이다. 10년도 더 된 일지만, 태감의 보선은 내가 본 배 중에서 가장 크고 웅장했다."

"정말로 그 배에 수천 명이 탔습니까?"

"그랬을 것이다. 말도 수백 마리가 실렸으니까."

"하아…."

해명은 자신도 모르게 깊은 숨을 몰아쉬었다. 설마, 했던 모든 것들이 사실이라는 게 도무지 믿어지지 않았다. 지도를 보고, 몰래 《영애승람》을 보고, 심지어 항해일지를 보고 난 뒤의 느낌이랑 많이 달랐다.

해명은 어찌할 바를 모르고 그 자리에서 제자리걸음만 했다.

"더 궁금한 것이 있는가?"

무함마드가 물었다. 해명은 머뭇거렸다. 그러다 물었다.

"다녀 보신 나라 중에, 모든 사람들이 차별받지 않는 나라가 있습니까?"

해명은 그렇게 묻고 슬쩍 놀랐다. 뜬금없이 장영실이 떠올라서 나온 질문이었으므로. 그런 자신이 몹시 우습기도 했다. 하지만 기왕 나온 질문이라, 묻고는 한동안 무함마드를 쳐다보았다.

무함마드는 씩 웃었다.

"글쎄다. 내가 다녀 본 나라는 하나같이 왕이 있었고, 백성들이 있었다. 백성들은 왕에게 복종했고 무릎을 꿇었지."

"네…."

"하지만 모르는 일이지 않을까? 내가 다녀 본 나라보다 못 가 본 나라가 많으니 말이다."

해명의 실망스러운 표정을 본 것일까? 무함마드는 얼른 말을 추스르며 웃어 보였다. 해명은 고개를 끄덕였다. 그러고는 말했다.

"이만 돌아가겠습니다. 안으로 들어가시면 안내해 주실 것입니다."

"그래. 그러겠다. 혹 또 궁금한 것이 있다면 물어도 좋다. 이곳으로 찾아와도 좋고."

"네. 알겠습니다."

해명은 공손하게 인사를 했다. 대답은 했지만, 그럴 수 없다는 걸 알았으므로 귀에 담지 않았다. 어차피 통역은 통사들이 알아서 할 테고, 오늘처럼 특별한 일이 없는 한 회동관조차 함부로 올 수 없었으므로. 그걸 아는지 모르는지 무함마드는 씩 웃으며 계단을 올라갔다.

해명은 무함마드가 계단을 다 오르고 별실 안으로 들어가고 난 뒤에도 한동안 그 자리에 서 있었다. 그런 채로 방금 전까지 무함마드가 한 말들을 되새겨 보았다. 그 한 마디 한 마디가 물 위의 배처럼 가슴을 출렁거리게 했다.

"바다."

깊은 숨을 몰아쉰 다음, 그렇게 나지막하게 입 밖으로 소리를 냈다. 그리고 돌아섰다.

하지만 회동관 쪽으로 한 걸음을 채 내딛기도 전에 해명은 멈추었다. 바로 앞에 어윤수가 서 있었다. 별실 앞의 횃불이 그 얼굴까지 비추지는 못했지만 틀림없었다.

잠시 동안 해명은 마주 보았다. 그러다가 주먹을 꼭 쥐고 걸었다. 해명은 어윤수의 옆을 찬찬히 지나쳐 갔다. 하지만 옷깃이 어윤수 옆을 스치는 순간, 그가 말했다.

"네놈이 무슨 일로 벌방에 갇혔었는지 안다. 내서각에 들어갔다고 하더구나. 그곳에서 무엇을 보았고, 무엇을 했는지 묻지 않겠다."

그 말까지 듣고 해명은 지나쳐 걸었다. 하지만 말이 뒤통수에 매달려 따라왔다.

"장영실이 곧 조선으로 돌아간다. 시간이 많지 않다는 뜻이다. 네가 직접 장영실을 사이관으로 데리고 들어가야겠다."

그때, 해명은 우뚝 멈추었다. 말 같지도 않은 소리 좀 그만하라고 외치고 싶었다. 하지만 꾹 눌러 참고 다시 걸었다. 그러자 어윤수도 따라왔다. 그러더니 앞을 막아선 채로 말했다.

"네놈이 무슨 결심을 했는지는 모르지만, 마지막이다. 하든지 말든지 마음대로 해라. 하지만 이후의 일은 나도 책임지지 않겠다."

어윤수는 낮고 싸늘한 목소리로 말했다. 그 말을 듣는 순간, 뒷목이 서늘해졌다. 하지만 못 들은 체하기로 했다. 그래서였는지 어윤수는 아까와는 달리, 이번에는 자신이 먼저 해명을 지나쳐 갔다.

아니, 어윤수는 두어 걸음 떼었다가 돌아섰다. 그러더니 문득 해명에게 무언가를 내밀었다. 해명은 얼결에 받아 들었다. 바싹 마르고 투박한 나무 조각이었다.

해명은 그것이 무언가 살폈다. 어둑했으므로 눈앞에 바짝 끌어당겨야 했다.

아!

뜻밖에도 어윤수가 내민 것은, 해미라는 이름이 적힌 자작나무 조각이었다. 해명은 그 자리에 주저앉을 것 같아서 다리에 잔뜩 힘을 주어야 했다. 그래도 다리는 심하게 떨렸다.

8.
잇어야 한다면

*

시간이 임박할수록 해명은 조바심이 났다. 한 식경 전만 해도 지금처럼 자주 숙직 환관을 힐끗거리지도 않았고, 숨을 몰아쉬지도 않았다. 하지만 술시가 지나고 밤이 이슥해지면서 손에 땀이 났고, 세필이 똑바로 쥐어지지 않았다.

해명은 한 번 더 숙직 환관인 장린 펑을 쳐다보았다. 그는 서책을 읽으며 이따금씩 무언가를 중얼거리곤 했다. 장수(長隨)*인 그는 안남어 교수이기도 했고, 보초사(寶鈔司)**에서 납품되는 종이

* 환관의 종6품 벼슬.

를 감독하는 일도 했다. 그는 어쩌다 해명과 눈이 마주치자, 흰 턱수염을 쓰다듬으면서 씩 웃었다. 풍채가 좋아 마음이 넉넉해 보였다. 하지만 말을 가르칠 때만큼은 깐깐하기 그지없는 사람이었다.

해명은 그가 다시 책을 보느라 고개를 숙이자 슬며시 일어나 서쪽 창 아래를 내려다보았다. 아직은 아무런 기척이 없었다.

해명은 되돌아와 다시 의자에 앉았다. 하지만 다시 붓을 집어 들지는 못했다. 대신 길게 숨을 내쉬고 소매 안쪽에 깊이 넣어 두었던 자작나무 조각을 꺼냈다.

海美.

때가 타고 모서리는 부서졌지만, 그건 아버지가 새긴 조각이 틀림없었다. 해명은 그것을 쓰다듬고, 손에 꽉 쥐었다가 놓았다, 를 반복했다. 가슴 깊은 곳에서 다시 무언가 북받쳐 올랐다. 다시 쏟아지려는 울음을 억지로 참았다. 그만하면 되었어, 라고 해명은 자신을 다독였다. 그래야 했다. 어윤수로부터 그것을 받아 든 날부터 이틀 동안은 그것을 손에 쥘 때마다 눈물을 흘렸으니까.

아니, 그뿐이 아니었다. 가늠이 되지도 않으면서, 누나를 찾으러 나섰다. 같은 공간 안에 있으므로 어떻게든 돌아다니다가 보면 누나를 만날 수도 있겠다는 생각을 했다. 하지만 그건 불가능했다. 말단 벼슬아치도 아닌, 한낱 화자가 나다닐 수 있는 곳은 뻔했다.

** 종이를 관리하는 환관 부서.

문 하나를 지나려 해도 금위대 병사들이 앞을 막았고, 그러다 보니 사이관을 중심으로 제자리만 맴돌고 말았다.

결국 자신이 쓴 편지가 누나에게 잘 전달되었기를 간절히 빌고 또 비는 것 외에는 할 수 있는 일이 없었다.

결국 누나의 답장을 받기 위해서라도 장영실을 사이관에 끌어 들이는 수밖에 없었다.

그게 어윤수의 요구 조건이었다.

'닷새 후에 장영실이 이리로 올 테니, 사이관으로 안내하거라.'

해명이 이름이 새겨진 나무 조각을 받아들고 어쩔 줄 모르고 서 있을 때, 어윤수가 말했다. 사실 그때만 해도 해명은, 할 수 없다고 말했다. 그러자 어윤수는, 해명을 이전처럼 몰아부쳤다. 예투와 벌인 일을 동창에 고하겠다고. 심지어 규칙을 어기고 예투와 정화 태감이 천방국 사람을 따로 만난 것까지. 그래서 해명은, 무함마드를 떠올렸고, 그 일에 대해서는 자신은 모르는 일이라고 덧붙였다.

그랬더니 어윤수는 비릿하게 웃으면서 '네가 편지를 쓴다면 전해 줄 테니, 쓰거라. 답장도 받아 올 테니 어서!'라고 했다. 물론, '네가 내 말을 어길 시에는 네 누이에게 무슨 일이 생겨도 알 수 없는 일이야'라는 말을 덧붙였다. 그때 문득 든 생각이, 어쩌면 어윤수는 누이에게 해코지를 할 수도 있겠구나, 하는 것이었다.

거기서 무릎이 꺾였다. 이후 며칠을 전전긍긍했고, 마침내 이제는 방법이 없다는 사실을 깨달았다.

그제 오후, 해명은 진 대인의 집에 다녀오는 길목에서 장영실을 다시 만났다. 장영실은 연신 미안하다고 말했지만, 해명은 들은 체도 하지 않았다. 그를 외진 골목으로 끌고 가 땅바닥에 사이관 내부의 지도를 자세히 그려 주었다. 그런 다음 말했다.

"여기가 회회어 화자들의 학습당이고 서쪽 가장 끝 방입니다. 어른 키 높이쯤에 창문이 하나 있는데, 이곳을 열어 두겠습니다. 이쪽을 통해서 들어온 후에, 복도를 따라오다 보면 왼편에 계단이 있을 것입니다. 그곳이 외서각으로 오르는 계단입니다. 일단 나는 외서각 서쪽 창에서 내려다보며 기다리다가…."

그렇게 말하고 되돌아와, 해명은 예투에게 며칠 동안 내서각을 오가며 공부하겠다는 허락을 맡아 두었다. 마침, '새로 뽑은 사이관 교육생이 볼 수 있도록 회회어 사례집을 만들거라!'는 회회어 교수의 하명이 있던 터였다. 이를 테면, 인사를 나눌 때, 황제를 접견할 때, 물품을 사고팔 때 등, 각각의 상황을 가정하여 회화집을 만들라는 거였다.

海美.

해명은, 오늘이 정말 마지막이 되기를 간절히 바라면서 누나의 이름표 조각을 자꾸만 만지작거렸다. 그러면서 다시 한 번 생각했다.

'내가 지금 무슨 일을 벌이는 걸까? 정말 잘하고 있는 걸까?'

그러고는 고개를 끄덕였다. 해야 한다, 고 자신을 다독였다. 그래야 누나의 소식을 들을 수 있다고. 뿐만 아니라, 예투도 지킬 수 있다고. 그냥 단 하룻밤만 무사히 넘기면 모든 것이 다 평온해질 것이라고. 그러므로 지금 자신이 할 수 있는 유일한 일이라고!

사실 며칠을, 밥을 먹다가도 잠을 자다가도 그런 생각을 했고, 그러다가 아니라고 고개를 젓기도 했다. 또, '내 생각이 옳지 않느냐?'며 자신을 윽박질러 보기도 했고, '그러다가 일을 그르치면 여러 사람이 다칠 거야!'라면서 스스로에게 겁을 주기도 했다. 어제도 그제도 그랬었고, 오늘 해질 무렵까지도.

그리고 지금 또 해명은 생각했다. 이번에는 주먹을 꼭 쥐고서.

'그 아이들…. 어쩌면 지금 또 끌려오고 있을지 모르는 조선의 아이들을 위해서라도! 만약 장영실의 말이 사실이라면, 당장은 아니어도 나중에는 나와 같은 아이들이 더 없어야 해!'

그런 생각을 하자마자 다시 요동 벌판을 지나던 때와 사경을 헤맬 때의 일이 떠올랐다. 그 때문인지 아랫도리가 곧바로 뻐근해졌다. 반사적으로 해명은 거칠게 머리를 흔들어 댔다. 그 모든 게 나라의 힘이 없어서라 했던 장영실의 말도 기억났다.

"정말이죠? 당신 말이 사실인 거죠? 거짓말이면 내가 당신의 목을 조를 겁니다."

해명은 장영실을 떠올리며 물었다. 그런데 그에 대한 대답 대신 창밖 먼 곳 어디선가 소리가 들렸다.

"딱! 딱~따닥!"

두 개의 돌을 마주치는 소리였다. 해명은 자신도 모르게 벌떡 일어났다. 그리고 얼른 서쪽 창으로 달려갔다. 달빛은 그다지 밝지 않지만, 바람이 불지 않는데도, 키 작은 나무 한 그루가 유난히 떨고 있는 게 보였다. 그리고 잠시 후, 그 나무 뒤편에서 검은 그림자가 반쯤 몸을 드러냈다. 그 그림자는 잠깐 밖으로 나와서 오른손을 한번 들어 보였다. 그러고는 사이관 건물 쪽으로 바짝 붙어 섰다. 장영실이 틀림없을 거라고 해명은 생각했다.

이제 해명 차례였다.

해명은 등잔을 들고 외서각 안쪽으로 깊이 들어갔다. 그리고 시간을 쟀다. 머릿속으로 50쯤을 헤아렸다. 그런 다음, 다시 열을 더 세었다. 그쯤이면 장영실이 도서관 아래쪽 계단을 다 올라왔을 것이란 느낌이 들었다.

해명은 벽 쪽 가까이 서 있던, 양팔 벌린 길이쯤 되는 서가 하나를 세게 밀었다.

"투탕탕, 쿵쾅."

서가는 소리를 내며 뒤로 쓰러졌다. 벽 쪽에 걸려 완전히 바닥으로 넘어지지는 않았지만, 안에 들었던 책들이 모두 바닥에 쓰러졌다. 그걸 확인하고 해명은 소리를 질렀다.

"어우우우욱!"

해명은 일부러 과장된 소리를 내고 등잔을 집어 던졌다. 그리고 쓰러진 책 더미를 파고 들어갔다. 누가 봐도 영락없이 책 더미에 깔린 꼴이었다.

"그쪽에 무슨 일이냐? 하이밍!"

잠시 후, 득달같이 숙직 환관 장린 펑이 달려왔다. 어두웠던 사위가 다시 밝아졌다.

"어이쿠! 저 좀 살려 주십시오."

"아니, 도대체 어찌했길래, 서가가 무너진 것이냐?"

"저는 다만, 저 위쪽의 책을 꺼내 보려고 손을 뻗었을 뿐인데….'

해명은 자빠진 채로 엄살을 부렸다. 그러자 장린 펑은 허리를 굽히고 해명을 부축해 일으켰다.

"그래, 몸은 괜찮은 것이냐?"

"네, 다친 데는 없는 것 같습니다."

해명은 몸 여기저기를 더듬는 시늉을 하면서 말했다.

"그나마 다행이구나. 정말 별일이 없는 것이냐?"

"그렇습니다. 어서 일 보십시오. 제가 이 책들을 다 정리하겠습니다."

"아니다, 아니야. 이 늦은 밤에 무슨…. 이 책들 정리는 내일 하면 된다. 너야말로 자리로 돌아가거라."

"아닙니다. 제가 저지른 일인데, 제가 수습을 해야지요."

해명은 시간을 끌었다. 아직까지는 장영실이 도서관 안으로 들어왔는지 확신이 서질 않아서였다.

안되겠다, 싶었다. 해명은 넘어진 책장을 일으키려고 혼자 힘을 주었다. 하지만 그러는 척만 하고는 대뜸 발목을 붙잡고 주저앉았다.

"어이쿠. 발목이…."

"저런! 발을 접질리기라도 한 것이냐?"

일어났던 장린 펑이 다시 달려와 해명 앞으로 몸을 구부려 앉았다.

"그런 모양입니다."

해명은 앉은 채로 인상을 잔뜩 찌푸렸다. 그러자 장린 펑은 해명의 발목을 붙잡고 어루만졌다.

"저런 큰일이구나. 어디 발목을 더 앞으로 내보아라."

"괜찮습니다. 금방 나아질 것입니다."

그런 이야기를 주고받을 때, 당직 환관의 어깨 너머, 저편의 책장 사이로 무언가 스윽 하고 움직이는 게 보였다.

"이제 좀 나은 듯합니다."

비로소 해명은 안심하고 일어났다. 이제는 빨리 장린 펑을 바깥으로 내보내야 했다.

"아무래도 정리는 내일 해야겠습니다. 좌감승께서 시키신 일을 먼저 해야 하니 말입니다."

"그러자꾸나."

장린 펑은 그렇게 말하며 고개를 끄덕였다. 동시에 해명은 당직 환관보다 빠르게 앞서 걸었다. 그러면서 소매 안쪽 깊숙이 넣어 둔, 작은 종이봉지를 꺼냈다. 엄지손톱보다 약간 큰 정도였다. 장영실이 준 것이었다. '아주까리 씨앗을 가루로 만든 약일세. 이것을 차에 풀어 마시면, 쉴 새 없이 뒷간을 오가야 할 것이야. 당직 환관을 따돌리는 데 도움이 될 듯싶어서 가져왔네.' 장영실의 목소리가 귓전에서 울리는 듯했다.

해명은 얼른 그것을 풀어 손에 쥐었다. 그리고 서둘러 당직 환관 자리로 먼저 달려갔다. 해명은 재빨리 뒤를 돌아본 다음, 소리 나지 않게 주전자를 열어 가루약을 털어 넣었다. 그리고 손가락으로 휘휘 저었다.

잠시 후, 장린 펑이 육중한 몸을 휘적거리면서 다가왔다.

*

마침내 장린 펑은 제자리에서 곯아떨어졌다. 뒷간을 열댓 번은 더 다녀오더니 얼굴이 하얗게 질리기 시작했고, 제대로 앉아 있기도 힘들어 했다. 그런데도 목이 탄다며 약을 풀어 놓은 차를 연신 마셔댔기 때문에, 뱃속이 성할 리가 없을 터였다.

"장수 어르신, 괜찮으십니까?"

해명은 탁자 옆, 작은 침상에 구부리고 누워 있는 당직 환관의 팔을 흔들었다. 하지만 당직 환관은 눈도 뜨지 못한 채 신음소리만 뱉어 냈다. 물론 해명은, 그를 깨우고자 흔든 게 아니었다. 그가 어편 상태인지 확인해 보려던 것이었다.

해명은 이제 되었다, 싶었다. 자신도 모르게 고개를 끄덕였다.

해명은 일어났다. 천천히 외서각 안쪽으로 걸어 들어갔다. 그리고 육방격자문 앞에 섰다. 심호흡을 한 다음, 해명은 내서각의 문을 열었다. 동시에 저편 안쪽 구석에서 아주 희미하게 빛나던 등잔 불빛이 꺼졌다.

"괜찮아요. 저예요. 장수 어른은 잠들었습니다."

그렇게 말하면서 해명은 안쪽으로 들어갔다. 잠시 후, 구석 쪽이 다시 밝아졌다.

"원하던 것을 찾으셨습니까?"

장영실은, 얼마 전 해명이 앉아 《영애승람》을 뒤져보던 그곳에 앉아 무언가를 열심히 베껴 적고 있었다.

"다는 아니지만, 그래도 쓸 만한 것들을 찾았네. 고맙네. 그리고 미안하네."

"…."

"정말로 다시는 자네를 찾아오지 않으려 했네."

"이제 그만하십시오. 그 말은 일전에도 했지 않습니까? 그보다…."

"말해 보게."

"도대체 조선의 왕이란 분이 만들려는 글자가 어떤 것입니까?"

해명은 물었다. 물론 그걸 묻고자 했던 건 아니었다. 누나의 편지를 가지고 왔는지를 묻고 싶었다. 하지만 왜인지 지금 당장 장영실이 그것을 내밀 리가 없을 거라는 생각이 들었다. 그래서 오기로 그렇게 물었던 거였다.

"그 이야기라면 얼마든지 해 줄 수 있네. 이리 와 보게."

장영실의 말에 해명은 탁자 쪽으로 조금 더 다가갔다. 그러자 말을 이었다.

"왕께서 만들려는 글자는 한자와는 다른…. 옳지, 회회어와 같은 소리글자라네."

"소리글자요?"

"응. 한자는 뜻글자여서 익히기도 쉽지 않고 배우는 데도 많은 시간이 걸리지. 하지만 소리글자는 고작 몇십 개의 자음과 모음만 있으면 세상의 모든 사물을 표현할 수 있지."

"…?"

"내가 여기저기 기웃거려 보니까, 마노 사람들이 쓰는 글자도 소리글자더군. 알파벳이라고 부르던데, 그들도 자음과 모음의 개수가 30개를 넘지 않아. 물론 그 원리는 아직 알아내지 못했지만 말야."

"…!"

"그런데 우리 왕께서는 적어도 하나는 분명히 하셨다네. 새 글자의 자음은 발음의 원리를 따라 그 모양을 만들었고, 이 자음을 연결해 줄 모음은 세상의 이치를 그 원리로 삼는다, 하셨다네."

"뭐라고요? 글자에 세상의 이치를 담는다고요? 그게 무엇이죠?"

가만히 듣고만 있던 해명은 목소리를 높여 물었다.

"자, 이걸 보게."

해명의 질문에 장영실은, 붓을 들더니 종이 위에 점을 하나 그렸다. 그런 다음에는 오른쪽에서 왼쪽으로 선을 하나 그었다. 한일(一)자를 쓴 것인지 격식을 갖추지 않고 써서 길쭉한 모양일 뿐이었다. 그다음에는 위에서 아래쪽으로 또다른 선을 하나 그었다. 얼핏 보면 뚫을곤(丨)자였다. 끝 부분이 휘었으면 갈고리궐(亅)이었을 텐데, 그건 아닌 듯 보였다.

"무엇을 쓰신 겁니까?"

"이건 하늘일세."

장영실은 자신이 처음 찍어 놓은 점을 가리키며 말했다. 해명은 고개만 갸웃거렸다.

"둥근 우주의 모습을 흉내 냈다고나 할까?"

"어찌 그런…."

어찌 그런 생뚱맞은 말씀을 하십니까, 하고 물으려다가 해명은 입을 닫았다. 그러자 장영실이 말을 이었다.

"그리고 이것은 평평한 땅의 모습이네."

장영실은 옆으로 그은 선을 짚으며 말했다. 이번에도 해명은 대꾸하지 않았다. 그냥 고개만 끄덕였다. 장영실은 이어 위에서 아래로 그은 선을 가리키며 한 마디 더 했다.

"자, 이건 무엇으로 보이나? 바로 곧추선 사람의 모습일세."

"천(天), 지(地), 인(人)…?"

"옳거니! 바로 그것일세."

장영실은 밝게 웃으며 말했다. 하지만 해명은 여전히 고개를 갸웃거렸다.

"그걸로 도대체 어떤 글자를 만든다는 것인지 모르겠습니다."

해명의 말에 장영실은 멋쩍었는지, 어설픈 미소만 지어 보였다. 그러고는 잠시 후에 말했다.

"그래. 나도 아직은 확실히 알 수 없네. 그걸 조금 더 분명히 하기 위해서 내가 지금 여기에 와서 이러고 있는 것 아니겠는가? 훗날 이 글자가 만들어지게 되면, 자네도 아주 큰일을 한 것이 되는 거야."

해명은 고개를 저었다. 정말로 그런 문자가 만들어질지도 알 수 없는 일이고, 만들어진다고 한들, 그것을 구경조차 할 수 있겠는가, 생각하니 차라리 허탈하기까지 했다. 해명은 잠깐이기는 했지만, 공연히 장영실을 불러들인 게 아닌가, 싶은 생각마저 들었다. 하지만 천진난만하리만큼 장영실은 자신이 하는 일을 굳게 믿고 있는 것 같았다.

그래서 돌아앉아 다시 무언가를 베끼기 시작하는 장영실에게 해명은 입속으로 물었다.

'정말이죠? 해내실 거죠? 조선의 왕이 만든다는 그 새로운 문자 말입니다. 꼭 해내서 누구나 읽고 쓸 수 있게…. 그리하여 그것이 하나의 초석이 되어서 대국과 어깨를 나란히 하게 되면 더 이상은 나와 같은 아이들이 없도록 하실 거죠?'

물론 돌아앉은 장영실은 대답하지 않았다. 해명은 그렇게 묻고 혼자 고개를 끄덕였다. 그리고 바삐 움직이는 그의 손을 한동안 쳐다보았다.

먼 곳 어디선가 부엉이가 울었다. 그 소리가 예닐곱 번쯤 들린 후, 해명은 조심스럽게 외서각으로 나갔다. 겹겹이 늘어선 서가를 몇 개 지나자 장린 평의 앓는 소리가 들렸다. 더 가 볼 필요가 없을 듯 했다. 해명은 다시 발소리를 죽이며 내서각으로 돌아왔다.

장영실은 그 자리에서 꼼짝없이 서책을 베끼고 있었다. 해명은 한동안 말없이 그의 뒷모습을 바라보았다. 그러다가 한참 후에 다시 문 쪽으로 걸어가 외서각 쪽을 살폈다. 아무런 기척이 없었다. 신음소리도 잦아들어 있었다.

그걸 확인하고 돌아와 해명은 장영실에게 물었다.

"가실 겁니까?"

하지만 참 뜬금없는 질문이었는지, 장영실은 세필을 든 채로 해명을 쳐다보기만 했다. 어딜 말인가, 하는 표정이었다.

"선비님이 꿈꾸는, 세상 모든 사람들이 평등한…. 그런 나라가 있을까요?"

"그런 나라가 있을지는 나도 모르네. 다만⋯."

"⋯?"

"자네는 여기서 무얼 보았나? 우소감 어른의 말로는, 자네가 이 곳에 들어온 일로 고초를 겪었다고 하던데?"

"바다를 보았습니다. 선비님 말대로 바다로 나가면 어디든 갈 수 있다는 것도 알았지요. 선비님이 말씀하신 그 모든 나라가 있더 군요. 홀로모사, 천방국, 마노, 패니사⋯."

"〈혼일강리역대국도지도〉를 보았던 게로군."

"역시 알고 계셨군요. 더구나 그걸 조선에서 만들었다던데요."

"그래서 이제 그런 나라들이 있다고 믿는 건가?"

"그것만으로는⋯. 다만, 며칠 전 회동관에 온 천방국 사람을 만 났습니다. 그가 말해 주었습니다. 마노와 패니사에 가 보았다더군 요. 곧 마식국에도 간다더군요."

"그 나라들은 어떻다던가?"

"그건 묻지 못했습니다. 그 나라들이, 정말 선비님이 원하는 그 런 나라인지 알 수 없습니다."

"그래?"

"네. 하지만 그분이 그러셨습니다. 가 본 나라보다 안 가 본 나라 들이 더 많기 때문에 가 보기 전에는 모르는 것이라고 말입니다."

"내 생각도 그렇다. 어디든 갈 수만 있다면 가 보아야겠지. 그래 야 알 수 있지 않겠느냐?"

해명은 그 말에, 자신도 모르게 고개를 끄덕였다. 그런데 그걸 어떻게 받아들였던 걸까. 장영실이 물었다.

"그래서? 설마 자네도 나랑 같은 꿈을?"

하지만 해명은 고개를 돌리고 고개를 저었다. 그러자 장영실은 알 수 없다는 표정을 짓고는 해명을 쳐다보았다. 그래도 해명이 무어라 말을 꺼내지 않자, 장영실은 더하여 물었다.

"왜? 꿈이란 건….."

"아니요. 제가 감히 어찌 그런 꿈을 꾸겠습니까?"

"그게 무슨 말인가? 자네가 왜?"

"아시지 않습니까? 저는 대국 사람도 아니요, 그렇다고 조선 사람은 더더욱 아닙니다. 게다가 선비님처럼 벼슬아치도 아니질 않습니까?"

"말했지 않았느냐? 나도 노비였다고. 아니, 노비였기 때문에 꿈을 꾸는 것 아니겠느냐?"

장영실의 그 말은 잠시 가슴을 뛰게 했다. 그 말과 함께, 뜻이 있으면 길이 있지 않겠느냐고 말했던 예투의 말이 함께 떠올라서였다.

하지만 그뿐이었다. 해명은 자신의 처지를 모르지 않았고, 더구나 '지금 내가 무엇을 하고 있는 것일까?'라고 되물으니, 그저 공허한 말장난 같다는 생각이 들기도 했다.

장영실은 잠시 해명을 쳐다보더니, 다시 책상 앞에 바싹 다가앉

왔다. 그러고는 옆에 쌓아 둔 책들을 다시 펼쳐 놓고 부지런히 베껴 쓰기 시작했다.

더 이상 할 말이 없었다. 해명은 뒤로 조금 물러났다. 그리고 그의 뒷모습을 한동안 쳐다보았다. 그리고 속으로 그에게 물었다.

'무엇이 당신을 여기까지 보냈습니까?'

대답을 기다리는 것도 아니면서, 해명은 장영실의 뒷모습에서 시선을 떼지 않았다. 그리고 기다렸다가 또 말했다.

'당신과 어윤수는 살아 있게만 해 달라고 부탁한 나를 이렇게 죽음으로 내몰았습니다. 가서 무엇이든 하십시오. 그리 못 하면, 내가 당신을 찾아내 죽일 것입니다!'

그러고 나자 온갖 생각들이 복잡하게 머릿속을 휘저었다. 어윤수에게 쏟아 냈던 말들, 비오는 날 처마 밑에서 장영실과 나눈 이야기, 그리고 아버지와 바다와 누나….

해명은 돌아섰다.

살며시 육방격자문을 열고 외서각으로 나갔다. 혹시나 하는 생각에 장린 펑의 자리로 가 보았다. 그는 여전히 희게 질린 얼굴을 하고, 실신한 듯 잠들어 있었다. 그의 불룩한 배가 규칙적으로 오르락내리락했다. 그걸 보고, 해명은 다시 내서각으로 돌아왔다.

아니, 인시(오전 3~5시)가 될 때까지 해명은 내서각과 장린 펑의 자리를 열댓 번은 오가야 했다.

이윽고 인시가 깊었다, 라고 생각했을 즈음, 꼼짝 않고 탁자 앞에 매달려 있던 장영실이 뒤로 물러나 앉았다.

"아무래도 묘시(오전 5~7시) 전에는 나가야겠구나. 동이 트기 전에 말이야."

장영실이 책을 정리하고, 자신이 베낀 한지를 둘둘 말아 끈으로 묶었다. 그러더니 저고리 품속에 깊이 찔러 넣었다.

"원하는 것을 다 보셨습니까? 충분히 필사하셨고요?"

해명은 담담하게 물었다.

"시간이 많지 않아, 어려운 것들만 적었다. 그리고 모두 머릿속에 넣었어."

"네…."

조금은 뜻밖이었다. 다 외웠다는 뜻이 아닌가? 도대체 장영실이란 사람, 자꾸만 마주치고 말을 나눌수록 그 깊이를 알 수 없다는 생각이 들었다.

하지만 지금은 그런 장영실에 감탄만 하고 있을 때가 아니었다. 해명은 참고 있던 걸 물었다.

"누나의 답장을 받아 오셨습니까? 어윤수 대감께서 그리해 주신다고 하셨습니다."

"아, 깜박 잊고 있었구나. 물론이다."

장영실은 옷소매 깊숙한 곳에서 여러 번 접은 종이를 꺼내 건네주었다. 해명은 마주 손을 내밀었다. 자신도 모르게 손이 파르르 떨렸다. 손바닥만 한 종이가 손에 닿자, 온몸이 저릿거렸다.

해명은 접힌 종이를 찬찬히 펼쳤다. 네 번 펼치자 반듯한 글씨체가 눈에 들어왔다. 그때, 기다렸다는 듯 장영실이 말했다.

"네 누이가 아직 한자를 다 익히지 못했다고 들었다."

"그럼⋯?"

"네 누이가 써 준 것을 누군가 받아 써 줬다는 뜻이다."

순간, 해명은 자신도 모르게 이맛살을 찌푸렸다. 그건 곧 누이가 쓴 게 아닐 수도 있다는 뜻이었다. 그런 해명의 마음을 눈치챈 것일까? 장영실이 옆으로 더 다가와 한 마디 더 얹었다.

"믿을 수 없다는 뜻이냐?"

어윤수 대감을 어찌 믿습니까? 라고 대꾸할 뻔했다. 하지만 해명은 억지로 참고 장영실을 쳐다보았다. 그러다가 자신도 모르게 고개를 저었다. 하긴 누나는 조선에 있을 때 글을 배운 적이 없었다. 그러므로 누나가 썼다고 해도 필체를 알 길이 없었다.

해명은 등잔불빛을 향해 편지를 펼쳤다. 그리 길지 않은 편지가 한눈에 들어왔다.

그런데 몇 줄 읽지 않고도 해명은 그것이 누나의 편지임을 믿기로 했다.

⋯언젠가 돌아갈 수만 있다면 몽돌 해변 언덕의 은나비를 따라 해당화 잔뜩 꺾어서 내게 화관을 만들어 다오.

그 글 때문이었다. 그 한 줄로 해명은, 거제도 앞바다를 떠올렸다. 곧 그 푸른빛 바다는 아버지와 누나를 다시 떠오르게 했다. 그러자마자 가슴이 찢어질 듯 아팠다. 견디려 했더니, 그 통증이 눈물이 되어 솟아올랐다. 울음소리를 겨우 삼켰는데, 이번에는 심장이 터질 것 같았다.

"괜찮은 것이냐?"

장영실이 다가와 어깨를 다독거렸다. 그 순간 해명은 소리를 높여 말했다.

"지, 지금… 제가 괜찮아 보이십니까? 제가 제정신으로 이리 서 있는 것처럼 보이십니까?"

화가 났다. 왜인지 알 수 없었지만, 화가 나서 견딜 수가 없었다. 그래서 주먹을 쥐고 장영실에게 대들 듯이 말했다. 그러자 놀랐는지, 장영실이 두어 걸음 뒤로 물러났다.

"미안하구나. 네게 면목이 없다."

"그러길래 왜…."

도무지 견딜 길이 없어 다시 한 번 소리를 끌어냈다. 하지만 그 순간 멀리서 소리가 들렸다.

"하이밍!"

크지는 않았지만, 해명을 부르는 소리가 틀림없었다.

해명은 재빨리 소리를 죽이고, 등잔불을 껐다. 그리고 가슴을 진정시켰다. 잠시 시간이 흘렀다.

해명은 장영실의 손목을 잡아끌었다. 그러면서 말했다.

"제가 시키는 대로 하십시오."

일단 해명은 어둠을 헤치고 서가 사이를 빠르게 빠져나갔다. 육방격자문을 넘어서고 외서각으로 들어섰다. 그러는 순간, 출입구 쪽에서 밝은 빛이 보였다. 그리고 그 빛은 움직였다. 장린 펑이 이쪽으로 오고 있는 모양이었다.

어찌할 바를 모르는데, 한 번 더 장린 펑의 목소리가 들렸다.

"하이밍! 어딜 간 것이냐? 서가 어디에 있느냐?"

해명은 낮은 소리로 장영실에게 말했다.

"나리, 저는 저편으로 갈 것입니다. 그리하면 장수 어른이 저를 따라올 테고, 나리는 가만히 기다렸다가 얼른 빠져나가십시오."

"알았네."

"매우 어두울 테니, 조심하십시오."

"그리하겠네."

해명이 장영실의 말에 고개를 끄덕이고 재빨리 반대편으로 걸어갔다. 그러면서 일부러 큰 소리를 냈다.

"장수 어른, 어쩐 일이십니까. 일전에 천방국 사신이 가져온 회회어 책을 찾고 있습니다. 이쪽입니다."

"아, 그러한가?"

답을 하면서 장린 펑은 해명이 있는 쪽으로 다가왔다. 등잔불이 가까워졌다. 그리고 마침내 서가 저편 끝에서 모습을 드러냈다. 하지만 거기까지였다.

"어이쿠! 내 정신 좀 보게. 아닐세. 아니야. 그 책이라면 내가 갖고 있네. 이쪽으로 오게."

아뿔싸! 해명은 자신이 잘못 말했다는 것을 금세 깨달았다. 장린 펑이 이쪽으로 오다가 금세 방향을 고쳐 잡았다.

"아니, 저…. 장수 어른!"

해명은 소리쳐 부르면서 달려갔다. 빨리 뛰느라 서가에 꽂혀 있던 책들이 여러 권 후드득 떨어졌다. 하지만 그것을 다시 주워 올릴 틈은 없었다. 더 빨리 달렸다. 그때까지도 장린 펑은 돌아보지도 않았다.

바로 그 순간, 장영실이 입구 쪽으로 후다닥 내달았다.

"웬 놈이냐!"

장린 펑이 소리를 질렀다. 그러더니 육중한 몸으로 뛰기 시작했다.

"저놈 잡아라!"

장린 펑이 연거푸 소리쳤다. 그때쯤, 해명은 장린 펑의 바로 앞까지 이르렀다.

"하이밍, 도둑이 든 모양이다. 어서 저놈 잡아!"

그러더니 장린 펑은 앞서 달려가려 했다. 하지만 해명은 그 앞을 막아섰다.

"무슨 짓이냐? 왜 앞을 막아? 설마 네놈이….."

당황해 하던 장린 펑의 얼굴이 붉어졌다. 동시에 장린 펑은 해명의 멱살을 쥐었다.

"네 이놈!"

소리를 치면서 장린 펑은 해명을 내동댕이쳤다. 해명은 뒤로 벌러덩 넘어졌고, 그 바람에 서가에 꽂혀 있던 책 몇 권이 머리 위로 우르르 떨어졌다.

하지만 해명은 비명조차 지를 수가 없었다. 책 더미에 깔린 채 길게 숨을 내쉬었을 뿐이었다.

잠시 후, 책을 걷어 내자 요란한 발소리가 들리고 금위대 병사 둘이 뛰어 들어왔다. 장린 펑은 그들에게 외쳤다.

"도둑이 들었소. 빨리 쫓으시오. 그리고 어서 좌감승을 부르시오. 어서!"

장린 펑의 목소리가 머리 위를 윙윙 울렸다.

*

장린 펑으로부터 자초지종을 다 들은 후, 예투는 주위 사람들을 물렸다. 마지막까지 남았던 바트에르덴까지 물러가자, 도서관은 쥐 죽은 듯 조용해졌다.

예투는 잠시 뜸을 들인 후 물었다.

"말해 보거라. 누구를 불러들인 것이냐?"

그 말에 해명은 잠깐 예투를 올려다보았다. 그는 표정을 흐트리지 않으려고 애쓰고 있었지만, 미간의 주름은 짙었고, 매끈한 아래

턱이 부르르 떨리고 있었다. 하지만 해명은 쉽게 입이 떨어지지 않았다. 그래서 머뭇거리다가 한 마디만 했다.

"죽을죄를 지었습니다."

두렵고 겁이 났지만, 그 말만은 또렷하게 했다. 그러자 예투는 더 화가 난 듯 해명의 말끝을 곧바로 받아쳤다.

"나를 믿을 수 없었던 것이냐? 기다리라고 하지 않았느냐? 내가 너에게 왜 항해일지를 필사하도록 했겠느냐?"

"…?"

예투의 말에 해명은 더 할 말을 잃고 말았다. 그러자 예투가 더 다그쳤다.

"말해 보거라. 네놈이 이토록 나를 기만하는 이유가 무언지?"

"어르신, 기만이라니요? 저는 결코 한 번도…."

"이노오오옴!"

해명은 변명하려 했지만, 예투가 소리를 질러 입을 막았다. 그의 얼굴이 순식간에 붉어졌고, 꽉 쥔 두 주먹을 부르르 떨고 있었다. 파리한 눈에서 새파란 불꽃이라도 일어날 것만 같았다. 더하여 그 큰 몸이 금방이라도 쓰러질 듯 휘청거렸다. 해명은 예투가 그토록 화가 난 모습을 본 건 처음이었다. 해명은 다시 입을 닫고 고개를 숙이고 말았다.

시간이 흘렀다.

그 사이 예투의 거친 숨소리가 들려왔다. 그 때문에 해명은 차마 고개를 들고 그의 얼굴을 마주 볼 수가 없었다.

그때 후회가 밀려왔다. 왜 장린 펑 앞을 가로막았던 것일까, 하고. 차라리 소리를 치며 장영실을 붙잡는 시늉이라도 해 볼 것을. 하지만 해명은 곧 고개를 저었다. 그런 얄은꾀에 속아 넘어갈 예투가 아니었다.

"정말 아무 말도 하지 않을 셈이냐? 정 그리하다면⋯."

"누나가 잘 있는지 궁금했습니다."

안되겠다, 싶어서 해명은 일단은 입을 열었다. 그러자 밖으로 나가려던 예투가 멈추어 서서 해명을 내려다보았다. 해명은 다시 입을 열었다.

"누나가 저와 함께 공녀로 끌려와 이곳에 있습니다. 몸은 성한지 궁금했습니다. 아니, 살아 있는지 그것만이라도 알고 싶었습니다."

해명은 어렵사리 말을 꺼냈다. 자꾸만 목이 메어서 중간에 말이 끊어졌다. 더 이상은 말을 잇지 못하고 머뭇거릴 수밖에 없었다. 그러자 예투가 다시 물었다.

"그뿐이냐?"

해명은 침을 꿀꺽 삼켰다. 이젠 견딜 수 없었다.

해명은 마음을 먹고 입을 열었다. 장영실과 어윤수에 대해서. 그리고 조선의 왕이 만들려는 새 문자에 대해서. 예투는 그 말이 끝날 때까지 묵묵히 듣기만 했다. 미간이 좁아지고 눈썹만 꿈틀거리는 것이 보였지만, 말을 다 마칠 때까지 묻거나 따지지 않았다.

이야기를 다 듣고 난 예투는 잠시 그 자리를 맴돌았다. 그런 다음, 해명에게 물었다.

"그 모든 일들이, 네 꿈을 이루는 일보다 중한 것이냐?"

"다른 건 알지 못하겠습니다. 다만 영문도 모른 채 끌려오는 저 같은 어린아이들이 더 이상은 없어야 하지 않겠습니까?"

"어리석은 놈! 그게 가능할 듯싶으냐? 대명의 황제가 그리 호락 호락할 듯싶으냐, 말이다?"

"…."

다그치고는 있었지만, 소리는 높지 않았다. 해명으로서는, 어떤 말에든 대꾸할 수가 없었다. 그러자 예투는 더 담담한 어조로 말 했다.

"이런 무모한 짓을 한 건, 네가 다 안고 갈 각오를 한 것이다. 그리 생각하겠다! 바트에르덴, 밖에 있는가?"

무어라 대꾸할 틈도 없이 예투는 바깥을 향해 소리를 높였고, 바트에르덴과 장린 펑이 들어왔다. 그 뒤로 사이관 환관들 여럿이 더 줄을 서 있었다.

예투는 바트에르덴에게 말했다.

"놈을 벌방에 가두고, 내 명이 있을 때까지 물과 음식을 주지 마라!"

그 말과 함께, 바트에르덴이 눈짓을 했고 기다리고 있던 환관

둘이 달려와 해명의 팔을 양쪽에서 붙잡았다. 곧 바트에르덴이 앞장섰다. 예투의 옆을 스칠 때, 해명은 잠깐 그의 얼굴을 올려다보았다. 하지만 예투는 해명에게 눈길을 주지 않았고, 뒷짐을 진 채 다른 곳을 쳐다보고 있었다.

'죽을죄를 지었습니다.'

한 번 더 그 말이 입속에서 맴돌았지만 끝내 꺼내지 못했다.

해명은 서너 걸음을 더 지난 후에, 다시 예투를 뒤돌아보았다. 그는 아까처럼 여전히 한쪽을 응시하고 있었다. 떨고 있는 그의 어깨 너머로 부윰한 새벽이 오고 있었다.

해명은 차분하게 걸었다. 한 걸음 한 걸음이 무거웠다. 발목에, 그리고 무릎에 커다란 돌덩이가 매달려 있는 느낌이었다.

벌방 앞에 이르러 바트에르덴은, 해명의 얼굴을 또렷하게 마주 보았다. 무슨 말을 할 것 같았지만, 그 역시 끝내 아무 말도 하지 않았다.

벌방은 지난번과 다른 곳이었다. 누울 수도 없을 만큼 좁았고, 일어날 수도 없을 만큼 천장이 낮았다. 앉아도 다리가 다 펴지지 않았다. 창문은 없었고, 문 아래쪽에 구멍이 하나 나 있었다.

해명은 쭈그리고 앉았다. 별의별 생각이 다 지나갔다. 누나, 예투, 어윤수, 거제도 바다, 무함마드, 또 다시 예투, 무함마드, 정화 보선, 누나…. 두서도 없이, 그저 바람이 스쳐 지나듯 하나씩 머릿속에 떠올랐다가 사라졌다.

그러다가 잠이 들었다.

해명은 한참 만에 잠에서 깼다. 눈을 뜨고 있을 때나 감고 있을 때나 어둡고 컴컴하기는 마찬가지여서 시간을 가늠할 수가 없었다. 한나절쯤은 잔 듯했는데, 또 잠깐인 것 같은 생각이 들기도 했다. 다만 이상하게도 이번에는 꿈을 꾸지 않았다. 오히려 달게 잔 느낌이었다. 한쪽으로 기대서 잠든 탓에 어깨가 조금 아팠을 뿐이었다.

벌방은, 고요하기만 했다. 시간이 웬만큼 지났는데도, 어둠의 두께가 조금도 달라지지 않았다. 벌방은 그대로였고, 다만 배가 고팠고 엉덩이가 조금 아파 왔다. 그러던 중에 또 잠이 들었다. 물론 정확히 헤아릴 수 없을 만큼 잤고, 그러므로 얼마를 잤는지 알 수 없었다. 나중에는 정말 잠이 들긴 했었는지조차 판단하기 어려웠다. 조금씩 숨이 가빠지기 시작했다.

공포감 때문이었다.

무엇보다 여러 번의 잠 같지 않은 잠이 그랬다. 깨어났다고 생각했는데도 여전히 잠든 느낌이었다. 더하여 꿈인지, 아니면 단순히 기억을 더듬어 낸 것인지 분간이 안 되는 머릿속의 장면들이 아무리 떼어 내려 해도 거두어지지 않았다. 잠든 것 같아서 깨어나려고 버둥거리다 보면, 여전히 깨어 있는 채였고 깨어 있는 게 맞다고 생각해서 돌아앉으려 보면 잠이 깨곤 했다. 그런 채로 또 여러 사람의 얼굴과 수십 가지의 일들이 우후죽순 떠올랐다가 사라졌다.

이런 상태가 조금 더 오래가면 미쳐 버릴지도 모른다는 생각이 들기 시작했다.

그런데 또 얼마의 시간이 지났을까? 그렇게 몽롱한 상태가 계속되다가 어느 순간, 정신이 맑아졌다. 그러고는 문득 아주 현실적인 두려움이 찾아왔다.

'…곧 금위대 병사들이 들이닥쳐 끌고 갈 것이다. 어쩌면 그들은 나를 목매달아 죽이거나, 혹은 칼로 내리쳐 단숨에 숨을 끊어 놓을 것이다. 아니지! 누구를 끌어들인 것이냐고 고문을 할 수도 있지. 거세를 당할 때보다 더 힘들면 힘들지, 덜 고통스럽지는 않을 것이다. 그럼 장영실의 이름을 대야 하나? 어윤수는? 아니, 그럴 수는 없다. 어윤수가 누나를 가만두지 않을 것이니까. 아니, 이미 예투가 금위대에 고했을 수도 있다. 그렇다면 누나는? 설마 누나까지 목을 매달지 모른다. 안 돼! 그럴 수는 없다.'

해명은 온몸을 부르르 떨었다. 그리고 몸을 잔뜩 웅크렸다. 몸이 떨려서 양팔로 몸을 잔뜩 감싸 안아야 했다. 그리고 또 생각했다.

'나는 괜찮아. 아파도, 아무리 고통스러워도 참아 낼 필요 없어. 그냥 몸에 맡길 것이다. 참아 낸들, 달라질 것은 아무것도 없으니까. 그래, 그러면 돼. 아무것도 바라지도 말고, 억지로 살아남으려고도 하지 말자. 어차피 거세되었을 때 죽었다가 살아난 몸이다. 그 이후의 삶은 어차피 덤이었어. 누나만, 누나만 무사하면 돼!'

그런 생각들로 또 얼마간의 시간이 지났다.

그 즈음부터 배가 고팠다. 필사를 할 때는 느낌도 없었던 허기가 이번에는 보다 또렷하게 느껴졌다. 그래서 처음 들어왔을 때 보았던 문 쪽의 조그만 구멍을 더듬어 찾았다. 하지만 구멍은 단단히 닫혀 있었고, 물론 아무것도 놓여 있지 않았다.

엎드려 귀를 대 보았지만, 밖에서는 아무런 기척이 없었다.

또 얼마간의 시간이 지나도 마찬가지였다. 금위대 병사도 오지 않았다. 그래서 문득 든 생각이 그것이었다.

'설마 내가 벌써 죽은 것인가?'

그리고 그 무렵부터 온몸이 아팠다. 엉덩이가 아파 더 이상은 앉아 있을 수가 없었다. 허리도 아팠고, 무릎도 쑤셨다. 일어날 수도 없어서 허리를 펴지도 못했고, 눕지도 못했다. 목이 타고 허기가 급격히 심해졌다. 이제는 잠도 오지 않았다.

결국 앉지도 눕지도 서지도 못한 채 종종거렸다. 엉거주춤한 자세로 졸다가 무릎이 꺾여 깨어났고, 또 잠이 올 만하면 허리가 끊어질 듯 아파서 금세 잠이 달아나 버렸다. 그 즈음이 되어서야 비로소 해명은 생각했다.

'정말 끝났구나!'

그런 생각이 들자마자 눈물이 흘렀다. 슬퍼서인지, 아파서인지, 서러워서인지는 알 수 없었다. 그냥 눈물이 하염없이 흘렀다. 마침내 해명은 소리를 내서 엉엉 울었다. 얼굴도 떠오르지 않는 엄마를 불렀고, 아버지를 불렀다. 누나의 이름을 되새겼다. 눈물이 뺨을 타고 흘러 입안으로 들어갔다. 콧물과 뒤범벅이 되어 입안은 찝찌름했다. 손등으로 닦고 옷소매로 얼굴을 비벼 댔다.

한참을 그러고 나자 허기가 심해졌다.

이제 더 이상 울 기운이 없었다. 해명은 쪼그려 주저앉은 채 한쪽 모서리 쪽으로 기댔다. 그런 채로 움직이지 않았다. 그러다가 깜빡 잠이 들었다. 이번에는 악몽을 꾸었다. 다시 한 번 거세당하는 꿈이었다. 그런데도 고통이 생생하게 전해져 왔다. 아랫도리가 찢어지는 듯한 느낌.

그리고 그때처럼 예투가 나타났다. 하지만 그때처럼 예투는 인자하지 않았다. 활활 타는 듯한 눈길로 해명을 노려보더니 목을 죄며 달려들었다.

해명은 소리를 질렀다. 너무나 무서워서 헛발질을 해 댔고, 울부짖으며 사방 벽을 두들겨 댔다. 빨리 잠에서 깨어나려고 몸부림쳤다.

눈을 떴다. 아니, 떴다고 생각했다. 하지만 여전히 사방은 캄캄했고, 꿈속에서 보았던 장면들이 머리 위에 떠다녔다.

마침내 해명은 정신을 잃었다. 마지막으로 은나비가 보였다. 해명은 손짓을 하며 말했다.

"나를 데려가."

순간 머릿속에는 거제도 앞바다가 또렷하게 보였다.

*

한참 동안 나비를 따라갔다. 사방이 어둡기만 할 뿐 아무것도
보이지 않는데, 나비만 은은하게 빛났다. 멀어질 때는 별처럼 빛났
고, 가까이 와 앉았을 때 곱게 한복을 차려입고 앉은 누나처럼 보
였다. 그래서 선뜻 달려갔는데, 그러기만 하면 또 나풀거리며 날아
갔다. 아니 이번에는 별빛보다 더 작아져서 눈에 보이지 않을 만큼
멀어져 갔다. 아무리 빨리 뛰어도 따라잡을 수가 없었고, 마침내
별빛은 희미해지더니 어둠속으로 완전히 사라져 버렸다.

해명은 있는 힘을 다해 소리쳤다.

"안 돼!"

그런데 그 순간, 몸이 흔들렸다. 어디선가 빛도 보였다. 두리번
거리다가 그 빛을 따라 고개를 돌렸는데, 사람이 보였다. 그리고
뒤미처 소리도 들렸다.

"하이밍, 나오너라."

소리가 들려오는 쪽으로 시선을 맞추었다. 하지만 눈을 뜰 수가
없었다. 빛이 너무 밝아서 그 빛 뒤에 숨은 얼굴을 알아볼 수가 없
었다. 그때, 다시 한 번 목소리가 들렸다.

"정신 차리거라, 하이밍."

목소리가 귀에 익었다. 해명은 혹시나 하는 생각에 눈을 가늘게
뜨고 쳐다보았다. 바트에르덴이었다.

"하아…."

자신도 모르게 입속에서 신음이 새어 나왔다. 물론 그러고 그만이었다. 해명 스스로는 아무것도 할 수가 없었다.

그걸 알고 있었던 걸까? 바트에르덴이 해명의 팔을 붙잡고 벌방에서 끌어냈다.

"닷새 동안 용케 견뎠구나. 네놈이 독한 줄은 알고 있었다만⋯."

닷새라고? 해명은 서 있지 못하고 주저앉은 채로 깊은 숨을 몰아쉬었다. 온몸이 따로 노는 기분이었다. 기신거리기조차 힘이 들었다.

"일어나거라. 석신사(惜薪司)*로 간다."

바트에르덴이 한 번 더 말했다. 하지만 해명은 그 말뜻을 잘 이해하지 못했다. 그래서 앉은 채 그를 쳐다보았다. 그러나 채 고개를 들기도 전에 누군가가 양쪽에서 팔을 붙잡았다. 벌방에 끌려올 때처럼. 돌아보았는데, 두 사람 모두 낯선 얼굴이었다. 한 사람은 바트에르덴과 비슷한 또래였고, 또 하나는 해명보다 서너 살 더 된 화자로 보였다. 두 사람은 기어코 해명을 일으켰다.

"석신사라니요?"

해명은 두 환관에게 질질 끌려가듯 걸으며, 앞선 바트에르덴에게 물었다. 그러나 그는 대답하지 않았다. 그저 앞길만 갔다. 그래서 해명은 더 묻지 않았다.

---

* 궁궐에서 사용할 숯과 땔감을 관장하는 환관 부서.

하지만 생각할수록 의아했다. 석신사라니? 환관이 하는 일 중에서 가장 거칠고 험하다는 곳 아닌가? 야채와 과일을 부려 매일같이 싱싱한 물품을 궁궐에 대 주어야 하는 사원국(司苑局)의 일보다, 궐내에서 필용한 비단을 염색하는 일을 맡고 있는 내직염국(內織染局)의 일보다 훨씬 힘들고 고단한 곳이 석신사의 일이라고, 어린 환관들은 어디선가 주워섬긴 말들을 떠들곤 했다. 특히 석신사는 숯과 나무를 져 나르느라 어깨가 빠지고, 종일 온몸을 검댕이로 칠하고 다니기 일쑤며, 나무를 잘못 만져 찔리고, 옻이 오르기도 하며, 나무를 벨 때 그 아래에 깔려서 목숨을 잃은 사람도 있다고 하지 않았는가? 여름에는 여름대로 숲에 나가 나무하느라 산을 헤매고, 겨울에는 궁궐 여기저기에 땔감을 옮기느라 정작 환관들의 손발은 얼어붙는다는 곳. 그래서 그런 이야기를 들을 때마다 그런 곳으로 가지 않은 걸 얼마나 다행스럽게 여겼는데….

그러나 해명은 다시 한 번 스스로에게 물었다. 석신사라니? 금위대가 아니고? 그러고 있을 때, 어느새 사이관 정문 앞에 다다랐고, 바트에르덴이 멈추었다. 그는 해명을 돌아보며 말했다.

"목숨만은 살려 주라 하셨다."

그리고 바트에르덴은 돌아섰다. 해명은 힘겹게 고개를 끄덕였다. 그거였구나, 하며 스스로에게 말했다.

"가자."

나이든 환관이 왼쪽 팔을 잡아끌었다. 해명은 이끌려 가며 뒤를 쳐다보았다. 건물의 오른쪽 옆으로 해가 지고 있었다. 이제 마지막인 거야? 해명은 자신도 모르게 다시 한 번 되뇌었다. 그런 생각이 들자 가슴이 아팠다. 찬바람이 심장을 훑고 지나가는 기분이었다.

"참나, 겨우 목숨만 붙어 있는 자를 데려가서 뭘 한다고…."

"그러게 말이다. 우리가 송장이나 치는 건 아닌지 모르겠구나."

"제 말이 그 말이에요."

"하지만 별 수 있느냐? 우리야 그저 윗분들이 시키는 대로 하는 거지."

두 명의 환관이 양쪽에서 말을 주고받았다. 해명은 무어라 대꾸할 수가 없어서 듣기만 했다. 석신사에 가면 어떤 일을 하는지 묻고 싶었지만, 지금으로서는 걷는 것조차 만만치가 않았다. 그냥 그자리에 주저앉고 싶을 뿐이었다.

하지만 두 환관은, 서북문을 지나 담장을 따라 한참을 더 갔다. 얼핏 사방을 돌아보니 사이관에서 보였던 궁궐 안의 여러 건물들이 이제는 보이지 않았다. 끝이 보이지 않을 만큼 긴 담장 길을 지나기도 했고, 처음 보는 건물이 불쑥 나타나기도 했다. 한번은 말을 탄 군사들 무리가 지나가는 바람에 길옆으로 피하기도 했다.

어둑해질 때쯤 도착한 곳은, 목재 야적장이었다. 채벌한 지 얼마 되지 않은 수많은 나무들이 3층 누각 높이만큼이나 쌓여 있었고, 한편에서는 굵고 기다란 나무를 실은 수레가 연신 도착했다. 톱질하는 사람들, 도끼질하는 사람들이 나무를 일정한 길이로 자르고,

또 쪼개어 한쪽에 쌓고 있었다. 그 나무를 연신 지게와 수레에 담아 나르는 사람도 보였다.

두 명의 환관은 그 옆을 지나쳐 허름한 건물로 해명을 데려가더니 한 방에 밀어 넣었다.

"오늘은 그만 쉬고, 내일부터는 새벽에 나가야 하니, 엄살일랑 피울 생각 말거라."

나이 든 환관은 그렇게 말하고는 나갔다.

해명은 침상 위에 나가 떨어졌다. 그런 채로 눈동자만 움직였다. 여럿이 함께 나란히 누워 잘 수 있는 침상, 그 머리맡에 어수선한 옷가지들, 나무를 덧대 만든 벽 틈에서 들이비치는 바깥의 햇살…. 그리고 해명은 눈을 감았다.

잠이 쏟아졌다.

얼마쯤 잠들어 있을 때, 누군가 몸을 흔들었다. 무슨 말인가를 하는 듯도 했다. 눈이 떠지지 않아 가만있었더니, 또 얼마 후에는 몸이 질질 끌리는 느낌도 들었다. 또 한 번은 누군가 옆구리를 걷어차는 듯도 했다. 왁자지껄하는 소리가 들리는가 하면, 그러다가 또 조용해졌다. 그 모든 일들이 눈앞에서 벌어지고 있다는 걸 어렴풋이 깨달으면서도 해명은, 그래도 눈이 떠지지 않았다.

스스로 눈을 뜬 건 더 많은 시간이 지나서였다. 새벽이었고, 밖으로 나서자 이슬비가 촉촉이 내리고 있었다.

그 이후의 시간도 혼몽하기는 마찬가지였다. 자신을 침상에 팽

개치듯 버려두고 간 환관에게 이끌려 나섰는데, 잠들기 전에 보았
던 야적장이었다.

해명은 도끼질을 하라고 해서 도끼질을 했다. 하지만 그걸 보던
환관 하나가 도끼질도 못 한다면서 핀잔을 주더니, 장작을 나르라
는 명을 내려 지게를 졌는데, 반도 못 채운 지게를 지느라 휘청거
렸다. 그러자 또 다른 환관이, 어디서 힘도 못 쓰는 병자 같은 것이
왔다며 도끼날이나 갈라고 했다. 또 그걸 하고 있었더니, 이번에도
도끼를 바로 쥘 줄도 모른다며 밀쳐 냈다. 그래서 소쿠리에, 양팔
에 한 아름씩 장작을 안고 나르고, 그러다가 발을 찧고, 손바닥은
까졌으며, 가시가 박혔다. 그런 채로 장작더미 위에서 주먹밥을 먹
고, 또 같은 일을 반복했다.

그러다 끝나면, 씻는 둥 마는 둥 하고는 한 방에 열댓 명씩 들어
가야 하는 방에 끼여 잤다. 자다가 옆 사람의 잠꼬대 발길질에 깨
고, 코고는 소리에 깨고, 역한 땀내에 깼다. 그러다 지쳐 잠들 때쯤,
다시 일하러 나갔다. 사흘째부터는 기어코 도끼질을 해야 했고, 헛
방질을 수십 번도 더 했다. 그러다 몇 번은 튕겨나간 장작조각이
무릎을 때리고, 작은 나무조각들이 튀어 이마에 상처가 났다. 손바
닥은 더 까졌다. 나흘째에는 어쩔 수 없이 지게를 져야 했는데, 다
섯 번이나 비틀거리며 넘어져서 쏟아진 장작을 다시 주워 담아야
했다. 상처가 계속 늘어나고 타박상도 곳곳이었다. 그런 일들은 결
코 나아지지도 익숙해지지도 않았다.

바트에르덴이 다시 찾아온 건, 스무 날쯤이 지난 후였다. 마침내 까진 손바닥에서 피가 흐르고, 지게를 잘못 지는 바람에 허리가 삐끗해 바로 누워 잘 수 없을 지경이 되었을 때, 그리하여 밤새도록 신음소리 한번 내지 못하고 끙끙 앓던 그 새벽이었다.

막 잠이 들려는데, 출입문이 열리는 듯하더니 검은 그림자 하나가 가까이 다가와 말했다.

"따라나서거라!"

방 안이 어둑해서 누구인지 쉽게 분간할 수 없었으나, 목소리는 얼마든지 알아들을 수가 있었다. 그 말에 해명은 잠시 돌아나가는 그의 뒷모습을 쳐다보다가, 얼른 일어나 뒤를 따랐다. 문 앞에, 자신을 끌고 왔던 나이 든 환관이 파리한 눈빛으로 해명을 쳐다보았다. 해명은 그를 지나쳐 바삐 부윰한 새벽빛을 헤치고 나가는 바트에르덴을 따라잡았다. 절뚝거리면서 따를 때, 어디선가 새의 울음소리가 들려왔다.

9.
다시 만나 그 바다로

*

바트에르덴은 걷고 또 걸었다.

이상한 건, 사이관도 지났고 숙소도 지나쳤다는 거였다. 회동관도 지났고, 그러더니 서화문 쪽으로 가는 길로 들어섰다. 진 대인의 집을 드나들 때 수없이 다녔던 문이었다. 그런데 뜻밖에도 바트에르덴은 그 문마저 지나쳐 성 밖으로 나갔다. 게다가 걸음은 그 어느 때보다 빨랐고, 자주 뒤를 돌아보았으며, 사방을 경계하는 눈빛이 가득했다.

"어딜 가시는 중입니까?"

해명은 성 밖으로 나오자마자 바트에르덴 옆으로 바싹 다가가 물었다. 그러자 바트에르덴은 얼른 손을 들어 입에 댔다. 조용히 하라는 뜻이었다.

하지만 해명은 답답했다. 그래서 다시 물었다.

"어디를…?"

"가 보면 안다."

"저는 이제 아예 쫓겨나는 것입니까?"

급한 김에 해명은 그렇게 물었다. 그렇지 않고서야 바깥으로 데리고 나갈 이유가 없다는 생각이 들었다. 하지만 바트에르덴은 대답하지 않았다. 입을 달싹거리기는 했지만 열지는 않았다.

바트에르덴의 걸음은 더 빨라졌다. 그는 해명이 진 대인의 집을 오가던 골목길을 아주 빠르게 걸었다. 그러다가 한참 만에 큰길로 나섰다. 2~3층짜리 집들이 즐비한 반듯한 대로(大路). 그러나 이른 아침이라 그런지 사람의 모습은 보이지 않았다. 안개에 뒤덮인 거리는, 오히려 을씨년스럽기만 했다.

그랬다. 모두 낯익었다. 해명이 처음 장영실을 만나기 위해 걸었던 그 길이었으니까. 높다란 누각이 나오고, 자로 잰 듯한 벽돌담, 그리고 다시 금색 칠이 된 문루….

곧이어 야트막한 언덕이 나타났다. 안개 때문에 저 멀리의 능수버들이 거뭇하게, 머리를 풀어 헤친 모양으로 보였다. 해명은 가까이 다가갈수록 그날의 일이 떠올라 자꾸만 가슴이 두근거렸다. 무엇보다 능수버들 너머에 있을 커다란 호수, 적수담. 거제 앞바다의 그 색을 닮은 물빛. 그래서 해명은 머뭇거렸다.

그걸 눈치챘는지 바트에르덴은, 언덕을 오르다가 뒤를 돌아보았다. 그러고는 고갯짓을 했다. 어서 따르라는 표정이었다. 해명은 하는 수 없이 무거운 다리를 재게 놀렸다.

언덕 위, 호수는 안개에 뒤덮여 있었다. 멋모르고 혼자 왔을 때, 그리고 장영실과 함께 언덕에 올라 내려다볼 때의 모습과는 달랐다.

바트에르덴은, 오른편으로 호수를 두고 그 둘레를 따라 걸었다. 호숫가에는 크고 작은 붉은색 벽돌 건물들이 많았다. 그곳마다 수많은 사람이 배에서 내린 짐을 쌓거나, 혹은 배에 싣느라 분주했다. 그들 틈에는 무함마드처럼 파란 눈의 사람들도 눈에 띄었다.

조금 더 걷자, 붉고 푸른 깃발 여러 개가 펄럭이는 건물이 나왔다. 앞에는 병사들 몇이 지키며 서 있었다. 깔끔하고 고급스러운 비단옷을 입은 사람들도 여럿 들고 났는데, 직급이 높은 관리처럼 보였다. 해명은 제풀에 움츠러들었고, 머뭇거렸다. 그때 다시 한 번 바트에르덴이 뒤를 돌아보더니, 해명 옆에 섰다. 그제야 해명은 다시 걷기 시작했다.

바트에르덴이 멈춘 곳은 호수 쪽으로 길게 나루터 길이 나 있는 건물 앞이었다. 나루터 끝에는 큰 배가 서 있었지만 안개 때문에 또렷하게 보이지는 않았다. 바트에르덴은, 2층짜리 벽돌 건물 안으로 들어갔다.

바트에르덴은 주저하지 않고 긴 복도를 걸어가더니 2층으로 올라갔다. 그리고 양옆 여러 개의 문 중에서 한가운데 있는 허름한 판자문을 열고 들어갔다.

"아!"

바트에르덴을 따라 들어간 해명은, 자신도 모르게 긴 숨을 내쉬었다. 반사적으로 바다 쪽을 향해 난 창문을 쳐다보았는데, 거기에 낯익은 사람이 하나 서 있었다. 뜻밖에도 진 대인이었다.

"대, 대인 어른!"

"하이밍! 여기서 다시 만나는구나. 저런! 그간 고생이 많았나 보구나."

진 대인은 먼저 가까이 다가와 해명의 손을 잡았다. 얼굴을 쓸어 주면서 안쓰럽다는 듯한 표정을 지었다. 그러자마자 눈물이 흘렀다.

"허허! 저런! 아니, 손은 어찌 이렇게…. 그리고 옷차림이 이게 무엇이오? 아니, 대체 하이밍이 왜 이렇게 된 것이오?"

진 대인은 바트에르덴을 향해 낮은 소리로 꾸짖듯 말했다. 그러자 바트에르덴은 면목 없다는 표정으로 고개를 돌렸다.

"아무튼 되었소. 예까지 왔으니 잘된 일이오. 안 그러하냐, 하이밍?"

진 대인이 웃었다. 그 얼굴을 보면서 해명은 가까스로 울음을 멈추었다. 그러고는 문득 생각나 물었다.

"샨샨 아기씨는요?"

"잘 있다. 지금은 제 이모가 돌보고 있어. 한동안 너를 어찌나 찾아 대는지 진땀을 흘렸다."

진 대인의 말에 해명은 다시 울컥했다. 하지만 이번에는 참았다. 그때 진 대인이 주머니에서 무언가를 꺼냈다.

"자, 이거 받아라. 샨샨이 너 주겠다고 만든 것이다."

해명은 진 대인의 손을 내려다보았다. 그 위에는 시들고 이파리가 부서진 작은 꽃반지가 하나 놓여 있었다.

"이건…."

"그래. 며칠 되었다. 아비가 어딜 간다고 하니까, 혹시라도 너를 만나면 주라더라. 그 녀석 참!"

해명은 흰 꽃 두 송이로 만든 꽃반지를 손으로 집어 들었다. 자신도 모르게 손이 파르르 떨렸다. 다시 가슴이 뜨거워졌다. 해명은 입술을 깨물었다.

"자, 일단 좀 앉거라."

진 대인은 방 한가운데 있는 탁자 앞의 의자를 내밀었다. 그리고 주전자에 물을 따라 해명 앞으로 밀었다. 해명은 의자에 앉아 단숨에 물을 들이켰다.

그런 다음, 사방을 둘러보았다.

방 안에는 한가운데 탁자와 의자 몇 개 외에는 아무것도 없었다. 한쪽 벽에는 커다란 용을 수놓은 그림이 걸려 있을 뿐이었다.

문득 해명은 자신이 왜 여기에 와 있으며, 진 대인은 또 어찌 된 일인지 궁금해졌다.

"그런데 이곳에는 어찌…?"

해명은 누구에게랄 것도 없이 조심스럽게 입을 떼었다. 바트에르덴의 눈치를 보았고, 진 대인의 얼굴을 살폈다.

"하이밍, 아무런 이야기도 듣지 못했구나. 바트에르덴, 그런 게요?"

해명의 말에 진 대인이 말했다. 그러고는 바트에르덴을 쳐다보았다.

"좌감승 어른께서 대인을 만나기 전까지 함구하라 하셨습니다. 일이 워낙 급박했고, 아무도 모르게 처리되어야 하는 일이라…"

"무슨 말인지 알겠소."

진 대인은 고개를 끄덕였다. 그러더니 창가로 다가갔다. 밖을 잠시 쳐다 본 진 대인은 창 너머 희미한 그림자처럼 적수담 위에 떠 있는 배를 가리키며 말했다.

"하이밍, 우린 저 배를 탈 것이다."

"네?"

해명은 반사적으로 되물었다. 틀림없이 진 대인이, '우리'라 했고, 배를 탄다고 한 게 맞는 건가? 갑자기 배는 왜? 하지만 진 대인은 대답은 하지 않고 고개만 끄덕였다. 주저함도 없이, 여유 있는 표정으로. 그런 모습을 보면서 해명은 도무지 진 대인이 무슨 말을 하는 것인지 이해할 수가 없었다.

그래서 이번에는 바트에르덴의 얼굴을 쳐다보았다. 그러자 그가 무뚝뚝한 표정으로 말했다.

"좌감승께서 너를 저 배에 태우라 하셨다."

도대체 어찌 된 영문인지 묻고 싶었지만 입이 떨어지지 않았다. 웬일인지 자꾸만 숨이 더 가빠지기만 했다.

해명은 잠시 기다렸다. 그러자 바트에르덴이 다시 입을 열었다.

"너는 대인 어르신과 함께 일단 직고로 가야 한다. 그때까지 대인을 잘 모시도록 해라. 그게 지금부터 네가 할 일이다."

"직고라니요?"

"또한 배에는 일전에 회동관에서 머물던 천방국 상인들이 함께 탑승할 것이니, 그들의 통역을 돕거라."

해명이 되물었지만 바트에르덴은 그 질문에는 대답하지 않았다. 그러고는 자신이 할 말만 하고는 해명의 대답을 기다렸다. 하지만 해명은 여전히 영문을 알 수 없어서 바트에르덴만 쳐다보았다. 그러자 그가 재촉해 댔다.

"알아들었느냐? 내가 할 수 있는 말은 그뿐이다."

"알겠습니다. 그리하겠습니다."

일단은 대답하는 수밖에 없었다. 해명은 고개를 숙여 보였다. 그러자 바트에르덴이 이번에는 진 대인에게 말했다.

"대인 어른, 부디 몸조심하십시오. 훗날 다시 뵙겠습니다."

"알겠네. 먼저 가서 기다리겠네. 꼭 다시 보세."

진 대인의 말에 바트에르덴은 공손하게 허리를 굽혀 인사를 했다. 그러고는 문을 닫고 나갔다.

하지만 해명은 가만히 있을 수가 없었다. 얼른 그 뒤를 따라갔다. 그리고 복도를 걸어가는 바트에르덴의 앞을 막아섰다. 그러자 오히려 바트에르덴이 먼저 입을 열었다.

"말하지 않았느냐? 알려고 하지 말고, 궁금해 하지도 말라고!"

그 말에 해명은 더는 할 말이 없었다. 그래서 막았던 길을 비켜섰다. 그러자 바트에르덴이 지나갔다. 해명은 긴 숨을 내쉬고 그냥 서 있어야 했다.

그런데 해명의 곁을 지나 서너 걸음을 걷던 바트에르덴이 문득 걸음을 멈추고 말했다.

"잠시 따르거라."

그러더니 앞섰고, 해명은 잠시 동안 그를 지켜보다가 뒤를 따라갔다.

곧 바트에르덴은 아래층으로 내려가 건물 바깥으로 나갔다. 그리고 호숫물이 찰랑거리는 물가로 걸어갔다.

"어윤수라는 분이 다녀갔다. 너와 같은 조선 사람이라지?"

"헉!"

대뜸 꺼내 놓은 말에 해명은 숨이 턱 막히고 말았다. 차라리 짧은 비명에 가까웠다.

"그가 너를 살려 내라고 했다. 그리하지 않으면, 정화 태감과 좌감승 어른이 비밀리에 추진한 모든 일을 동창에 고발하겠다더 구나."

아무런 대꾸도 하지 못하는 해명에게 바트에르덴은 한 마디 더 했다.

"그, 그게 무슨…. 비밀리에 추진한 일이라니요?"

"그건 말할 수 없다. 하지만 곧 알게 될 것이다. 어찌 되었든 그 는, 너를 살려 두면 훗날 큰 도움을 받을 수 있을 것이니, 꼭 그리 하라 하였다."

"그럴 리 없습니다. 그자는…."

해명은 고개를 저었다. 말도 안 되는 소리라 생각했다. 그런 마 음을 아는지 모르는지 바트에르덴은 해명이 무어라 더 말하기 전 에 말을 이었다.

"그는 네 나라가 고려란 이름으로 불릴 때부터 환관이었다. 네 가 이곳에 끌려왔을 때보다 더 어린 나이에 이곳에 왔다고 들었다. 너보다 열패감이 더했겠지. 그는 멸망해 가는 나라에서 온 화자였 고…. 아니 결국 나라가 망해서 아무도 받아 주지 않은 채 몽골 벌 판에 남겨졌겠지. 그는 아마 살아남는 것조차 버거웠을 것이다."

그래서요? 해명은 그렇게 묻고 싶었다. 도무지 바트에르덴이 하 려는 말의 의도를 알 수 없었다. 이리저리 머릿속을 헤집어 보아도 이해가 되지 않았다. 그래서 머뭇거릴 때, 바트에르덴이 조금씩 안개가 걷혀 가는 호수 저편을 바라보면서 말했다.

"나도 망해 가는 나라에서 끌려왔다. 네 고향은 어디였느냐?"

뜬금없는 물음에 해명은 가만히 바트에르덴의 옆모습을 쳐다보았다. 턱밑이 감숭했다. 짙은 눈썹이 조금씩 꿈틀거리고 있었다.

대답이 없자 바트에르덴이 말을 이어 나갔다.

"내 고향은 드넓은 초원이 펼쳐진 곳이었다. 가도 가도 끝없이 들판이 펼쳐진 그런 곳 말이다. 네 꿈이 바다라 했지? 내 꿈은 그 광활한 초원에서 말달리는 것이었다. 그리하여 칭기즈칸처럼 서쪽으로 달리고 달려서 새로운 세상으로 나가 보는 것이었지."

초원? 해명은 대번에 요동 벌판을 지날 때의 모습을 생각했다. 산도 없고, 오로지 빈 들판만 끝없이 이어졌던 모습. 해가 땅에서 떠서 땅으로 다시 지곤 했던 곳. 비록 그곳에는 푸른 초목이 드물긴 했지만.

아, 그리고 보니 너른 초원이라면 바다와 흡사하지 않은가? 딱 그 생각을 하고 있을 때, 바트에르덴이, 해명 쪽을 쳐다보면서 입을 열었다.

"어떠냐? 나의 꿈이 너랑 다를 바 없지?"

해명은 그럴 거란 생각이 들었다. 그래서 얼결에 고개를 끄덕였다. 하지만 연이은 말은 또 해명의 고개를 갸웃거리게 만들었다.

"하지만 네놈은 나보다 낫구나. 난 그저 나 홀로 살아남을 궁리만 했는데 너는, 네 한 몸쯤은 그럭저럭 지켜 낼 수 있음에도 너 아닌 사람들을 걱정하였으니 말이다."

"…?"

"살아남거라. 이후에 나나 네가 어찌 될지 난 알 수 없다만, 살아남아서 네 꿈도 이루고…. 또한 네가 모든 걸 내던지고 한 일이 이루어지길 바랄 뿐이다."

이번에도 딱히 할 말이 없었다. 그래서 해명은 기다렸다. 그러자 바트에르덴은 다시 호수 저편으로 시선을 둔 채 서너 번 깊은 숨을 몰아쉬었다.

곧 바트에르덴은 돌아섰다. 해명은 따랐다. 바트에르덴은 건물 앞으로 다시 다가가더니 해명에게 말했다.

"진 대인을 잘 모셔라.

그러더니 인사할 틈도 주지 않고, 바트에르덴은 왔던 길을 되돌아 걸어갔다. 오래지 않아, 그는 안개에 묻혀 버렸고, 희미한 형체마저 건물 틈 사이로 사라져 버렸다.

*

"황제가 다시 정화 태감에게 출항 명령을 내렸다. 두 달 전쯤이었다더구나."

건물 안으로 되돌아와, 왜 직고에 가느냐고 묻자 진 대인이 대답했다.

"출항이라면?"

해명은 고개를 갸웃거리면서 물었다. 그런데 무슨 뜻인지 진 대인은 씩 웃었다. 그때, 짧은 시간이지만 많은 생각이 머릿속에서 오갔다. 하지만 확신할 수 없었으므로 진 대인에게 다시 물었다. 아주 조심스럽게.

"혹, 그러면 고리국을 가는 것입니까? 소문답랄도? 아님, 더 먼 곳으로 가시는 건가요?"

해명은 생각나는 대로 주워섬기듯 말했다. 그러자 진 대인은 고개를 끄덕였다.

"글쎄다. 어디를 갈 건지는 정화 태감만이 알고 있을 것이다."

진 대인은 창밖을 내다보면서 말했다. 밖의 나루터 저편에 서 있는 배는, 안개가 조금씩 걷히면서 조금씩 몸체를 드러내고 있었다. 순간, 해명은 가장 먼저 예투가 보여 주었던 커다란 그림이 생각났다. 비록 그림이었지만 어마어마하게 커 보였던 배.

'그림 속의 그 배는 저 배보다 얼마나 더 클까?'

그리고 답을 낼 수 없는 그 질문 끝에, 예투가 했던 말도 떠올랐다. 기다리거라, 라는 그 말. 아, 그러고 보니, 몇 달 전부터 사이관이 유달리 혼잡했던 것도 혹시 그 때문이었던 건가? 하지만 진 대인은 왜?

그래서 해명은 물었다.

"하오면 대인께서도 태감과 함께 출항을 하시나요?"

"내가 그리해 달라고 여러 번 부탁을 했지. 그럴 기회가 오면 반드시 그 많은 나라를 직접 보고 싶다고 말이야."

"…."

"나와 태감과의 인연은 아주 오래되었지. 나의 아버지 때부터였
으니까. 영락제가 승하하신 뒤, 정화 태감은 국고(國庫)를 낭비했
다는 이유로 곤경에 처하게 되었지. 그럴 때, 내 아버지가 나서서
정화 태감을 옹호하여 벌을 면케 해 주었다. 나 또한 벼슬에 있을
때, 그러했고. 정화 태감이 잘못한 게 없었으니까. 그는 황제의 명
령으로 세계를 여행했고, 그럼으로써 대명과 황제의 위신을 널리
알렸을 뿐이었어. 난 그렇게 믿었네."

진 대인은 묻지도 않은 말을 했다. 그래서 해명은 가만히 듣기
만 했다.

진 대인은 덧붙여 말했다.

"열흘 전쯤에 연락을 받았지. 이 배가 곧 출항한다고. 갈 수 있느
냐고 묻길래 그런다고 했네. 그랬더니 먼저 가서 기다리고 있으라
더군."

"왜 함께 가셔도 될 텐데…."

"내가 원치 않았어. 조용히 배를 타고 싶었지. 어쩌면 출항에 맞
추어 황제와 신하들이 큰 행사를 할 텐데…. 말 많은 신하들은 틀
림없이 나와 태감의 관계를 들먹이며 손가락질할지도 모르고. 태
감에게 누가 돼서는 안 되지. 그래서 미리 직고로 가는 배를 타려
고 나온 것이야."

해명은 고개를 끄덕였다. 그러다가 스치는 생각이 있었다.

"그래서 회회어를 배우신 겁니까? 정화 태감의 배를 타기 위해서?"

"말하자면 그렇지. 공부를 하면서 풍문으로만 듣던 대식국의 학문과 또 마노라는 나라도 궁금했고…. 나의 아버님께서도 제대로 학문을 하려면 더 넓은 세상에 나가 보라 하셨지. 물론 그동안 태감이 이런저런 자료를 구해 주긴 했지만, 그것만 가지고는 성이 차지 않았어."

해명은 고개를 끄덕였다. 모든 게 이해되었다. 그간 예투가 왜 진 대인을 극진히 대했는지.

해명은 잠시 창밖을 쳐다보았다. 안개 너머의 배를 쳐다보았다. 그러면서 문득 진 대인이 부럽다는 생각을 했다. 그럴 처지도 아니면서.

'당신은 그래도 갈 곳이 있으시잖아요. 하지만 나는요?'

그런 생각이 들자마자 가슴이 무너져 내리는 기분이 들었다. 진 대인에게라도, 저도 함께 그 배에 타는 건가요? 아니면 직고까지만 갔다가 되돌아와야 하나요? 라고 묻고 싶었다. 그 물음이 목구멍까지 솟아올랐으나, 더 이상은 묻지 못했다. 공연히 침만 자꾸 삼켜야 했다.

그런 다음 자신을 다독였다. 어차피 자신의 목숨 줄을 쥐고 있는 사람은 진 대인이 아니라고. 그래서 해명은, 입술을 꾹 깨물고 또 스스로를 위로했다. 어차피 시킨 일만 하면 된다고. 아직까지 목숨을 부지하고 있는 게 어디냐고.

생각을 거두고 돌아보니, 진 대인도 앉은 채로 창밖을 내다보고 있었다. 그 너머로 아까보다 조금 더 선명하게 배가 드러나 보였다. 높이 치솟은 돛대가 보였다. 돛은 아직 펼쳐지지 않았지만, 아까 그랬던 것처럼 꽤 큰 배라는 생각이 들었다.

그 즈음, 바깥에서 기척이 들렸다. 그리고 잠깐 사이, 뱃사람인 듯한 남자가 고개를 들이밀었다.

"어르신, 이제 배에 오르실 시간입니다."

그 말에 진 대인은 자리에서 일어났다. 해명은, 앞서서 걷는 진 대인을 따랐다.

그런데 바깥으로 나와 배를 향해 점점 가까이 다가가면서 해명은 자꾸만 뒤를 보았다. 다시 돌아올지, 돌아올 수 없을지는 알 수 없었지만. 그리고 미련 같은 게 있을 리 없는데도 무언가 두고 온 듯한 느낌이 자꾸만 뒷덜미를 잡았다.

'누나?'

생각이 거기에 미쳤다. 해명은 자신도 모르게 주머니에 넣어 두었던 누나의 이름표를 꺼냈다. 그리고 손으로 한번 쓰다듬은 뒤, 다시 허리춤에 넣었다.

하지만 그럼에도 해명은 한 번 더 뒤를 돌아보았다. 이번에는 장영실이 떠올랐고, 어윤수도 머릿속에 잠시 나타났다. 그래서 자신에게 물었다.

'바트에르덴의 말이 사실일까? 어윤수가 나를 구하라, 했다고? 왜? 그럴 거였으면 왜 처음부터…?'

이해할 수 없었다. 해명은 고개를 젓고 다시 진 대인의 뒤를 따랐다.

이미 배의 갑판 위아래로 꽤 많은 사람들이 오가고 있었다. 크고 작은 물건들을 싣는 짐꾼들, 관복을 입은 사람들, 외국 사람들까지. 그들로 인해 갑판 위는 북적거렸다. 진 대인을 두세 걸음 앞서며 안내했던 뱃사람은 선미 쪽에 난 계단을 가리키며, 그 아래에 선실이 있다고 알려 주었다. 진 대인은 고개를 끄덕이더니, 뱃머리 쪽으로 걸어갔다. 해명은 뒤를 따라가 진 대인과 나란히 난간 앞에 섰다. 동시에 너른 호수가 한눈에 들어왔다.

안개는 처음 나루터에 도착했을 때보다 훨씬 옅어져 있었다. 잔잔한 호수 전체가 보였고, 그 너머의 언덕이 희끗하게 눈에 들어왔다.

그제야 해명은, 배를 탔어, 라고 자신도 모르게 중얼거렸다. 그 말을 하자마자 가슴 깊은 곳에서 무언가 뭉클한 것이 올라왔다. 거제도에서 끌려온 뒤로는 처음이었다. 해명은 긴 숨을 내쉬었다. 바로 그때쯤, 난데없이 아버지의 목소리가 떠올랐다. '배를 탈 때는, 나와 배가 한 몸이어야 한단다. 배가 출렁거리면 그냥 배에 몸을 맡겨야 해. 거스르면 더욱 요동치게 마련이지.'

하지만 호수라서 그런지 몰라도, 게다가 덩치가 꽤 커서 그런지, 배가 출렁거리고 있다는 느낌은 거의 들지 않았다.

해명은 잠시 너른 호수 저편을 바라보았다. 되도록 아무 생각도 하지 않으려 애쓰면서 그 너머에서 불어오는 바람을 얼굴을 내밀어 맞았다. 가만히 눈을 감았다. 그 즈음, 착각이 틀림없을 테지만, 눅눅한 바다의 내음이 맡아지는 듯했다. 그 때문에 해명은 깜짝 놀라 눈을 떴다.

그리고 거의 동시에, 누군가 자신의 이름을 불렀다.

"하이밍!"

발음이 어눌했지만, 틀림없었다. 해명은 뒤를 돌아보았다. 부지런히 갑판을 오가는 사람들 틈에서 누군가가 이쪽을 향해 손을 들었다. 뜻밖에도 동시에 회회어가 날아왔다.

"만하-다(이게 누구야)? 람 아타왁까으 안 날타끼야 후나-(여기서 만날 거라고는 생각 못 했는데)!"

그는 다름 아닌, 무함마드였다.

"좌감승이 말씀하시길, 배에 오르면 통역해 줄 사람이 있을 거라더니, 그게 자네였나?"

해명이 무슨 말을 꺼내야 할지 몰라 머뭇거리자, 무함마드는 밝은 표정을 지어 보이며 가까이 다가왔다. 해명은 다시 한 번 어리둥절해야 했다. 예투가 그랬다고?

해명은 도무지 뭐가 어떻게 돌아가는지 알 수 없었다. 그다음 말은, 해명을 더 갸웃거리게 만들었다. 해명이 얼른 진 대인을 소개하자, 무함마드는 대뜸 말했다.

"좌감승께서 말씀하셨다. 천방국에 대해 많은 말씀을 들려 드리라고 하셨어."

"네?"

해명은 얼결에 되묻고 말았다. 그러자 무함마드는 한술 더 떴다.

"네가 어르신께 회회어를 가르쳐 드렸다는데, 맞느냐?"

"그렇습니다."

"나도 이야기 들었소. 배를 타면 만날 거라, 하더이다. 그나저나 이제 천방국으로 돌아가는 것이오?"

해명이 묻는데, 진 대인이 나섰다. 발음은 약간 어눌했지만, 그러나 내용만은 정확하게 짚어서 회회어로 물었다. 해명은, 이번에는 진 대인을 쳐다보아야 했다.

"아닙니다. 직고에 들렀다가 남경으로 갑니다."

"남경에? 그럼, 정화 태감의 배에 함께 탈 것이오?"

"맞습니다. 정화 태감이 오실 때까지 머물며 이전 배를 수리하고, 새로 건조되는 배를 돌보기로 했습니다. 정화 태감이 그리 부탁하셨습니다."

"오, 그렇다면 배 기술자이신 게로군요?"

"그렇습니다. 그래서 태감께서 저를 부르신 것이고요. 오래도록 배를 타다 보니, 그리되었습니다. 태감께서 천방국에 오셨을 때,

보선을 수리했었습니다."

"오, 저런! 이제야 알겠소."

두 사람의 이야기를 들으면서 해명은 여전히 정신을 차리지 못했다. 그래서 멍하니 두 사람의 이야기에 넋을 놓고 있었다.

그럴 즈음, 선미와 갑판 아래에서 누군가 힘껏 내지르는 목소리가 들렸다. 알아들을 수는 없었는데, 그 소리가 나고서 얼마 지나지 않아, 배가 움직이기 시작했다.

다시 한 번, 아까처럼 가슴속에서 무언가 끓어오르는 느낌이 들었다. 동시에 아버지의 또 다른 목소리가 들리는 듯했다. '해명아, 배를 타고 나가면 길은 보이지 않지만, 사실 그래서 어디든 갈 수 있단다. 네가 가려는 곳이 길이야. 내 말 알겠지?'

하지만 해명은 그 말을 기억해 내고는 피식 웃었다.

지금은 바다가 아니었다. 호수를 떠난 배는 운하를 따라 한길로만 갔다. 양편에 산과 언덕이 보였고, 푸른 숲이 지나갔다. 그때쯤, 이번에는 언젠가 진 대인이 했던 말이 스쳐 지나갔다. '그 호수에서 배를 타면…. 그래 조금만 더 남동쪽으로 가면 통혜라는 운하를 만날 거야. 그 운하를 따라 더 아래쪽으로 내려가면 직고에 이른단다.'

해명은 고개를 끄덕였다.

*

"설마….'

해명은, 배 앞머리 쪽 난간에 꼭 붙어서 파란 물을 바라보았다. 바다였다. 그 외에는 보이지 않았다. 육지도, 지나는 배도, 하물며 새 한 마리조차. 그 끝에, 또 그만큼이나 새파란 하늘이 경계를 이루고 있었다. 아무리 보아도 믿어지지 않았다. 바다라니? 설마 잘못 보고 있는 것은 아닐까, 하는 생각 때문에 오른쪽 왼쪽을 번갈아 쳐다보았다. 그쪽에도 육지는 보이지 않았다.

해명은 자꾸만 침을 삼켰다. 그러면서 그럴 리 없다, 고 연신 고개를 저었다.

이상하다고 생각하긴 했다. 적수담을 떠난 지 사흘 만에 직고에 도착했는데도, 그래서 많은 인부들이 또 오르내리는데도, 진 대인은 내리지 않았다. 배가 하루 종일 꼼짝없이 직고항에 머무르는 동안, 무함마드도 나타나지 않았다.

그 동안, 해명은 선실과 갑판 위를 오가며, 직고항에 떠 있는 수많은 배를 구경했다. 사실 그것만으로도 신기했다. 돛이 배를 뒤덮을 만큼 커다란 배도 있었고, 예닐곱 개의 돛을 달고 있는 배도 있었다. 그렇게 많은 배가 한꺼번에 북적거리는 걸 본 건 처음이었다.

물론 마냥 신기해 하고 있을 것만은 아니었다. 해명은, 말은 하지 않았지만 자신이 어떻게 해야 할지 몰라 발을 동동 굴렀다. 바트에르덴이 배를 타라고만 했지, 어디까지 가서 어떻게 하란 말은 남기지 않았던 탓이다. 진 대인을 잘 모시라고 했을 뿐이었다.

'이제 북평으로 되돌아가야 하나? 아니면 여기에…?'

그래서 더 이상은 궁금해 견딜 수가 없었고, 진 대인에게라도 물을 참이었다. 딱 그즈음에, 출항한다는 말도 없이 배가 직고항을 빠져나갔다. 그리고 반나절 만에 티끌 하나 없는 파란 하늘 아래의, 그만큼이나 새파란 바다 위를 질주했다.

배는 거침이 없었다. 바람도 꽤 불고 있는 탓에, 돛은 그 바람을 잔뜩 머금었고, 배는 미끄러지듯이 바다 위를 달렸다. 가슴속 응어리졌던 것이 풀리듯, 시원해졌다. 고향에 있을 때도 언짢고 걱정스러운 일들이 바다에 나오면 사그라들었던 것처럼, 지금도 딱 그랬다.

그래서 눈을 떼지 못하고 멍하니 그 파란 바다만 바라보았다. 한참 동안 어지러웠고, 그럼에도 불구하고 홀린 듯, 바다에서 눈을 떼지 못했다.

바다라니! 다시 바다를 보게 되다니!

자꾸만 헛웃음이 나왔다. 아니, 그러다가 눈물이 핑 돌았고, 한참 그런가 싶으면 가슴이 두근거렸다. 어디선가 아버지의 생생한 목소리가 들려올 듯도 했다. 해명은 도무지 자신의 감정 상태를 무어라 표현하기 어려웠다.

그래서 그 너른 바다를 땅거미가 가득히 덮은 뒤에도, 새까만 바다를 한없이 바라보았다. 밥 먹는 것도 잊은 채, 밤마다의 습한 기운이 온몸을 눅눅하게 적시고 있었음에도.

배는 밤새도록 달렸다.

바람은 낮보다는 잦아들었지만 속도가 많이 줄어들지는 않았다. 해명은 밤새도록 갑판을 떠나지 않고 뱃머리에 앉아 있었다. 별을 보았고, 무수히 명멸해 가는 은하수를 보았다. 그 하늘에 그림처럼 여러 사람들의 얼굴도 나타났다가 사라졌고, 또 더 지나서 내서각에서 보았던 지도가 보였다. 그 지도 위에 한 척의 배가 그려졌고, 그 배가 파도를 헤치고 앞으로 나아갔다.

해명은 그 배 위에 있었다. 장영실이 말했다. 저기 저 별이 보이느냐? 북진성 말이다. 그리고 그 아래를 보아라. 소북두성도 보이지? 그리고 저 반대편! 저건 등롱골성이다. 자, 우리는 북극성을 오른편에 두고 곧장 나아갈 거야. 그러면….

그런 상상을 수도 없이 반복하다가 새벽을 맞았다. 은빛의 새벽빛이 번지는 곳, 이어 주홍의 아침노을이, 조금 더 지난 후에는 눈부신 태양이 떠오르는 곳으로 배는 나아갔다. 똑같다고 말할 수는 없었지만 어느 밤, 아버지와 고기잡이를 나갔던 때가 떠올랐다. 그 이튿날 아침까지 바다에서 머물며 보았던 일출과 크게 다르지 않았다.

그 즈음이 돼서는 배가 고팠지만, 그 황홀함을 앞서지는 못했다.

배는 떠오르는 해를 등지고 여전히 앞으로 나아갔다. 볕이 차츰 뜨거워졌고, 얼굴이 따끔거렸다. 그런데 어느 즈음이었을까?

"맞다. 내 추측으로는 그쪽이 조선일 게다."

넋을 놓고 물만 쳐다보는데 잔잔한 목소리가 귓전을 맴돌았다. 돌아보니, 진 대인이었다. 얼른 일어났다. 고개를 숙여 인사를 했지만, 진 대인은 받지 않고, 해명이 바라보던 쪽을 향해 섰다. 그러고는 아무 말이 없었다.

그러고도 약간의 시간이 더 지난 뒤에, 해명은 제풀에 놀라 뒤로 두 걸음 물러섰다.

조선이라니?

해명은 진 대인을 쳐다보았다. 진 대인은 희미한 미소를 짓고 있었다. 그런 진 대인의 얼굴을 조금 더 쳐다보고, 해명은 다시 바다 저편을 쳐다보았다. 방금 전 조선이라고 했던 거야? 해명은 진 대인의 말을 되새겼다. 두 번쯤 다시 떠올렸을 즈음, 진 대인이 입을 열었다.

"공연한 이야기를 했구나. 미안하다. 이 배는 이제 남경으로 갈게다."

미안했던 모양이라고 해명은 생각했다. 하지만 상관없었다. 오히려 그것을 일깨워 준 진 대인이 고맙기만 했다. 북평으로 끌려온 뒤, 단 한 번도 정확히 조선 땅의 방향을 제대로 가늠해 보지 못했었다.

'저쪽이구나. 저쪽에 아버지가 있겠구나. 살아 계신다면 말이다.'

해명은 중얼거렸다. 그러면서 자신도 모르게 한 손을 바다 쪽
으로 뻗었다. 이번에는 어디선가 아버지가 손을 마주 잡아 줄 듯
했다. 하지만 해명은 얼른 손을 다시 거둬들였다. 아버지가 손을
잡을 리는 없고, 그러고 있다가 또 가슴이 터질 듯 아플지도 모른
다는 생각 때문이었다. 더구나 배는 조선을 향해 나아가지는 않
을 터.

해명은 깊이 숨을 들이 쉰 다음, 스스로를 다독였다. 그런 다음
입속으로 나지막이 중얼거렸다. 조선, 조선….

그렇게 또 잠깐의 시간을 보낸 뒤에야 해명의 뛰던 가슴이 잔잔
해졌다. 그래서 진 대인에게 물었다.

"남경이라면?"

실은, 저도 남경까지는 가는 것이군요, 라는 질문이기도 했다.
그다음엔 어떻게 해야 하나요, 라는 질문까지 포함해서. 그러자 진
대인이 돌아보면서 씩 웃었다.

곧 진 대인은 준비를 마쳤다는 듯 입을 열었다.

"정화 태감의 항해가 바로 남경에서 시작되었다. 그때는 대명의
도읍이 남경이었으니. 그곳에 정화 원정대의 모든 흔적이 남아 있
을 것이다."

"저는…."

궁금했다. 어떻게 해야 하는지. 그래서 참지 못하고 용기 내서
입을 열었다. 하지만 곧바로 닫고 말았다. 아무리 생각해도 자신의

처지가 그게 아닌 듯싶어서였다. 해명은 고개를 숙였다.

"가자! 이제 주린 배를 좀 채워야지 않겠느냐?"

진 대인은 몸을 돌렸다. 그리고 선실 쪽으로 걸어갔다. 해명은 뒤를 따랐다.

주먹밥을 두 개나 먹고, 해명은 낮 동안 내내 잤다. 아니, 저녁 무렵에 깨어났지만, 선실 밖으로 나오지 않았다. 멍하니 앉아 있다가, 또 잤다. 새벽녘 깨어났지만 이번에는 기운이 하나도 없었다. 그 사이에 석신사 있을 때 도끼질하던 꿈을 꾸었고, 벌방에서 버둥거리던 꿈을 꾸어서 그런지도 몰랐다. 그래서 또 넋을 놓고 면벽을 했다.

그걸 언제부터 보고 있었던지 진 대인이, 더 자야 오랜 피로가 풀릴 것이다, 라고 말했다. 해명은 얼른 몸을 일으키려 했지만, 그러다가 옆으로 픽 고꾸라지고 말았다. 옆에서 진 대인이 씩 웃었다. 그래서 해명은, 넘어진 김에 쉬어간다고, 다시 잠을 청했다.

그렇게 또 밤이 되었고, 여전히 기운은 없었다. 변변히 먹지 못해서 더 그럴 것이었지만, 입맛도 없었다. 하염없이 쏟아지는 잠 앞에서 도무지 어찌해 볼 도리가 없었다.

잠에서 깨어 정신을 차린 것은, 그 밤이 또 지나가고 선실에 햇빛 한 줄기가 들이비칠 때였다.

"이제 좀 정신이 드느냐?"

진 대인이었다. 서책을 읽고 있었던지 진 대인은 책을 한쪽으로 밀어 놓으며 말했다. 해명은 일어나 바로 앉았다. 한결 몸이 가뿐했다. 허기가 졌지만, 어제 그제보다는 한결 몸이 가붓해서 기분은 훨씬 나앗다.

"일어나거라. 남경에 다 온 것 같구나. 바람이 좋아 그런지 생각보다 일찍 도착했어."

그 말에 해명은 벌떡 일어났다. 그리고 먼저 나선 진 대인의 뒤를 따랐다.

갑판에 올랐을 때, 왼쪽 갑판 쪽에서 해가 솟고 있었다. 해명이 눈이 부셔서 잠시 눈을 감았다가 떴다. 그리고 진 대인을 따라 뱃머리 쪽으로 걸었다.

그런데 저 앞에 무함마드가 엎드려 있는 것이 보였다.

"아침기도 중인 모양이다."

해명은 대답하지 않고 고개만 끄덕였다. 그러자 진 대인은 한마디 더 했다.

"색목인들은 어찌 저리도 부지런히 기도를 드리는지 알 수가 없구나. 그것도 하루에 다섯 번씩이나 말이다."

이번에도 해명은 고개를 끄덕였다.

진 대인은, 잠시 지켜보다가 무함마드가 일어난 다음, 뱃머리 쪽으로 바쁜 듯 걸어갔다. 열댓 걸음 앞선 그는 무함마드와 인사를 나누었다. 해명도 그에게 공손히 인사를 하고 두 사람과 함께 앞으로 나섰다.

육지가 보였다. 앞으로는 직고항보다 더 많이 정박해 있는 배들, 그리고 뒤로는 높지 않은 산. 배는 그 산의 봉우리를 정면에 두고 천천히 항구 안으로 들어갔다.

'남경이라고? 이곳은 북평에서 얼마나 멀리 떨어진 곳일까? 아니, 조선에서는?'

문득 그런 생각이 들자 갑자기 쓸쓸해졌다. 연이어, '이제는 조선으로는 절대 돌아가지 못하는 건가?'라는 생각이 꼬리를 물어서 더 그랬다.

하지만 해명은 혼자 피식 웃었다. 진작 포기한 걸 이제 떠올려서 무엇하나, 싶었다. 해명은 고개를 젓고 나서, 사방을 두리번거렸다. 직고항에서 보았던 배들보다 더 큰 배가 많았다.

'저 수많은 배들이 어디를 다니는 걸까? 가본 적은 없지만 고리국도 가고 소문답랄도 갈까? 직고항은 가겠지? 적수담까지? 설마, 조선은?'

그런 생각을 하다가, 해명은 다시 고개를 저었다.

조선.

한 번 입속으로 중얼거리고, 연신 고개를 흔들어 댔다.

그런데 그런 중에 오른편 선착장 부근에 연이어 세워진 거대한 건물이 보였다. 모두 세 채였는데, 그 안마다 큰 배들이 들어서 있었다.

"저건…?"

진 대인도 궁금했는지 중얼거리듯 물었다. 그러자 무함마드가 나섰다.

"이곳은 용강 조선소입니다. 저 건물은 건선거라 합니다. 배를 고치고 새 배를 만드는 곳이지요. 저는 이곳에서 일할 것입니다. 저 배들을 손보고 태감이 도착하시면 항해를 떠날 것입니다."

"저게 태감께서 타셨다는 보선이요?"

무함마드의 말에 진 대인이 되물었다.

"아닙니다. 잠시만 기다리시면…."

그러더니 무함마드는 씩 웃었고, 큰 건물 옆을 가리켰다. 그러나 건물 옆에는 아무것도 없었다. 아니 그렇게 생각했다. 아무것도 없는데도, 무함마드는 여전히 손을 내리지 않았다.

그런데 얼마나 시간이 지났을까. 배가 건선거를 모두 지났다고 느꼈을 즈음, 그 뒤로 어마어마한 크기의 배가 눈에 들어왔다.

"하…."

그 배였다. 예투가 보여 주었던 바로 그 배. 물론 모양은 조금 달랐지만 흡사했다. 몇천 명이 탄다는 말이 믿기지 않았지만, 지금은 이해될 듯도 했다. 북평에 있으면서도 딱 두 번 보았던 천안문(天安門, 톈안먼)보다 훨씬 더 커보였다.

…4층으로 된 배는, 앞머리가 휘듯 들어 올려졌고, 3층짜리 누각이 한가운데에 있었으며, 배 전부를 덮을 만한 커다란 돛, 그 아

래 손톱 만하게 그려진 사람들. 해명은, 자신이 필사한 내용이 떠올랐다. 정화 태감을 앞세우고 양경 총독을 비롯한 2만 7800여 명의 병사와 사절은 마침내 배에 올랐다. 62척의 배가 따랐는데, 보선은 길이만 44장에 이르렀다…. 해명은 자신이 필사했던 내용을 떠올려 보았다. 그리고 정말 그럴지 가늠해 보았다. 그러곤 자신도 모르게 고개를 끄덕였다. 확신은 할 수 없었지만, 자신도 모르게 자꾸만 고개가 끄덕여졌다.

"저런 배가 정말 있었군요."

해명은 자신도 모르게 중얼거렸다.

"그래. 저 배는 세상에서 가장 큰 배다. 내가 수많은 나라를 다녀 보았지만, 저렇게 큰 배는 없었다."

"천방국에도요? 패니사나 마노 같은 나라에도요?"

"물론이다. 저 배를 타고 정화 태감이 천방국에 왔었다. 그때, 수많은 사람이 놀랐고, 그 규모만 보고도 여러 나라의 왕들이 머리를 조아렸지."

해명은 이번에도 얼결에 고개를 끄덕였다. 충분히 그럴 만도 할 거란 생각이 들었다.

"이미 4개월 전부터 저 배의 수리가 시작되었으니까, 두세 달이면 배의 수리가 끝날 것이다. 그때가 되면 북서풍이 불어올 때쯤이지."

해명이 배의 위세에 눌려 아무 말도 못 하고 있자, 무함마드가 덧붙여 말했다. 해명은 이번에도 얼결에 고개만 끄덕였다.

곧 해명이 탄 배는 그 어마어마한 배의 옆을 지나갔다. 그때쯤, 진 대인이 말했다.

"왜? 저런 배를 타게 될 걸 생각하니, 가슴이 뛰는 게냐?"

"네?"

갑작스러운 말에 해명은 진 대인을 쳐다보았다. 그러자 그는 씩 웃기만 했다.

"대인 어르신, 그게 무슨 말씀이신지…?"

해명은 조심스레 물었다. 그러자 진 대인은, 몸을 추스르는 듯, 대답 대신 품 속에서 무언가를 꺼내 해명에게 주었다. 여러 번 접힌 편지였다.

"예투가 남경에 도착하면 네게 주라 했다."

"좌감승께서…요?"

진 대인은 고개를 끄덕였다. 그때쯤, 배는 눈앞의 커다란 배를 스쳐 선착장 안으로 조금 더 들어갔다. 해명은 손이 떨렸다. 그런 손으로 편지를 꽉 붙잡았다. 바람에 날려갈 것 같아서였다.

해명은 난간에서 서너 걸음 물러나 천천히 편지를 펼쳤다. 회회어로 쓴 편지였다.

이 편지를 읽고 있을 때쯤이면, 남경에 당도했겠구나, 로 시작된 편지를, 해명은 쉽사리 읽어 내리지 못했다. 가슴이 벅차서였다. 예투의 편지라니!

해명은 깊을 숨을 여러 번 몰아쉬고 나서야 다시 편지를 눈앞에
들이댔다.

…오래전, 조선에서 온 권귀비*에게 목숨을 빚진 일이 있다. 내가 한때
수습 환관으로 심부름을 다니며 귀비전을 두어 번 드나든 일이 있었는
데, 하필 그때 귀비전에 도둑이 든 일이 있었다. 그 일로 귀비가 위험할
뻔했지. 황제는 내 목을 치려 했으나, 귀비의 청으로 목숨을 건졌다. 내
가 어찌 은혜를 갚겠냐고 하니까, 그분께서 말씀하시기를, 혹여 조선
에서 오는 화자가 있다면 잘 돌보아 달라고 하셨지. 나는 늘 그 말을 가
슴에 품고 살았고…. 허나, 그중에서도 네가 남달라 보였음은 이미 이
야기했었다….

해명은 거기까지 읽다가 건너뛰었다. 아랫부분에 누나에 대한
언급이 눈에 띄었기 때문이었다. 네 누나는 무사할 것이니 염려하
지 말거라.
해명은 어금니를 꽉 깨물었다. 그리고 이어서 읽었다. 나는 우소
감이 한 일을 눈 감고, 그는 내가 한 일을 눈 감으며, 네 누이만큼
은 기꺼이 돌보아 주기로 하였다. 또한 훗날 네 아비의 소식을 알

---

* 조선에서 공녀로 왔다가 영락제의 아홉 번째 비가 되었다. 통소를 잘 불어 영락제의
총애를 받았다.

아보기로…. 그 부분까지 읽다가 해명은 편지를 접어 품에 넣었다.

누나!

잠시 편지에서 시선을 떼고 하늘을 쳐다보았다. 짙푸른 하늘은 여전했고, 조금씩 땅거미가 내리고 있었다.

해명은 어금니를 물고 편지를 다시 펼치고 끝을 먼저 읽었다. 네가 정말 바다를 품었다면, 한번 나서 봐야 하지 않겠느냐? 진 대인을 잘 모시고 남경에서 기다리거라.

그리고 거기까지 읽었을 때, 진 대인이 입을 열었다.

"예투가 그러더구나. 네 꿈이 곧 우리의 꿈이라고 말이다."

"꿈…."

"그래, 꿈 말이다. 그나저나 너와 나의 꿈이 같은 것이어서 반갑고 뜻깊구나."

그 말을 하면서 진 대인은 아까보다 더 활짝 웃었다. 하지만 그가 미소를 지으면 짓는 만큼 해명은 더 뜨거운 눈물을 흘렸다. 그 눈물을 감추기 위해서 해명은 고개를 돌려, 방금 지나쳐 온 정화의 큰 배를 쳐다보았다. 진 대인의 말대로 곧 자신이 타고 바다로 나갈 그 배를.

해명은 자신도 모르게 주먹을 꼭 쥐었다. 그리고 하염없이 동쪽을, 동쪽만을 쳐다보았다.

작가의 말

　공교롭게도 1429년은, 잔 다르크가 활약하던 그때와 맞물려 있습니다. 한낱 소녀에 불과했던 잔 다르크는 마침내 100년 전쟁의 위기 속에서 무너지는 프랑스를 구했지요. 그 또렷한 이름 잔 다르크는 기억하면서, 우리는 바로 그해에 거제도에서 한 어린아이가 집을 떠나 뭍으로, 다시 한양으로, 또다시 북으로, 압록강을 건너, 사막처럼 펼쳐진 요동 벌판을 지나 북경으로 끌려간 사실은 알지 못합니다.

　또 많은 사람들은, 수십 명의 어린아이가 말도 통하지 않는 북경으로 끌려가는 것을 보고만 있던 1429년 바로 그때, 그 나라의 임금이 하필이면, 조선 최고의 성군이라 일컫는 세종이었던 것도 알지 못합니다. 어쩌면 왕은, 그 아이들 중 절반은, 제 삶을 다하지 못하고 고통스럽게 죽어 간 사실을 알지 못할 것입니다.

나는 그 아이의 이름을 해명(海鳴)이라 지었습니다. 바다에 뜻을 두고 있는 아이란 뜻에서인데, 물론 해명은 훗날 바다를 품고 사는 어부가 되는 게 꿈이었지요.

하지만 북경으로 끌려간 아이는 자신의 삶이 아닌 남의 삶을 살아야 했습니다. 그게 억울해서였을까? 그는 아예 자기가 태어난 땅 조선을 버리고, 자신의 삶을 집어삼킨 명나라도 버렸습니다. 그리고 뜻밖에도 이슬람의 언어를 선택했습니다.

'아무것도 아닌' 자신을 '그 무엇'으로 만들기 위한 유일한 방법이었을까요? 설마 그는 또 다른 꿈을 꾸었던 걸까요?

누구나 열댓 살 무렵의 삶은, 해명처럼 '아무것도 아닌' 자신에서 출발해 '그 무엇'을 만들어 가는 과정의 한복판에 서 있습니다. 어른들의 품속에서는 '아무것도 할 수 없는 존재'로 보이지만, 그 품에서 나오면 사실은 '그 무엇도 할 수 있는 존재'입니다.

어떻게 해명이, '그 무엇도 할 수 있는지' 지켜보고 싶었습니다. 역사상 가장 어진 임금마저도 보살펴 주지 않았던 미완의 삶을, 스스로 어떻게 만들어 가는지 궁금했습니다. 물론 꽤 오래전의 이야기지만, 어쩌면 지금도 해명처럼 고단하게 하루를 시작하는 미완의 삶들이 아주 많을 테니까요. 그 누구도 주목하지 않는, 그러나 주목받고 싶은…. 그리고 그 이듬해인 1430년, 해명은 정화의 마지막 항해에 함께 나섰을까요?